LA VALLÉE DES OMBRES

DU MÊME AUTEUR

La Dame de pierre, Belfond, 2015.
Le Sang des nègres, Galaade, 2015.
Premier homme, Actes Sud, 2013.
Le Pays oublié du temps, Actes Sud, 2011.
Les Âmes sans nom, Belfond, 2009 ; Pocket, 2010.
La Voix du loup, L'Écailler du Sud, 2006 ; Pocket, 2011.
La Bête du marais, L'Écailler du Sud, 2004 ; Pocket, 2008.
La Première Empreinte, L'Écailler du Sud, 2002 ; Pocket, 2007.

XAVIER-MARIE BONNOT

LA VALLÉE DES OMBRES

Roman

belfond

Belfond | un département **place des éditeurs**

place
des
éditeurs

Les protagonistes et les actions de cette histoire sont nés de mon imagination.

Toute ressemblance avec des situations ou des personnages ayant existé reste donc parfaitement fortuite.

À Louis

« La vérité, c'est une agonie qui ne finit pas. La vérité de ce monde, c'est la mort. Il faut choisir, mourir ou mentir. Je n'ai jamais pu me tuer moi. »

Louis-Ferdinand Céline,
Voyage au bout de la nuit[1].

1. Denoël, 1933.

Pierrefeu. Décembre 1986.

J'ai peur. J'ai toujours eu peur.

C'est entre chien et loup. Le ciel n'est plus qu'une lueur de couchant. Un nuage, noir et fin comme un trait, barre notre vallée, depuis le nord jusqu'au sud. Contre la montagne, luisant dans le crépuscule, l'usine exhale sa chaleur d'alliage fondant et de fumées lourdes.

Depuis une dizaine de jours, les grèves se durcissent, partout dans le pays. Dans les grandes villes, les étudiants mènent la charge. À Paris, les voltigeurs de la police ont tué un jeune qui rentrait chez lui. En pleine nuit de décembre. Un jeune Arabe. Ils l'ont poursuivi dans un hall d'immeuble et l'ont battu à mort. Chez nous, dans notre monde de ferraille et de chimie, l'usine crache du chômage, de la désolation. Le syndicat a « mis en rideau ».

Vers les déversoirs de scories, une bagarre claque. Je me planque sous l'énorme tube qui sort du ventre de l'usine, une tripe hideuse et bleue.

J'ai peur. J'ai toujours eu peur. C'est comme ça. La trouille glaciale, le ventre noué, le front qui sue froidement. La pisse dans l'âme.

Et je regarde.

Trois types, jeunes, des carrures de brutes, et un autre, leur victime, presque minuscule. Je ne vois pas leurs visages. Le boyau de métal me cache une partie du grabuge.

Les quatre mecs s'insultent, gueulent, matraquent. Le roulement des tapis mécaniques couvre les hurlements. L'usine gronde, trépigne. Les fourneaux mugissent.

Ça cogne. Encore et encore. Le quatrième homme s'écroule, pantin désarticulé.

Les machines s'arrêtent ; une giclée d'air comprimé puis un silence comme jamais. Plus de grincements horribles, de vapeur qui siffle. L'usine retient son souffle.

Un manche de pioche s'abat. Une fois, deux fois.

Un cri. Une détresse aiguë.

Et puis plus rien.

L'usine renifle. Le grincement reprend. Les tapis grognent. Les machines broient la bauxite, en cadence. Les trois s'enfuient. Une tache de sang s'agrandit, la terre graisseuse l'absorbe aussi vite qu'un buvard.

Je sors de ma cache, fais quelques pas, au ralenti. M'arrête. Interdit. Bloqué. Je vois. Les vêtements du garçon qui gît au sol. Le pantalon qui ne m'allait plus. La chemise que Maman a offerte pour Noël.

Des yeux bleus, figés sur l'infini. Rémy, mon frère cadet, mort, la moitié du visage cassée par les coups.

J'ai peur. J'ai toujours eu peur.

C'est peut-être pour cela que je suis dangereux.

1

Dans ma vie d'homme, il y a des silences, des chapitres que je n'ai jamais racontés, pas même à mon ombre. Pudeur, orgueil, que sais-je encore. J'ai enfoui l'essentiel, sachant que, tôt ou tard, la vase remonte à la surface pour peu qu'on y mouille des souvenirs.

La lettre reçue, trois mois plus tôt, est toute simple. Quelques mots hésitent sur une seule page. Mon père écrit qu'il est au bout. Une maladie féroce finit de le ronger. Son temps est compté.

Le vieux est ma dernière dette, je veux être là pour son départ. Il ne m'invite pas et je ne suis pas sûr que mon retour l'enchante. Entre nous, il y avait de la pure désaffection.

J'ai quitté Pierrefeu, notre village, une éternité plus tôt, en emportant une image écornée du paternel. Nos rapports ne sont pas simples. Le matin de mon départ, son regard d'adieu, froid et sévère, m'a dit bien des reproches et j'ai franchi la porte du monde la valise pleine de culpabilité.

Plus de vingt ans ont passé. L'autocar qui monte de Grenoble s'arrête à l'entrée de Pierrefeu, même endroit qu'au début de l'exil, même abri fait de rondins de sapin et couvert de noir.

Je descends, surpris par l'immobilité de ma terre, le silence à peine troublé par les bruits secs de l'usine et le grognement de la Romanche, le torrent qui traverse Pierrefeu. Je retrouve le fil des jours, comme si je venais d'une parenthèse.

11 heures sonnent timidement au clocher. Le soleil franchit les arêtes des montagnes et disperse les dernières ombres du matin. Pierrefeu se mure entre des aiguilles sans joie qui plongent depuis le ciel rare, aussi tranchantes que des coups de sape. C'est un gros village industriel, rude, d'acier et de chimie. Quand l'usine turbine, un voile de deuil recouvre tout. La fumée grise monte des fourneaux, s'accroche au relief et fait tristesse, comme si on avait foutu une banlieue grise dans une campagne coriace ; les corvées de l'une sans les charmes bucoliques de l'autre. Tout est bâti le long d'une eau vive échappée des glaciers de l'Oisans.

Depuis la révolution industrielle, la force hydraulique donne de l'électricité. La plupart des barrages et des installations qui servaient à contraindre le torrent s'abîment lentement. Des pylônes désaffectés tiennent des boules de verre, des lambeaux de câblages à haute tension pendent dans le ciel.

Au début des années 1980, le déclin des industries a touché cette parcelle étriquée des Alpes. Plus d'embauche ou presque. Les anciens ont boulonné jusqu'à la fin de leur temps mais les directions n'ont pas remplacé les départs à la retraite.

Quand j'étais gamin, on ignorait le chômage. Mon père en parlait souvent, avec des mots terribles, mais la menace nous paraissait loin. En grandissant, la crise a pourri notre petit univers aussi sûrement que les métastases d'un cancer. J'ai vu la souffrance s'installer dans les yeux de ceux qui allaient pointer, au soir de leur vie, sans plus d'espoir de retrouver la dignité du boulot. Et la colère dans les cœurs des plus jeunes qui devaient se trouver une raison d'être ailleurs.

Mon village natal a conservé son allure raide, ses portes bornées, ses pourtours de vieille peinture, ses toits comme des abat-jour. Il se vide de sa population par une blessure invisible. Beaucoup de maisons fermées, de façades boursouflées, de tuiles de guingois. Des vestiges d'usines. Rien ou presque n'a été détruit.

Une route descend vers l'autre rive. Sur le pont qui enjambe la Romanche, je m'arrête et me penche par-dessus le garde-fou. Entre les grosses roches tombées des à-pics, l'eau bouillonne dans des marmites profondes dont l'écume scintille. Adolescent, je venais y pêcher des truites avec mon unique copain, Brahim, le fils d'un contremaître kabyle des aciéries. On pouvait prendre trois ou quatre poissons aux corps d'argent. Brahim avait le coup pour ferrer d'un geste sec du poignet. Je répugnais à saisir ces bêtes gluantes par la queue et à les achever d'un coup sec sur l'arête d'une pierre.

— Il ne faut pas les faire souffrir, déclarait, en moraliste, Brahim. Elles sont si belles.

Une voiture monte vers la nationale, son bruit traîne un moment. Je reprends la marche. Mon ombre me précède en se cassant sur les angles du trottoir. Après les murs de l'ancienne chaudronnerie, je m'arrête un instant devant la grande porte de la fabrique. La rouille a étendu sa lèpre sur le métal épais. Une date est inscrite au fronton : 1912, une année d'avant la Grande Guerre.

Je suis venu travailler ici pour la première fois de ma vie. Après le bac, mon père m'a fait embaucher pour l'été ; deux mois à balayer un atelier jonché de copeaux de fer et d'éclats tombés des marteaux de forge, mètre carré après mètre carré, tout devait être impeccable. Je ne pensais qu'à une chose : retrouver Samia, la sœur de Brahim, une fois le boulot terminé. Juste une heure ou deux de petit bonheur que le travail rendait encore plus délicieux. Se promener, main dans la main, au-delà des maisons en série des ouvriers.

Après les jardins minuscules, un sentier s'échappe vers la montagne. Samia aimait bien ce coin car, de là, on domine toute la vallée et on peut voir les sommets du massif du Taillefer perdus dans le ciel. Elle préférait cette vue bucolique au rendez-vous des jeunes sur la place du village, devant le foyer socio-éducatif Louis Aragon où il ne se passait jamais grand-chose.

Notre maison se trouve en haut du village, à côté des pavillons cossus des anciens cadres de l'usine. De la façade défraîchie saille un balcon, le paternel venait y fumer une Gitanes pendant que ma mère faisait la vaisselle et que les ombres s'emparaient de la vallée. Vers les 20 heures, il regardait sa montre, invariablement, en grillait une dernière et se rentrait pour terminer sa soirée, calé sur son fauteuil de gros velours, devant la télévision. Maman restait à la cuisine à s'occuper de choses et d'autres. Rarement, elle passait au salon, sauf pour ce qu'elle considérait comme un grand film, le plus souvent américain, avec une grosse musique et des sentiments à la louche. C'était le seul registre dans lequel mon père n'imposait pas ses goûts.

Avant de frapper à la porte de ma maison, je m'arrête une dernière fois et pose mon sac sur le trottoir parsemé de mâchefer.

Un mur. L'enceinte des anciens entrepôts de l'aciérie. Le crépi un peu plus lézardé. Le faîte hérissé de tessons et de culs-de-bouteille. Il reste encore une affiche de la dernière campagne municipale et d'autres, plus anciennes, que le temps a lacérées. Une plaque blanche émaillée porte le nom de mon frère. Une inscription :

Rémy Vasseur, 18 ans
Assassiné lors des grèves de décembre 1986

Je ressens le besoin de caresser le mur. L'énorme tuyau qui sortait de l'usine a été enlevé. Il a dû être refondu. Plus loin, l'endroit où se rangeaient les camions chargés de minerai sert aujourd'hui de parking.

Je revois Rémy, mon cadet, jeté à terre. Dans ma tête tout est confus. Ses traits sont devenus flous.

Après sa mort, j'ai rompu les amarres. Je suis devenu un type redoutable. Les unités d'élite de la Légion étrangère m'ont transformé. J'ai souffert, j'ai saigné. J'ai tué. J'en avais besoin. Je suis descendu au fond de la vie. Tout au bout des remords. Mais mon ombre est toujours là, ma fausse identité. Aucune guerre, aucun combat ne l'a estompée. Je n'ai jamais vraiment su qui j'étais.

Tout peut changer sauf vous-même. Sauf votre passé.

2

— Entre René. C'est ouvert.

Mon père, Roger Vasseur, est sorti sur le balcon, ses deux mains fragiles posées sur la balustrade. Son grand corps s'est voûté ces dernières années. Il a conservé la mèche de cheveux rebelle qui faisait une boucle grise sur son front et lui donnait un air éternellement jeune.

J'avance lentement dans la pénombre du vestibule. Mon père m'a sans doute observé depuis que je suis descendu de l'autocar. De ce balcon, c'est presque un plaisir de contempler notre vallée. L'arrêt d'autocar se trouve à vue de la maison, vers les gueules énormes des conduites d'eau forcées. C'est là que mon père m'a regardé prendre la route, un matin d'été. Vingt ans plus tôt. En sens inverse.

Il ne m'a guère revu depuis. Deux ou trois fois pour de longues permissions, au milieu de mon premier contrat de cinq ans. Puis plus une seule visite pendant une décennie. Après une dispute, une de plus, j'ai claqué la porte et rejoint mon unité. Le laissant seul avec sa vieillesse. Plus un coup de fil, juste des lettres, de temps à autre, des messages courts pour dire que tout allait bien, qu'il ne fallait pas s'inquiéter. Mon père a répondu des banalités écrites par devoir et non par amour.

Son dernier mot disait : *Je n'en ai plus pour longtemps.* Juste au moment où j'obtenais la retraite des soldats.

Dans l'escalier, les marches couinent. Le paternel m'attend, en pantoufles, dans un vieux pantalon serré par une ceinture usée et un pull que ma mère lui a tricoté une éternité plus tôt. Il tremble de tout son être. Autrefois, je le trouvais lourd, épais. Maintenant, il ressemble à un cintre. Des os et tout le reste qui pendouille, plus rien dans la caisse. Comme un truc déglingué. La colère et ce qui ressemble à de la joie se confondent dans son regard.

— René. C'est bien toi ?

La question sonne un peu comme un reproche.

— Oui.

Il me serre contre lui, de toutes ses forces.

— Je t'ai attendu. Même si tu as pu penser le contraire.

Il desserre l'étreinte et fait un pas en arrière en vissant son regard dans le mien. Il a conservé cette autorité naturelle que j'ai acceptée jusqu'à mes vingt-deux ans. Jusqu'au jour où j'ai fui.

— Où étais-tu pendant toutes ces dernières années ?

— Dans une autre vie. Ce n'est pas le moment d'en parler.

Mon père hésite un instant, les yeux mouillés.

— Tu n'as pas beaucoup changé, dit-il.

Sa voix semble plus grave, presque lointaine, quelque chose s'y est brisé. Je ne réponds pas. J'ai besoin de voir autour de moi, de saisir à nouveau les objets de mon passé.

La tapisserie à grosses fleurs du salon s'est décollée à un coin. Elle date des années 1970. Sur la cheminée, deux portraits posés de part et d'autre d'un buste en plâtre de Jaurès et d'un écrin où est accrochée la Légion d'honneur de mon grand-père. À droite de la décoration, mon frère montrant ses muscles quand il avait dix-sept ans, à l'époque où il gagnait le trophée Maurice Thorez du club de natation de Pierrefeu. C'est étrange, son visage me paraît celui d'un inconnu. À gauche, ma mère qui n'a pas survécu plus d'un an à la mort de son fils. Partie à bout de chagrin. J'ai quitté Pierrefeu quelques mois après son enterrement, un matin d'été, sans dire au revoir à personne. J'ai simplement réuni mes économies, annoncé que je sortais et je suis descendu à l'arrêt d'autocar, direction Grenoble. C'est tout ce dont je me souviens.

Je n'ai rien dit à Samia. Elle a dû pleurer et m'en vouloir. Moi aussi, j'ai pleuré. Même la vie âpre de la Légion n'a pas effacé son souvenir.

Dans le salon, un rayon de soleil perce l'ombre en une diagonale poussiéreuse. Je cherche quelque chose de moi. Rien. Aucune photo, aucun objet qui aurait pu entretenir mon souvenir pendant mon absence. Mes yeux s'arrêtent sur la décoration de mon grand-père, Jean-Baptiste Vasseur, gagnée pendant les combats des maquis de l'Oisans, au prix d'efforts surhumains, pour libérer notre vallée. La Légion d'honneur ! À titre posthume. Je possède la même sucette mais mon père ne le sait pas. On me l'a remise un an plus tôt parce que j'ai versé mon sang sur des terres lointaines, une autre histoire dont je ne suis plus vraiment fier.

Mon père ne me quitte pas des yeux. Je ne veux pas lui montrer mon émotion. Être faible à nouveau.

La télévision ronronne dans un coin, branchée sur une chaîne que je ne connais pas. Ça fait tellement longtemps que je n'ai plus regardé cette boîte à images. L'émission s'appelle *Au cœur du crime*, une série de faits-divers, le présentateur est un vieux beau aux cheveux gris.

— Depuis quelque temps, je ne bouge guère d'ici, dit mon père en désignant son fauteuil râpé à tous les angles.

— Tu ne sors jamais ?

— Non. Plus le goût. Même plus pour aller voir les anciens du syndicat. Je regarde ces programmes débiles.

Ça fait passer le temps. Une infirmière et des aides-soignantes viennent trois fois par jour pour voir si tout va bien. On me porte les courses.

— Une infirmière ?

— Oui.

Des boîtes de médicaments sont alignées sur un coin de table : cortisone et sédatifs puissants. À côté du fauteuil, un groupe à oxygène.

— J'ai de plus en plus de mal à respirer, tu sais. J'ai le ventre plein d'eau.

Je me suis toujours senti coupable de quelque chose en la présence de mon père. Coupable de ne pas faire comme il faut. Coupable d'arriver trop tard, à l'autre bout de la vie, quand tout s'est joué sans moi. Coupable et étranger, hors de son existence et de cette maison qui me semble vide.

Dans ses lettres, il n'a rien dit de sa maladie, juste donné des nouvelles de Pierrefeu, des copains ou des copines qui mènent leur train.

— Qu'est-ce que tu as ?

Il secoue la tête, résigné.

— Une mauvaise tumeur… Quelque chose dans le bide… Les intestins.

Sa main hésitante s'appuie sur le rebord de la table. Cette pogne était si forte autrefois, si redoutable, toujours prête à nous aplatir, Rémy et moi, quand nous n'allions pas selon ses souhaits. Des années de travail sur les machines à façonner le métal en fusion les avaient rendues épaisses et ligneuses. À présent, la maladie les dépiaute, ne laisse que les tendons et les os noueux comme ceux des paysans.

J'ai appris à côtoyer la mort, la voir sans la regarder, mais pas celle-là. Pas celle qui tourne au-dessus de sa proie comme un vautour dans le désert, lente et sûre.

Mon père attrape une bouteille de vin qui traîne sur le buffet et se sert une rasade qu'il avale d'un trait, sans m'en proposer.

— Je ne devrais pas boire, dit-il, mais au point où j'en suis.

— Tu as bien raison.

— C'est bien de toi ça, de dire que j'ai raison. Alors que tu penses tout le contraire !

Ma mémoire n'a jamais été très bonne mais je peux me souvenir de chaque dispute que j'ai eue avec lui. Invariablement, ça commençait par ce genre de remarques acides. En grandissant, j'ai appris l'art d'esquiver les engueulades.

— Je vais poser mon sac dans ma chambre, dis-je pour me dégager.

— Bonne idée. Installe-toi. J'ai demandé à la femme de ménage de te faire le lit.

Il observe le sac de voyage. Puis son regard se pose sur mon bras. Un tatouage le barre sur la longueur. Il est écrit *Cop Rocco 2004*. Ses yeux remontent jusqu'à mon visage. Je peux presque sentir son regard sur ma peau. L'enfant un peu freluquet qu'il a engueulé plus qu'il n'en fallait n'existe plus. Un être de guerre, tout en muscles, violent et tourmenté, a pris sa place.

Cop Rocco 2004, impossible pour lui de savoir ce dont il s'agit. Il doit penser à un tatouage de légionnaire, stigmate vulgaire d'un chien de guerre. Sur l'épaule, je porte un parachute qu'un Maori de Nouvelle-Zélande, un sergent de la compagnie d'appui, m'a tracé à l'encre bleue, avec une aiguille à coudre.

— Est-ce que tu as besoin de quelque chose ? dis-je pour briser le silence.

— Je n'ai besoin de rien. Notre repas est prêt. Midi approche.

Il a toujours mangé à la même heure, rien ne peut le faire varier de ce rituel d'ouvrier réglé de longue date par le turbin quotidien. Ma mère était rabrouée avec mépris quand le déjeuner ou le dîner n'étaient pas sur la table à 12 heures ou 19 heures précises.

Je vais dans la cuisine, trouve deux assiettes dont la porcelaine a jauni et des couverts usés, des gestes désappris depuis longtemps mais qui reviennent, aussi sûrs qu'à l'époque où je vivais ici.

La cuisine était mon endroit favori. Je me débrouillais pour m'y retrouver seul avec ma mère, sa seule présence, douce et dévouée, me rassurait et me faisait oublier le quotidien que j'avais tant de mal à affronter. Le soir, on échangeait quelques mots, des banalités sur la journée, les histoires du village, passées ou présentes, qui m'intriguaient. Elle n'avait pas été longtemps à l'école et ne parlait que pour dire le nécessaire. L'observer suffisait à mon bonheur, sa beauté simple, naturelle, son visage harmonieux, ses yeux d'un bleu rare qui donnaient à son regard secret une étrange intensité. Elle n'a jamais su mon existence de gosse différent, d'enfant du mépris. En tout cas, elle ne m'a jamais posé de questions à ce sujet.

Certaines fins de journée d'hiver, quand le temps était à la grisaille, hésitant entre la neige ou la pluie, elle semblait lasse d'avoir préparé la tambouille de la famille après de longues heures de ménage. Elle n'avait pas beaucoup de menus dans son répertoire culinaire, quelques plats traditionnels qui tenaient au corps pour l'hiver. L'été, nous avions des légumes du jardin. Nous mangions rarement de la viande rouge, une fois par semaine tout au plus. Mon père se foutait de la gastronomie, tout lui convenait pourvu qu'on s'attable à son heure. Il demeure aussi monstrueux, incapable du moindre dérèglement domestique, même au bout de sa vie.

Il s'assoit et attrape l'embout du tube à oxygène. Le cancer a dû envahir son corps jusqu'aux poumons. Il place sous son nez le tuyau flexible et tourne fébrilement une molette. Un long sifflement s'échappe de sa bouche. Ses yeux se figent un instant, luisants et vides, en une extase sordide, pareils à ceux d'un drogué en manque qui vient d'avoir sa dose.

— C'est la fin, dit-il dans un souffle. La mort est à côté de moi. Prête à m'emporter.

La mort, je voudrais lui en parler, moi. La mort que j'ai donnée, celle que j'ai croisée trop souvent. Dire les regards qui s'éteignent, le sang qui se répand. L'odeur de la merde au soleil, la pourriture qui cisaille le bide. Les mots de la mort, ma fiancée d'un temps, sont si difficiles à trouver devant un vieux tout usé par la vie. Mon père me méprisait, ma mère m'a foutu la poisse. Je le sais, je le sens. C'est tout. Elle m'a donné la mort.

3

Ma chambre est restée triste et froide. Aucun poster, aucune photo ou affiche de film comme en ont beaucoup d'adolescents. Je n'ai pas eu d'idées politiques bien affirmées, ni d'idoles musicales, mais une jeunesse à l'horizontale, sans s'élever plus haut que les blablas des profs qui m'ennuyaient. Je m'en foutais du reste du monde.

Mon frère était différent. Son repaire était placardé d'un grand portrait, noir sur rouge, la tronche mythique du Che, et d'images des Clash, son groupe fétiche, découpées dans le magazine *Best*. Il lisait, pour lui faire plaisir, les livres que lui fourguait mon père, des éditions dépareillées et sales de Lénine, Marx, quelques romans édifiants où le prolo avait le beau rôle.

La seule photo posée sur mon petit bureau est un cliché de mon grand-père, sans doute pris au maquis. Beau portrait d'un homme jeune, coiffé d'un élégant chapeau de toile qui lui faisait une allure de star, avec le sourire détaché de ceux qui n'allaient pas vivre longtemps. J'en ai connu de ceux-là, qui vont au danger comme d'autres traversent une rue. Cette photo, je l'ai regardée des heures durant, me disant qu'un jour j'aurais le courage de ressembler à cet homme que je n'ai pas connu. Les Allemands l'ont fusillé non loin de Pierrefeu dans un endroit appelé Combe-Folle.

Je n'ai pas eu de chez-moi, pas même cette chambre, et n'ai pas cherché à en avoir un. Peut-être aurais-je pu construire quelque chose avec Samia ? Un foyer.

Ma piaule d'adolescent ressemble à ma vie, un grand vide en quelque sorte. Un lit en bois, qui a servi à des générations de Vasseur, est poussé contre un mur, face à la fenêtre sans rideaux, ouverte sur un morceau de montagne. Une armoire simple appuyée sur l'autre mur.

Cette pièce m'a appartenu pendant quelques années, uniquement les fins de semaines et les vacances scolaires. Le reste du temps se passait à la pension du lycée technique de Vizille, à vingt kilomètres de là. Mon père estimait que ses enfants devaient connaître le pensionnat pour devenir des hommes. J'ai vécu les angoisses de la nuit avec les autres, les moqueries des petits durs de dortoir. Pas un pion pour comprendre, ni un adulte pour écouter les petites brisures qui finissent par démolir un enfant.

Une fois, un lundi soir, première nuitée de la semaine, on a pissé dans mon lit. En me glissant dans les draps, j'ai senti la souillure encore chaude et l'odeur acide. J'ai bondi hors du pieu en criant si fort que le pion est venu, furieux. Je me tenais dans un angle de la chambrée, tremblant dans le tumulte des rires et des insultes, mon pyjama humecté de pisse.

— Viens dans mon bureau, a dit le surveillant.

Une fois la porte refermée, j'ai craqué, ne pouvant retenir le tremblement de mes lèvres. J'ai tout balancé : ce que je vivais, le nom des tarés. Il m'a écouté, l'une des rares fois de ma vie.

Au matin, le surveillant général a convoqué toute la chambrée, juste avant les cours. Le « surgé », un pied-noir à l'accent violent, avait un regard droit et pénétrant. Un type froid et sec, cheveux noirs et moustaches fines à la Clark Gable, une grosse chevalière au petit doigt. De temps à autre, il la retournait pour balancer des gifles magistrales. Son seul mérite : être juste et sans pitié. Il a vite découvert celui qui avait uriné sur mes draps, lui a mis une torgnole et l'a fait virer trois jours après un passage en conseil de discipline. Au moment où le pisseur a dû s'excuser, bredouillant, la tête baissée, j'en ai presque joui de bonheur. Parce que le sentiment de puissance reste plus fort que tout. J'ai refusé la main qu'il m'a tendue. Il n'était pas le plus mauvais ni le plus méchant des pensionnaires, juste un tyran du quotidien. Le forcer à être minable devant ses vieux m'a rempli de joie, une érection de la fierté. Paradoxalement, personne n'est venu me chercher la bagarre comme on pouvait raisonnablement s'y attendre. Vasseur la Fiotte, le Pédé, est devenu la Balance mais ça, je savais l'encaisser depuis longtemps.

Le climat a vraiment changé quand j'ai compris qu'il fallait détourner les insultes sur un autre, un plus minable que soi, un davantage victime. Devenir un bourreau ordinaire à mon tour. Les occasions ne manquent jamais de devenir un salaud. Après l'extinction des feux, la chambrée n'était plus qu'une rumeur, une multitude de chuchotements insupportables. Un rouquin, un garçon voûté et mal dans ses membres trop longs, ne pouvait pas s'empêcher de se branler avant de s'endormir et de ronfler. Une fois sur deux, je percevais sa manie lubrique car son lit de fer, juste à côté du mien, le trahissait. Le cadre grinçait au rythme régulier de la branlette, malgré les efforts du rouquin pour se donner du plaisir le plus discrètement possible. Il a suffi qu'un soir je crie haut et fort qu'il était en train de s'astiquer le manche pour que toute la chambrée chavire de rires et de sarcasmes et le classe immédiatement parmi les souffre-douleur, premier en titre. Sa laideur le prédisposait à ce rôle. Le lendemain, il est devenu « Gougoutte », il a pleuré. On m'a quasiment oublié. Dans le réfectoire, une fois, son regard souffreteux s'est posé sur moi et m'a fixé un bref instant. J'ai détourné les yeux, coupable mais soulagé, presque triomphant, d'avoir su, moi aussi, être méchant, ignoble, sans pitié.

La pension n'endurcit pas les faibles, elle les détruit un peu plus de l'intérieur. Rémy était bien plus fort que moi. Il ne pleurnichait pas sur son oreiller de pensionnaire, se battait à la première insulte, ne lâchait rien. Il ne récoltait pas d'heures de colle, ni de mots inavouables sur son carnet de correspondance. Il était la fierté de mon père. Mon contraire.

— Tu comptes rester longtemps ?

Mon père se tient dans l'embrasure de la porte.

— Le temps que tu te remettes…

Il ricane amèrement.

— Je n'ai pas besoin de toi pour mourir.

— Je n'ai pas dit que tu avais besoin de moi. Je sais que tu n'as jamais eu besoin de personne pour quoi que ce soit. Peut-être que j'ai simplement envie d'être là, après toutes ces années.

Ses lèvres frémissent. Il n'a pas dû imaginer son trépas de cette façon. Cette mort en caleçon pisseux. L'air qu'il pipe siffle à chaque inspiration. Il rejoint son fauteuil et place le tube à oxygène sous son nez.

— Vivement que ce soit fini, soupire-t-il.

Il ne bouge plus, la bouche entrouverte, la langue sèche, semblable à une momie vivante. Une faible lumière entre par la fenêtre, les ombres qu'elle projette dessinent des corps inquiétants sur le plancher. Je dis :

— J'ai souvent pensé à Rémy.

Mon père soulève une main puis la laisse retomber sur l'accoudoir du fauteuil.

— Moi, je pense à lui tout le temps. Chaque heure de cette putain de vie.

Je me poste devant la fenêtre et laisse mon regard se promener sur les usines. Les murs dessinent de longues perspectives qui viennent se briser contre les masses lourdes des montagnes. Au bout de ces lignes droites se trouve l'ancienne maison du patron, bâtie en hauteur. On raconte qu'il la voulait ainsi, avec un grand promontoire, pour mieux voir tourner son industrie quand l'époque était à la richesse. Ça fait belle lurette que la maison du patron est fermée et que ses murs se lézardent.

— C'est pour Rémy que je suis revenu, dis-je.

— Que comptes-tu faire ? Le venger ?

— Oui.

Mon père ouvre les yeux et tourne la tête vers moi. Une grimace qui hésite entre colère ou tristesse déforme son visage.

— Tu n'as pas su le protéger et tu veux le venger ! Comment vas-tu t'y prendre ?

Mon regard s'arrête sur l'endroit où est mort mon frère.

— Je vais retrouver ceux qui ont tué Rémy.

— C'est ça, mon garçon. Les retrouver et leur faire payer. Foutaises !

Quand mon père dit « mon garçon », il méprise davantage. Rien d'affectif dans cette expression, rien que de la condescendance. « Mon garçon », comme des années en arrière, au temps où il ne parlait que pour me rabaisser.

— Beaucoup de choses ont changé depuis que je suis parti, dis-je. Je ne suis plus le poltron que tu as connu. J'ai fait mes preuves.

Tout à coup, je ressens le besoin de hausser le ton, ce que je n'ai encore jamais osé faire. J'ajoute :

— Le courage, ça s'apprend.

Mon père secoue la tête comme pour balayer d'un geste ce que je viens de lui asséner.

— Est-ce que tu vas passer la voir ?

— De qui parles-tu ?

— De la seule femme, à part ta mère, qui t'a sans doute vraiment aimé dans ce monde : Samia… La sœur de ton soi-disant ami, Brahim. On ne l'a plus revu celui-là !

À l'évocation de Samia, je tique. Ce nom dans la bouche de mon père, ça me blesse. La dureté de la vie militaire s'écaille. Je demande, l'air de ne pas être touché :

— Qu'est-ce qu'elle est devenue ?

— À ce qu'on dit, elle a eu un mioche avec un type qui s'est éclipsé après la naissance. Aux dernières nouvelles, elle est toujours secrétaire à l'usine. C'est une des rares filles de Pierrefeu qui travaille encore dans la vallée. Une fille bien.

Mon père ôte son tube à oxygène et se lève.

— Tu vas aller la voir, dis ?

— Non. Je n'ai plus rien à lui dire.

— C'est ce que tu crois… Elle a souvent demandé de tes nouvelles au début puis elle s'est lassée. Mais je ne pense pas qu'elle t'a oublié.

De la fenêtre, au loin, on aperçoit les grilles de l'usine, la dernière à faire du traitement de l'acier et de l'aluminium. Il est midi. Des voitures et des piétons en sortent. Samia doit être parmi eux. La retrouver. Juste une fois. Voir si elle a changé. Je me dis que je ne veux rien d'autre tout en sachant que je me mens. Sa photo est restée dans mon portefeuille, même lors des coups durs.

Mon père pose deux assiettes face à face, deux verres et une bouteille de mauvais vin.

— Je vais partager ce que j'ai avec toi. On me porte les repas tous les jours sauf les week-ends. Y en a toujours trop car je n'ai plus vraiment faim. Il n'y a qu'à réchauffer.

— Je te remercie mais je n'ai pas faim non plus. Le trajet en autocar m'a barbouillé.

— Pourtant, ce n'est pas loin Grenoble !

Devant les grilles de l'usine, le mouvement de la mi-journée a cessé. La vallée semble aussi pauvre que vide.

4

Le monument aux morts des maquis de l'Oisans se dresse au bout d'une courbe de la nationale, terne comme une pierre tombale. C'est une grande stèle au sommet d'une butte. Quatre ogives d'obus, blanches, fichées dans le sol aux abords du mémorial, sans goût. Il n'y a jamais de goût dans ces érections de mémoire. Foutre des obus qui hachent les vies devant des listes de massacrés, pour leur rendre hommage, faut oser !

Un escalier en pierres grossières monte, en une dizaine de marches, jusqu'aux plaques où figurent les noms des tués. À gauche de la rampe, des galets blancs forment les trois lettres *F.F.I.* et à droite *1944.* En haut de la grande plaque de pierre sont gravés des mots qui m'impressionnaient : *Le maquis de l'Oisans, à ses morts, à ses héros, à ses martyrs.*

Avant de quitter Pierrefeu, je suis venu ici, cherchant confusément une sorte de justification à mon départ. Par mon grand-père, je me sens un peu comme un fils de ces héros. J'ai voulu leur ressembler. Je sais aujourd'hui combien je me suis fourvoyé même si je ne regrette rien. Les guerres injustes n'enfantent pas de héros.

Je parcours la liste des deux cent six noms en tentant d'imaginer derrière chacun d'eux un visage, une histoire de bravoure. Beaucoup ne sont pas originaires de notre vallée. Il y a des noms polonais, juifs, russes, italiens, algériens, indochinois, quelques-uns bien de chez nous et d'autres qui viennent de toute la France. Pas mal d'entre eux sont tombés au combat, certains ont été fusillés, d'autres ont fini leur vie si brève en déportation, le long trajet jusqu'à la nuit des camps. Mon grand-père figure en bas de la liste, le dernier. Tous ceux qui l'ont connu dans la vallée vantent son courage et sa détermination sans faille. Son souvenir a longtemps hanté ma première vie, mon existence d'enfant. Je détestais son fils, c'est-à-dire mon père, mais lui, je le chérissais. Il a été comme un phare au milieu du néant. Quand on me réduisait à trois fois rien dans la cour de récréation par des moqueries ou des coups, c'est à lui que je pensais. Son père avait combattu dans les tranchées de la Grande Guerre. La guerre est en nous, en quelque sorte, de génération en génération.

Il fait beau en fin d'après-midi. Le ciel paraît plus pur que dans mon enfance. Les faces vertigineuses des montagnes demeurent des énigmes pour moi. À part mon grand-père, personne, dans notre famille, ne les a jamais parcourues. Samia aurait aimé qu'on aille se perdre sur ces hauteurs terrifiantes. Je n'ai pas exaucé son vœu pour qu'elle ne devine pas ma peur du vide. Nous sommes plusieurs fois descendus jusqu'à Grenoble, en rêvant d'un ailleurs mille fois plus lumineux que notre vallée. L'ivresse des cimes ne me disait rien. Sauf peut-être quand l'école nous emmenait au cours de ski dans la station la plus proche.

— C'est tellement beau, a un jour lancé Samia en désignant les arêtes immaculées du massif des Rousses. Comment peux-tu ne pas aimer ça ?

— Parce que ça sent la mort, ai-je répondu.

Pendant des années, l'héroïsme de ceux qui risquent leur vie sur les pentes vertigineuses ne m'a pas concerné. Régulièrement, le journal se faisait l'écho d'accidents tragiques, de cordées qui dévissaient, d'avalanches qui engloutissaient des skieurs. À chaque fois, mon père ne trouvait pas de mots assez durs pour ces victimes de la montagne. Lui qui ne sortait jamais de son village, ne pouvait pas comprendre. Aujourd'hui, avec le recul que me donne ma vie, je perçois combien cette conquête de l'inutile était nécessaire à l'existence de ceux que la montagne a tués.

Mon paternel souffre de n'avoir jamais ressemblé à son propre père, de près ou de loin. Il s'est donné à fond dans le syndicalisme, sa guerre à lui. Il a été un « rouge » et a conduit des grèves très dures parfois. Les ouvriers lui obéissaient, comme des bataillons de soldats. Les directions d'usine le traitaient d'égal à égal parce qu'il pouvait tout mettre en rideau comme il le clamait haut et fort du haut des estrades, dans un haut-parleur aussi gros que sa tête. Mais pour sa famille, il a trop souvent été lâche. Une lâcheté dissimulée sous de la dureté de caractère.

Quand mon frère a été frappé à mort, il a courbé l'échine, comme vaincu. Le syndicaliste redoutable a mis un genou à terre comme pour demander grâce. Il aurait pu retrouver les assassins et leur faire payer. Cette passivité demeure pour moi un grand mystère. Il meurt sans honneur, un robinet à oxygène sous le nez, traînant ses pieds d'une pièce à l'autre de notre maison trop grande où l'on sent encore la présence de mon frère et de ma mère.

Je passe ma main sur les noms des morts des maquis de l'Oisans. Mes doigts caressent délicatement les petits reliefs de chaque lettre gravée dans la pierre chaude de soleil.

Et je pense à mes morts.

J'ai besoin de faire le deuil de mes frères d'armes et de ces hommes que j'ai tués en opération. J'ai besoin de sortir tout ce qui me donne le vertige.

Depuis que Rémy est parti, je n'arrive plus à pleurer.

5

La voiture de la police municipale s'arrête devant notre porte. Un flic en descend et vient sonner. Un visage connu : Pierre Lestrade. Un trouble m'envahit. Une sensation que je croyais éteinte : la crainte. La peur de revivre les heures dures de mon enfance.

Mon père ouvre.

— Bonjour, monsieur Vasseur. Comment allez-vous ?

— Pas trop mal.

Pierre Lestrade s'est empâté avec les années. Il a conservé un air poupin malgré des tempes grises et l'uniforme qui le rend sévère. Il jette un regard discret dans ma direction et fait mine de ne pas me reconnaître.

— Un garçon a disparu, dit Lestrade. Romain Marceau. Ce nom vous dit-il quelque chose ?

— Non, répond Vasseur. Je ne croise plus les jeunes. Ils ne viennent pas traîner jusqu'ici.

À nouveau, Lestrade jette un regard vers moi, plus appuyé.

— Vous avez dû connaître son grand-père, Jean-Claude Marceau.

— Bien sûr, répond mon père. Il était à la cellule de la CGT. C'est même moi qui l'ai recruté. Ça remonte à loin…

Lestrade se tourne vers moi.

— Je ne t'avais pas remis sur le coup. Après toutes ces années. Comment vas-tu ?

— Comme un revenant.

Je serre la main de Lestrade en mettant suffisamment d'énergie dans ma poigne pour qu'il sente que ce n'est plus le même René qui se tient devant lui.

Un premier souvenir surgit.

Le printemps est arrivé tôt cette année-là. Les jours donnaient l'impression de s'allonger plus vite que dans la marche normale du temps. Je suis sorti de l'école primaire, classe de CM2, mon cartable sur le dos. Lestrade et un autre gamin dont j'ai oublié le nom m'attendaient vers le pont qui enjambe la Romanche. Ces deux-là étaient déjà en classe de sixième. Lestrade m'a porté le premier coup et m'a fait tomber. L'autre a attrapé les bretelles du cartable et a tenté de l'enlever de mes épaules.

— On va le lui jeter dans la Romanche, a crié Lestrade en le bourrant de coups de pied. Pédé !

J'ai fait le dos rond en serrant les bras pour ne pas perdre mon cartable. J'ai pensé à mon grand-père. Puis Brahim est arrivé en courant.

— Toi, le melon, dégage ! a crié Lestrade.

Brahim a le même âge que moi. À cette époque, il était plus fort et savait se battre. Le premier coup de pied a frappé entre les jambes. Pierre Lestrade s'est courbé en deux. Brahim en a profité pour lui expédier un coup de poing en pleine tête.

— Sale Arabe, a crié le copain de Lestrade en battant retraite. On va revenir et tu feras moins ton malin.

Je me revois au sol, le visage meurtri.

— Viens René, a dit Brahim.

Je me suis levé, un goût amer de poussière et de fiel dans la bouche.

— Putain, René, on leur en a mis une.

— C'est toi Brahim qui t'es battu. Moi…
— Ça fait longtemps qu'ils t'embêtent ?
— Chaque fois que je suis seul.

Je lève les yeux vers le Lestrade devenu adulte. Il croise mon regard avec un dédain discret car il n'en a pas fini de vouloir me dominer. Il demande :
— Depuis combien de temps es-tu dans le coin ?
— Je suis arrivé par le car de 11 heures ce matin.
Lestrade jette un œil sur le tatouage qui barre mon avant-bras. Il a le même sourire moqueur que quand il était un sale gosse de Pierrefeu.
— Cop Rocco ! C'est quoi ?
— Un souvenir, rien de plus.
Mon père coupe la conversation en toussant dans son poing. Lestrade lui tend une fiche signalétique.
— Romain aura huit ans dans quelques jours. Il a été aperçu pour la dernière fois ce matin sur le chemin de l'école, non loin du pont de la Romanche, avec son cartable sur le dos. Et puis plus rien. Ne le voyant pas arriver, la maîtresse a téléphoné à la famille qui a donné l'alerte.
Lestrade bombe le torse et pose les mains sur ses hanches.
— Chaque minute compte, dit-il avec fermeté. On a besoin de tous. Si jamais vous avez vu quelque chose…
— Moi, je ne peux plus rien faire, dit mon père en me regardant.
— J'irai, dis-je en soutenant son regard.
— Merci, lance Lestrade. Les gendarmes vont organiser une battue dans une heure environ.
Le flic rejoint sa voiture. Je l'observe, comme le font les snipers, un long moment, avec patience, tandis qu'il redescend vers le centre de Pierrefeu. Puis je lance d'une voix forte en fixant mon père :

— Je ne savais pas que tu étais aussi copain avec la police municipale.

— Je devine ce que tu penses et je m'en moque. Si tu n'as rien d'autre à faire de ton après-midi, va aider la police à retrouver ce pauvre gamin.

Il va péniblement s'asseoir à son fauteuil et respire un peu d'oxygène. Je le vois encore, des années plus tôt, quand il était le porte-voix de la CGT. À cette époque-là, il bouffait du flic à tous les repas. Sa cible préférée n'était autre que le père de Pierre Lestrade, Maurice, le brigadier de gendarmerie qui incarnait la loi dans la vallée. Je dis :

— Mort aux vaches ! Tu te souviens ?

— Il n'y a que les imbéciles qui ne changent pas d'avis. Laisse-moi me reposer. Lestrade, je le déteste au point de vouloir sa mort. Mais il faut savoir porter le masque.

— Tu as raison. Je vais aller à leur battue. Faire le gars bien qui aide son ennemi pour la bonne cause. La vengeance, ça commence aujourd'hui.

6

Je rejoins les flics à pied en passant par le pont de la Romanche, comme au temps de l'école primaire. Longuement, j'observe les berges. Au bord de l'eau, dans le sable fin et gris, aucune trace n'indique le passage d'un être humain. Rien non plus dans les environs.

Le torrent a élargi son lit. Les gros blocs où on venait pêcher avec Brahim, eux, n'ont pas bougé. Il y a toujours des trous d'eau qui tourbillonnent et sans doute des truites belles comme des arcs-en-ciel quand elles frétillent au soleil. Je me souviens en avoir rapporté deux belles tachetées de rouge à ma mère.

La dernière année de collège, une fin d'après-midi d'automne encore chaude, mon père était absent, il devait rentrer tard à cause d'une réunion syndicale. On commençait à licencier dans les aciéries. Au tout début des années 1980, la télévision ne cessait de répéter que le choc pétrolier allait produire des centaines de milliers de chômeurs. Je ne comprenais pas grand-chose à ces histoires. Surtout, je ne voulais pas connaître parce que cela était l'univers de mon père. Je préférais celui de ma mère.

Ce jour-là, je remontais le chemin jusqu'à la maison familiale avec mes deux poissons comme un trophée. Passé le long mur des magasins de chimie, la voiture de gendarmerie a déboulé, Maurice Lestrade seul à son bord.

Il semblait immense, toujours prêt à brandir le feu de la loi. Quand le brigadier s'est arrêté à ma hauteur, j'ai ressenti une sensation de frousse, un liquide froid s'est répandu dans mon ventre et entre mes jambes.

— Que fais-tu avec ces poissons, petit ?

J'ai commencé par bégayer.

— Je... Je...

— Je quoi, petit... Tu as un permis pour pêcher ?

Je n'ai pas pu retenir mes larmes. Je n'avais ni permis ni autorisation de quoi que ce soit.

— Je vais devoir te coller une amende, petit. Donne-moi ton nom.

— Vasseur.

— Tu es le fils du syndicaliste de l'usine ?

En guise de réponse, j'ai hoché la tête. Lestrade a ouvert la portière du côté passager et m'a donné l'ordre de monter. Au moment où j'ai pris place, j'ai reçu une gifle qui m'a ébranlé au point que je n'ai pas pu retenir un jet d'urine.

— Ça, c'est un acompte. Je vais te ramener chez ta mère, merdeux, et je vais t'apprendre à ne plus pêcher sans permis.

Lestrade a freiné subitement et m'a fixé.

— Ça fait un moment que je vous observe, toi et le petit melon. Comment s'appelle-t-il déjà ?

— Brahim...

— Voilà oui. Un nom à coucher dehors. Ça va être sa fête à lui aussi.

Lestrade s'est arrêté devant ma maison. Ma mère a ouvert la porte, le visage inquiet.

— Que s'est-il passé ?

— Votre fils pêche sans permis, madame. Je peux vous parler en tête à tête ?

Ma mère, Marlène Vasseur, a fait entrer le gendarme sans même me regarder.

— Va dans ta chambre petit, a ordonné Lestrade.

Je me suis exécuté sur-le-champ. Une fois la porte refermée, j'ai écouté ce qu'il pouvait bien raconter à ma mère. Au début, la voix était autoritaire et forte, puis elle a baissé pour ne devenir qu'un murmure inaudible. J'ai entrouvert la porte pour mieux entendre. Le murmure a cessé. Un long silence, pesant. Puis la voix forte à nouveau.

— Pour cette fois, ça va !

Un claquement de porte.

Je suis descendu jusqu'à la cuisine. Les deux poissons étaient posés sur la table.

— Il ne les a pas gardés ?

Ma mère était prostrée, le regard gêné.

— Non, pour cette fois, ça va. Mais ne recommence plus.

J'ai enfoui mon visage dans son tablier. Je ne me suis jamais senti autant coupable que cette fin d'après-midi.

Les eaux de la Romanche éclaboussent sans fin les blocs qui la forcent. Une douce lumière leur donne une teinte vert pâle.

Plus de nouvelles de Brahim depuis vingt ans. Il a dérapé. Brahim le costaud a pris le mauvais chemin. Je n'ai guère fait mieux.

Le souvenir revient de nos fous rires et nos cuites au bar des Cimes quand le vieux Marcel le tenait et qu'il buvait à peu près autant que ses clients. Les premières filles aux allures garçonnes. Je n'ai eu aucun succès, ne sachant pas m'y prendre. Trop timide, trop gauche. Et puis il n'y a eu que Samia dans ma tête. Personne d'autre n'a compté. Sa peau brune et soyeuse, ses cheveux rebelles et son regard noir m'ont envoûté à jamais. J'en ai fait la reine d'un pays lointain. Je l'ai connue sur les bancs de l'école primaire et j'ai grandi avec elle. Je réfléchis à voix haute :

— Elle n'est pas loin. Quelques minutes à pied. Tu peux aller la voir maintenant.

Mais non…

Un mur invisible s'est dressé entre Samia et moi. Une muraille infranchissable.

7

La voiture de la police municipale s'arrête à ma hauteur au moment où je quitte le pont de la Romanche.

— Salut, lance Pierre Lestrade. Qu'est-ce que tu fais là ?

J'ai envie de répondre que je fais ce que je veux et que je n'ai de comptes à rendre à personne, surtout pas à un flic de la municipale. Mais je butte sur mon manque de cran, le besoin de me justifier.

— Je suis venu voir si je ne trouvais pas des traces du petit. Tu nous as dit que sa maîtresse l'avait aperçu par ici. Je pensais qu'il avait pu descendre dans le torrent.

— Pas une mauvaise idée du tout. Tu as trouvé quelque chose ?

— Non, rien, pas de traces sur le sable qui borde les berges. Faudrait aller y voir de plus près.

Lestrade junior me fixe quelques secondes puis il laisse glisser un sourire enfantin sur son visage rond.

— La gendarmerie va commencer la battue, dit-il. Il manque encore d'effectifs en attendant les renforts de Grenoble. Si tu veux, je t'y amène. C'est pas loin. Vers Combe-Folle.

— Combe-Folle ?

— Oui. Un témoin a signalé le petit vers là-bas. Les gendarmes veulent vérifier.

Combe-Folle n'est qu'à quelques minutes à pied, non loin du lieu où mon grand-père a été fusillé. J'accepte d'y être conduit et grimpe dans la voiture de la police municipale. La radio crachouille quelques ordres rappelant la position des gendarmes sur le terrain.

— Ils ne vont pas tarder à commencer, précise Lestrade. Faut se magner...

Il remonte sur 200 mètres la nationale qui coupe Pierrefeu et s'engage dans un chemin forestier. Des estafettes de la gendarmerie sont garées en épi. Deux gendarmes tiennent en laisse des bergers allemands qui tirent sur leurs colliers, la langue pendante.

— J'ai emmené du renfort, s'écrie Lestrade en descendant de sa voiture. René Vasseur, un homme de la vallée. Il connaît les lieux par cœur.

Le gendarme me dévisage et finit par me tendre la main.

— Il faudra que vous passiez tout à l'heure pour nous laisser vos coordonnées. Merci de vous joindre à nous. On ne sera pas trop nombreux pour retrouver le garçon.

J'aperçois la mère de Romain Marceau, une femme d'environ trente ans, fausse blonde un peu replète, en conversation tendue avec un officier, un capitaine. Elle tient dans sa main un nounours ébouriffé. Je ferme les yeux.

Un village de la vallée d'Uzbeen. Des gosses qui couraient partout. Le caporal Decker, au mortier, sur une vague place, juste en face d'une ruelle maigre. Les tirs talibans venaient d'un peu plus haut, depuis des maisons écrasées de soleil.

— La hausse à 40°, a beuglé le lieutenant.

Decker s'est exécuté et a attendu l'ordre de tir.

— Feu !

L'obus est parti en propulsant un nuage de sable et de sacs plastiques qui traînent partout dans ces hameaux misérables. Pile sur l'objectif.

Decker n'avait pas d'égal au mortier.

Je regarde la maman de Romain, elle essaie de garder son sang-froid.

— Bon, allez on y va.

Le gendarme fait sentir le nounours aux deux chiens qui prennent immédiatement la piste. Je rejoins la battue et serre quelques mains : de vieilles connaissances, qui s'étonnent de me voir là. J'explique que mon père est en fin de vie et que je suis venu le soutenir.

Nous remontons un chemin qui s'enfonce loin dans le bois. J'ai l'impression de reconnaître chaque arbre, chaque roche qui s'est détachée de la montagne pour finir sa route en fond de vallée.

Les chiens s'arrêtent en émettant de petits sifflements. Ils ne trouvent rien. À l'évidence, la trace s'arrête au-delà d'un terre-plein où viennent jouer tous les enfants de Pierrefeu.

Là, sur le banc qui se trouve entre deux frênes noueux, j'ai avoué à Samia qu'elle était la plus belle femme du monde. Elle a ri sans se moquer puis elle a abandonné délicatement sa tête sur mon épaule. Je n'ai pas osé l'embrasser. Pas encore, je n'ai pas voulu que notre amour débute comme ça. On ne rêve et on ne désire jamais assez.

— Par ici ! crie un gendarme.

Un chien s'est enfoncé profondément dans des buissons. On l'entend retourner les feuilles mortes en émettant des petits grognements. Puis des aboiements. Le gendarme rappelle son chien.

Un cartable est dissimulé grossièrement dans un trou de roche masqué par des buissons. Le chien l'a trouvé.

La mère de Romain comprend sur-le-champ et pousse un cri qui déchire la vallée.

Ces cris de mère, dans un thalweg isolé d'Afghanistan. Encore si présents dans mon esprit. En voyant la mère de Romain courir vers l'endroit où a été retrouvé le cartable de son fils, je ne peux m'empêcher de retenir une larme. Lestrade s'en aperçoit et me donne une tape sur l'épaule comme si nous étions de vieux amis. S'il savait à ce moment-là combien je le hais !

Nous apprenons plus tard que Romain a croisé la route d'un « monsieur » dont un passant a donné vaguement le signalement et qu'il est parti avec cet inconnu.

Je vais me présenter au sous-officier de gendarmerie pour décliner mon identité. Il note sur un carnet, d'une écriture appliquée. Puis, visant mon tatouage, il me questionne :

— Qu'est-ce que ça signifie ?

— COP veut dire *Combat out post*, c'est de l'anglais. Poste de combat en français. Rocco, c'est un point dans une vallée au nord de l'Afghanistan. La vallée d'Uzbeen.

— Vous êtes allé là-bas ?

— Oui.

Je ne veux pas qu'il sache que ce tatouage représente pour moi le pire de ma vie. Il l'apprendra tôt ou tard s'il a la curiosité de faire un tour dans les corridors de l'histoire militaire.

Au COP Rocco, les accrochages étaient quotidiens. La nuit, les talibans nous canardaient pour éprouver nos forces. Le jour, on allait au contact.

Le gendarme me fixe, l'œil méfiant.

— Quelle unité ?

Je baisse les yeux et dit à voix basse :

— 2e REP.

Le flic marque un silence. Le seul nom de mon ancien régiment impose le respect chez les militaires.

— La Légion…

— Oui.

— Quelle compagnie ?

La question m'agace. J'ai tiré un trait sur tout ça et je n'aime guère évoquer les prestiges de mon unité. Le sous-officier ne porte ni décoration ni insigne de formation militaire. Un type fade qui s'est foutu dans la gendarmerie pour assumer son quotidien. Je réponds simplement :

— Compagnie d'éclairage et d'appui.

Le gendarme me jette un regard oblique qui me rappelle celui qu'avait eu mon père avant mon départ de Pierrefeu.

— Vous êtes en permission ?

— Non, j'ai fini. J'ai fait mon temps. Une petite retraite.

— Vous êtes jeune pourtant !

Je veux lui cracher à la gueule que j'ai passé ma vie à faire la guerre et que vingt ans de ce traitement ouvrent quelques droits. Mes campagnes et mes blessures m'ont permis de partir avec une petite pension. Pas une fortune, mais juste de quoi vivre en paix. Je préfère avaler ma bile et dire que je n'ai plus trop la frite et qu'il faut savoir raccrocher au bon moment. Il me donne congé et je le laisse avec l'impression que son regard me suit.

Son regard et ses soupçons.

8

Mon père se ratatine, figé dans son fauteuil, les yeux dans le vague. Le tuyau d'oxygène pendouille sous son nez.

— Ils ont retrouvé le cartable du petit, dis-je en entrant.

Il ne répond pas, juste un signe vague de la tête qui penche sur son épaule décharnée. Les drames du présent ne le concernent plus. Il se tient sur la frontière invisible qui sépare les deux mondes, face au noir et à l'inconnu. Et il doit forcément se poser des questions sur l'inconnu. Contrairement à ma mère, il n'a jamais été croyant et ne donne aucun signe de doute sur une éventuelle vie après la mort. Il nous a toujours enseigné que la mort c'est comme quand on coupe le courant. Plus rien car plus d'énergie pour faire fonctionner la machine. Aussi simple que ça.

Ma mère est morte dans des souffrances atroces. Un mauvais cancer a envahi tout son corps. Heureusement qu'elle a eu sa religion. Elle n'a jamais rompu avec la foi catholique, elle est allée des années durant, discrètement, à l'office du samedi soir. À cette époque, le curé de Pierrefeu était encore en activité. Quand le vieux prêtre a pris sa retraite et que les messes se sont espacées, ma mère n'a pas cessé d'honorer ses rendez-vous avec Dieu, aussi rares fussent-ils. Elle a cru jusqu'au bout, même quand mon frère est parti. Mon père, qui s'est toujours voulu marxiste, a passé sa vie à lui reprocher sa foi, allant jusqu'à la traiter de grenouille de bénitier, de bigote et autres insanités. Avec le temps, le coco a cédé la place à ce qu'il a toujours été, un malade de l'ego qui s'est servi du syndicalisme pour se tailler sa parcelle de gloire et d'autorité dans ce monde insipide.

— Le docteur va passer dans pas longtemps, dit mon père d'une voix fatiguée. Il devrait même déjà être là. Qu'est-ce qu'il fout !

— Les médecins sont souvent en retard, dis-je pour le calmer.

— C'est bien de toi de trouver des excuses à tout le monde. Avec l'argent qu'ils se mettent dans les poches, ils pourraient faire l'effort d'être à l'heure.

Ses yeux jettent les mêmes éclats troublants que j'ai pu voir sur les champs de bataille, juste avant que la vie ne foute le camp. Je ne ressens rien, juste de la colère de le voir toujours aussi désagréable.

— Le médecin fait ce qu'il peut, lui dis-je sans ménagement. Tu n'es sans doute pas son patient le plus facile et certainement pas sa première urgence.

Le regard de mon père vacille en entendant ces paroles auxquelles il ne s'attendait certainement pas.

— Maintenant que je vais crever, tu ramènes ta science, rétorque-t-il. Tu fais ton petit malin.

Il se redresse sur son fauteuil, non sans peine.

— Je préfère que tu t'en ailles. Rejoins ton escouade de mercenaires et fiche-moi la paix.

Je me tourne vers le buffet et fixe la Légion d'honneur de mon grand-père. Je ne ressens plus aucune colère, aucune peine non plus.

— Je suis à la retraite, dis-je simplement et je vais t'aider à partir.

Et puis j'ajoute :

— Je te demande simplement d'avoir un peu plus de courage.

Je viens de le toucher car il ricane et se lance dans une diatribe sur cette famille qu'il n'a jamais voulu fonder, ces enfants qu'il n'a jamais désirés. Tout est de la faute de ma mère. Il a toujours regardé la vie à travers des verres barbouillés de suie.

— Laisse Maman en dehors de tes angoisses.

Cette simple phrase le calme net. Il me jauge quelques secondes :

— Qu'est-ce que c'est que le courage ?

Mes pensées bafouillent.

— Je... Je n'ai pas de réponse. Je crois que tu ne peux pas comprendre.

Son regard incandescent se tend vers moi :

— Tu dois t'y connaître ? Il en faut du courage pour faire tout ce que tu as fait ?

— Certains appellent ça du courage. Moi, c'est la peur qui m'a rendu courageux. La trouille, ça peut rendre dangereux.

— Tu as déjà donné la mort de tes mains ?

Je le laisse sur sa question et sors sur le balcon en tirant la porte derrière moi pour ne plus l'entendre.

Le Dr Faure arrive quelques minutes plus tard, une serviette de vieux cuir à bout de bras. Il soigne ma famille depuis une trentaine d'années et semble ne pas vieillir. Il s'est occupé de nos grippes, nos angines, nos petits accidents du quotidien comme quand mon frère s'était cassé le bras en tombant d'un muret. Il a diagnostiqué le cancer de ma mère. Grand, un peu brouillon sur lui, une serviette en cuir lustré à la main, il fait partie de Pierrefeu, on aime le voir, toujours à fond pour ne pas trop faire attendre.

— Comment vas-tu, René ? me lance-t-il en saisissant vigoureusement la main que je lui tends.

— Je m'occupe de lui, dis-je en jetant un regard sur mon père.

Le médecin va droit vers mon père, je les laisse seuls pendant tout le temps que dure la visite. Mon père est devenu soudain plus affable. Il sourit même. Le docteur dresse son ordonnance et lui serre la main en se penchant vers lui. En sortant, il m'adresse un sourire.

— Je vous raccompagne, dis-je.

Une fois devant sa voiture, Faure me dit :

— C'est un miracle qu'il soit encore en vie. Je crois qu'il commence à souffrir. Le cancer progresse très vite à présent.

Faure a constaté le décès de mon frère. Il a regardé ma mère avec ce même regard désolé, cette même tristesse non feinte sur le visage.

— Combien de temps, docteur ?

— Je crois qu'il ne passera pas le mois. La tumeur a tellement grandi que je peux la sentir rien qu'en effleurant son ventre. Et puis, il m'a dit qu'il avait uriné tout noir. C'est très mauvais signe.

Il marque un silence puis il ajoute :

— Je sais que tu es courageux.

Une phrase bête, que j'ai entendue des centaines de fois. Je ne pense qu'à la mort de mon frère. Celle de mon père ne me peine guère même si, au fond de moi, elle fait monter l'angoisse que je redoute tant car je n'aurai plus personne après lui. Je vais hériter de la maison dans laquelle j'ai grandi et qui, pour moi, ne représente pas grand-chose. Je vais aussi hériter de Pierrefeu, de toute cette vallée et de ses ombres.

La sonnerie de l'usine retentit au loin. Ceux qui vont prendre la nuit doivent passer le portail et se diriger vers les vestiaires en croisant ceux qui regagnent leur foyer. Samia doit sans doute finir son travail du jour et retourner à la monotonie de sa vie. L'ennui de la vallée et cette existence que l'on croit douillette à condition de se soumettre à la banalité des choses et des êtres. J'ai quitté Samia parce que je n'avais plus d'autres choix. Quand je pense à mon départ, je ne me souviens que de cela : un trou noir, une impasse. Il me fallait une autre vie. Plus le choix.

Une vie absurde : plonger dans le vide, lors des sauts opérationnels, à plus de 4 000 mètres d'altitude, seul dans le ciel immense et pur de l'Afghanistan. Au sol, toute la stupidité d'une guerre.

Une fois, j'ai pensé : « Mon père a raison. » Nous sommes des mercenaires au service d'un pays qui nous utilise comme bon lui semble parce qu'on a une dette à payer. Puis j'ai écarté cette évidence car elle m'était insupportable. Je l'ai mise de côté au point de l'oublier.

Nous étions en mission d'éclairage pour les compagnies de combat qui allaient livrer les premiers assauts. Nous étions les plus forts. Mais pour combien de temps ? Dans la carlingue, le caporal a chanté :

La Légion marche vers le front,
En chantant nous suivons,
Héritiers de ses traditions,
Nous sommes avec elle.

Et nous avons repris, les quatre que nous étions, à pleine poitrine, pour nous donner davantage de courage :

Nous sommes les hommes des troupes d'assaut,
Soldats de la vieille Légion,
Demain brandissant nos drapeaux,
En vainqueurs nous défilerons,
Nous n'avons pas seulement des armes,
Mais le diable marche avec nous...

En nous éjectant de la carlingue, l'air glacial nous a giflés. J'ai observé la vallée sinueuse. L'objectif était sur la droite. À cette hauteur, on n'aperçoit pas grand-chose, un décor sans couleurs, terne, mis à part quelques prairies et des champs de pavots aux couleurs de violettes. Des montagnes arides aux sommets enneigés ferment l'horizon. Nous avons chuté à une vitesse vertigineuse. J'ai consulté mon GPS : pile sur l'objectif. On n'a ouvert le parachute qu'au dernier instant, pour que personne ne nous repère.

Dans quelques jours ou semaines, ma maison natale sera à moi. Quelle vie dois-je bâtir à Pierrefeu ? Vais-je fuir vers d'autres rêves ?

La nuit tombe. Dans la vallée, les moments sombres arrivent si vite. Les dernières ombres du jour disparaissent, furtives, derrière les hauts murs, les roches énormes, les tubes rouillés des anciennes industries.

Mon père s'est flanqué devant les informations du soir, le regard étrangement fixe. Il ne répond même pas quand je lui demande ce qu'il souhaite pour son repas du soir. Et, au fond, ce n'est pas plus mal.

9

Je quitte la maison vers 21 heures, laissant mon père à moitié endormi devant un vieux film que j'ai déjà vu.

Pierrefeu est plongé dans le silence. On entend juste les voitures qui passent sur la départementale en direction de Grenoble, laissant dans la vallée une longue traînée de sons criards.

Je remonte vers l'usine sans passer par le centre, en longeant la Romanche par un sentier que la municipalité a aménagé durant ma longue absence. De temps à autre, je m'arrête pour écouter le bouillonnement de l'eau.

Je pense à Brahim, il faut que je parte à sa recherche sans plus tarder. Avant de quitter la Légion, un sergent-chef originaire de Grenoble m'a parlé de lui. Il l'a connu et m'a indiqué un bar du centre-ville, près de la rue de Constantine, où je pourrais sans doute le trouver ou du moins rencontrer des piliers de bistrot qui le connaissent.

Je décide de remettre cette descente dans les eaux troubles de Grenoble à demain et continue mon chemin en bordure du torrent.

Au bout d'une vingtaine de minutes, je me trouve tout proche de la petite maison où a grandi Samia. J'avance en prenant soin d'être le plus discret possible.

La fenêtre de la salle à manger dessine une scène rouge et or dans la nuit encore laiteuse. Tout est immobile.

Seuls me parviennent le ronronnement d'une télévision et le long mugissement de la Romanche.

Une silhouette passe dans le carré lumineux. Une femme, jeune. Ce n'est pas Samia. Je recule davantage entre les deux fourgonnettes où je me suis dissimulé. J'imagine que Samia doit avoir une fille et qu'elles s'apprêtent toutes deux à passer leur soirée d'une façon ou d'une autre. J'ai une envie furieuse de sonner à la porte et de dire que tout va revivre à nouveau, que notre amour va renaître.

La fenêtre s'ouvre et la silhouette ferme les volets, me laissant seul dans la rue. J'attends quelques minutes avant de sortir de ma cache et je me dirige vers le centre du village.

Devant le bar des Cimes, quelques jeunes se sont donné rendez-vous. Ils échangent des banalités à propos de leur quotidien. Il y a des descendants de travailleurs italiens ou polonais et quelques jeunes « Arabes » comme disait mon père qui ne les a jamais vraiment aimés. Un peu plus loin, je reconnais Jean-Claude Monteil. Nous avons été ensemble à l'école primaire puis en pension. Il n'a pas changé à part les kilos supplémentaires et le double menton qui renforce son air bonhomme.

— René ! s'exclame-t-il. Pas d'erreur, c'est bien toi !

Je n'ai pas le temps de dire quoi que ce soit qu'il me prend dans ses bras et m'embrasse.

— Ça fait une paye, mon copain !

— Presque vingt ans.

Je songe que j'ai vu Jean-Claude pour la dernière fois lors des funérailles de ma mère. Il a été vraiment un bon copain, un gars avec qui j'ai fait pas mal de bêtises, après le lycée. Des bêtises pour se donner du courage, pour ranger la lâcheté au placard. Certaines auraient pu nous conduire en prison.

— Je te garde, me lance Jean-Claude. Viens boire un canon, tu vas me raconter.

Dans le bar des Cimes, le décor a changé. Difficile de dire si c'est pour le meilleur ou pour le pire. Le patron est un jeune d'origine kabyle qui a posé des posters de son bled au-dessus du comptoir. Un village perché quelque part dans le Djurdjura, entouré de champ d'oliviers, se découpe dans un ciel d'un bleu pur. Une main de fatma pend à la bouteille de pastis.

Devant une bière, Jean-Claude me pose une multitude de questions sur les raisons de mon départ subit. J'élude la plupart d'entre elles.

— C'est vrai que tu as vécu des drames comme ça, coup sur coup, me dit-il. Je comprends que tu aies voulu tout quitter.

— Et toi ?

Il fait un étrange sourire comme s'il voulait s'excuser de la réponse à venir :

— Je suis marié et père de deux garçons, à peu près aussi fondus que moi. Je ne sais pas ce que je vais en faire. Ce doit être génétique.

Son regard s'obscurcit.

— On m'a dit que tu as été à la Légion, c'est vrai ?

— Oui.

— Tu as dû faire la connerie de trop, c'est ça ?

— Peut-être oui.

— Et aujourd'hui ?

— J'ai quitté. Basta comme ça !

— Une autre vie commence…

— Le destin fait parfois les choses correctement. L'âge de la quille est arrivé en même temps que l'annonce de la maladie de mon père.

Jean-Claude hoche la tête et commande deux nouvelles bières. Il a gardé la même mine de garnement, toujours partant pour le mauvais côté de la vie.

— Je comprends que tu n'aies pas envie de parler de tout ça. Pas facile.

J'acquiesce d'un signe de tête qui veut tout dire.

— Et maintenant, qu'est-ce que tu vas faire ?

Je parle du cancer de mon père, de la difficulté que j'ai à communiquer avec lui. Jean-Claude a connu mon père quand il est entré à l'usine comme ouvrier qualifié. Il avait juste dix-huit ans et rien d'autre comme avenir. Naturellement, il a atterri dans le bureau de la CGT que mon père dirigeait d'une poigne de fer depuis des lustres.

— C'est un sacré type, le père Vasseur, me lance Jean-Claude. Un vrai caractère comme on n'en fait plus. Je me souviens quand il nous demandait de mettre en rideau parce qu'un gars pouvait se faire virer ou qu'une charrette était en vue. Il ne plaisantait pas et les cadres le savaient. Chacun dans son camp. Il nous manque, crois-moi. La direction ne faisait pas ce qu'elle voulait. Tu vois, moi, je n'ai jamais été communiste ni quoi que ce soit, mais j'ai du respect pour tout ce que les gens comme ton père ont fait à l'usine. Aujourd'hui, les acquis foutent le camp, année après année. Il nous restera bientôt plus rien.

Je ne sais pas s'il me dit cela pour me faire plaisir, en tout cas, il est gêné de me parler de mon vieux. Son regard dévie vers la salle comme s'il voulait s'assurer que personne ne nous entende. Des gamins sirotent des cocas en pianotant sur leurs téléphones sans même se parler.

— Tu as revu Samia ? demande Jean-Claude à voix basse.

— Non, dis-je en avalant une gorgée de bière. Comment va-t-elle ?

— Elle est triste. Elle donne l'impression d'être une flamme qui est en train de s'éteindre lentement. Comme une bougie qui vacille, tu vois. Elle est encore jolie, tu sais… Y a beaucoup de lascars qui ont voulu la séduire mais ils se sont cassé les dents. Il faut que tu ailles la voir.

Je baisse la tête.

— J'y suis allé avant de passer ici… J'ai pas osé…

— Je la vois tous les jours… Et souvent je pense à vous et je me dis : quel gâchis !

— Je sais.

Un long silence passe. De temps à autre, le patron nous observe sans oser dire un mot.

— Si Rémy n'était pas mort…

Jean-Claude pose sa main sur mon épaule.

— J'ai appris, dit-il. Tout ce qui s'est passé. Brahim m'a raconté, un jour.

Le patron pose deux nouvelles bières devant nous en jetant :

— C'est la mienne.

Nous levons nos demis. Dans leur coin, les jeunes n'ont pas décollé leurs yeux de leurs écrans de téléphone. La télévision, suspendue au bout de la salle, diffuse la série que mon père, lui aussi, semble aimer par-dessus tout.

— Il faut oublier tout ça, me dit Jean-Claude.

Je demande :

— Il y a longtemps que tu as vu Brahim ?

— Un an à peu près. Il était venu voir Samia. Il passe quelques fois dans l'année, toujours avec une nouvelle bagnole flambant neuve. Uniquement des BM. Tu le connais !

Je souris. Brahim est resté le flambeur qu'il a toujours voulu être. Au risque d'emprunter les chemins de traverse.

— Si tu as des choses à me confier, fais-le. Que t'a dit Brahim ?

Jean-Claude réfléchit quelques secondes avant de répondre.

— Il ne m'a donné aucun nom. Mais je sais qu'il croit connaître ceux qui ont tué ton frère.

Jean-Claude me serre le bras et approche son visage du mien. Il souffle :

— Ne te venge pas, René. Je t'en supplie. Pour Samia, pour tout ce que nous avons vécu, ne te venge pas.

— On verra, dis-je. On verra…

Jean-Claude cherche mon regard, mais je détourne les yeux.

— Si jamais tu viens à apprendre les noms de ceux qui ont tué Rémy, dit-il, va voir la police et les juges. Il y aura une enquête et ils seront condamnés, mais toi ne t'en mêle pas, sinon ta vie est foutue.

Je le rassure sur mes intentions et pense un peu naïvement qu'il me croit. La vengeance est un sentiment qui m'a habité pendant des années. Je m'aperçois à présent que chaque épisode de ma vie, chacune de mes pensées, sans que je m'en rende compte, m'a poussé à la vendetta et que celle-ci est inévitable. Le mal a progressé, de l'intérieur, comme le cancer qui finit de ronger mon père.

— J'ai revu Lestrade, dis-je.

— Cette ordure ! Tu lui as parlé ?

— Un peu oui. Il est venu chez mon père à cause de la disparition du petit.

— J'ai entendu des choses là-dessus.

— Il m'a enrôlé pour la battue, mais on n'a rien trouvé. À part le cartable…

— Cette histoire me terrifie, dit Jean-Claude en fermant les yeux. Je crains le pire.

— Moi aussi, dis-je en essayant de chasser des mauvaises images de mon esprit.

Un long silence passe. La télé continue de moudre son épisode. Impossible de discerner ce que les acteurs se disent.

— Lestrade est une belle salope, lance Jean-Claude en reposant son verre sur le comptoir. Il vaut pas plus cher que son père. Faudra que je te raconte ça, un de ces quatre.

— Je ne sais pas comment il a tourné, dis-je.

— Exactement comme son père. Il croit faire régner la loi ici. Il pince les petits jeunes et joue les gros bras pour la mairie et le patron de l'usine. Tu vois ce que je veux dire ?

J'acquiesce. Lestrade junior a pris le même chemin que son père qui, lui, a commandé la brigade de gendarmerie locale du temps de ma jeunesse. Il s'est dit, ici et là, que le vieux Lestrade a mis les mains dans des trafics plutôt louches et a pas mal donné la main aux patrons pour casser les grandes grèves à la fin des années 1980.

Cette époque était détestable, le chômage nous poussait inexorablement à l'exil. Jean-Claude et Samia ont pu rester, mais combien d'autres sont partis pour les banlieues de Grenoble ou de Lyon.

J'aurais pu faire autre chose qu'être le « valet de l'impérialisme » selon l'expression consacrée de mon père. Un soldat d'une troupe coloniale. Un salaud quoi qu'il arrive. J'aurais pu être un autre homme si le désespoir ne s'était pas emparé de notre jeunesse. Si j'avais été courageux.

Je quitte Jean-Claude après une dernière mousse et sors dans Pierrefeu. La nuit est calme. Le ciel noir, percé par les signaux rouges des lignes à haute tension, laisse deviner les silhouettes lourdes des montagnes. Sous le pont qui franchit la Romanche, l'eau glisse rapidement sur le granite descendu des hautes vallées.

10

Le vent du Nord rabat les fumées de l'usine dans le fond de la vallée, elles rampent, charriant leurs miasmes sur le lit de rocailles. Il y a eu une tempête dans la nuit. En montagne, elles sont aussi subites que des caprices. Réveillé, j'ai pensé à ma haine. Il faut avancer. En début d'après-midi, je demande à mon père qu'il me prête sa voiture.

— Les clés sont dans le tiroir, dit-il en désignant d'un geste du menton le buffet de la salle à manger.

Je m'attends à ce qu'il s'inquiète sur mes projets, où je peux bien aller. Il n'en fait rien. Je le préviens que je ne rentrerai pas avant la nuit et même un peu tard. Cela ne semble pas le perturber. En vérité, j'ai l'impression que je lui rends service. Il souffre mais veut encore donner l'apparence d'un homme qui maîtrise sa vie. Sans doute désire-t-il plus que tout se retrouver seul avec cette boule qui grossit dans son ventre et qui lui arrache des grimaces de douleur.

— Je vais à Grenoble.

Il ne répond pas, l'œil rivé sur un documentaire animalier à la télévision où il est question de fauves qui passent leur temps à la chasse, de l'ordre naturel du fort qui dévore le faible. Il a compris le but ultime de mon voyage à Grenoble et son apparente indifférence me trouble. Au moment de passer la porte j'ai un pincement au ventre, l'impression d'être lâche une fois de plus.

Mon père est vieux et malade ; je ne songe qu'à une hypothétique vengeance. Il faut s'inventer une raison pour passer le seuil de la maison en pareilles circonstances, se dire qu'on en fait déjà pas mal et que le paternel n'est pas aussi reconnaissant que cela. Bricoler ses excuses. Finalement, je quitte la maison sans remords.

La route qui va de Pierrefeu à Grenoble trace de grandes lignes droites le long de la Romanche, à flanc de montagne. Après Vizille, la vallée s'élargit, le torrent calme ses éclats, s'étale sur un lit de galets. On quitte les Alpes rudes pour les massifs calcaires moins hauts et moins prétentieux du Vercors et de la Chartreuse, leurs éminences de roches blanches et grises posées comme des mille-feuilles sur d'épaisses forêts et de grasses prairies.

Cette route est synonyme de rupture, de grand départ. L'impression qu'elle conduit vers un au-delà incertain. Je l'ai empruntée par l'autocar de 11 heures quelques mois après l'enterrement de ma mère. Elle m'a conduit jusqu'à la gare. Un train pour Marseille, le poste d'engagement de la Légion, dans l'enceinte du fort Saint-Nicolas qui domine le Vieux-Port. Ensuite, la vie a filé jusqu'au retour à cette gare, le même autocar en sens contraire, la tête encombrée de questions.

Passé Vizille, j'ai la nette impression qu'une voiture, une 206 blanche, cabossée à l'avant, me suit. Pour en avoir le cœur net, je quitte la route dans la banlieue proche de Grenoble, m'aventurant dans une zone industrielle déserte. La 206 est toujours là, à bonne distance mais bien visible. Je parviens à la semer en quittant Pont-de-Claix pour la voie rapide en direction de Chambéry. La circulation est chargée et il suffit de doubler deux ou trois fois à la sauvage pour se faufiler dans le flot de bagnoles et s'échapper vers l'échangeur d'Uriage. De là, je regagne le centre de Grenoble et me gare dans un parking souterrain non loin de l'immense cité Villeneuve. En sortant, je fais attention aux gens que je croise et me retourne régulièrement pour voir si je suis suivi. Personne n'est à mes trousses.

Je n'ai pas une grande connaissance des repaires du milieu grenoblois mais j'ai suffisamment tiré d'années du mauvais côté de la vie pour deviner un marlou d'un seul coup d'œil. Le sergent-chef que j'ai croisé m'a parlé du bar des Deux-Mondes, à l'angle de la rue de Constantine. Du temps de mon adolescence, ces rues n'existaient pas vraiment. Villeneuve était un chantier de cités qui se sont montées comme des jeux de cartes. On ignorait alors que ces tas de béton et de ferraille allaient devenir des lieux d'exclusion et de grand banditisme. L'un ne va jamais sans l'autre. On y croise des revendeurs de dope par centaines.

J'arrive trop tôt. Les petites mains de la came ne sont pas encore à leurs chantiers. Quelques femmes voilées de la tête aux pieds s'en reviennent du supermarché du coin, suivies par des gamins espiègles, leurs sacs de plastique multicolore pèsent trop lourd pour leurs frêles silhouettes.

Le bar des Deux-Mondes est comme un poste de garde à l'entrée d'une rue boudeuse. Le mitan règne en maître sur le lieu. Un serveur à peu près aussi jovial qu'une sentinelle de la Légion s'approche immédiatement et me détaille de la tête aux pieds.

— Vous désirez quelque chose ?

Je réponds que je veux une bière sans perdre de vue l'arrière-salle du bistrot. Le serveur me lance un regard méfiant et disparaît. Il revient un peu plus tard avec son verre, un type sur ses pas.

— Je cherche Brahim, dis-je en posant sur la table un billet de dix euros.

J'ai appris par le commandement d'hommes dangereux à utiliser un ton qui permet d'imposer le respect. Dans ce genre de situation, il faut montrer, par le regard, qu'on est prêt à se battre. Instinctivement, le serveur sent son infériorité et se radoucit. Il demande :

— Si jamais je le vois, qu'est-ce que je dois lui dire ?

— Que son vieux frère René est rentré au bercail et qu'il a envie de le voir.

Le garçon s'éloigne. Le type qui reste au comptoir m'observe d'un œil tout en rangeant la vaisselle. Je m'attends à ce qu'il cherche à engager la conversation mais il n'en fait rien. Au bout de quelques minutes, le serveur réapparaît.

— Tenez, voici un numéro où vous pourrez joindre Brahim. Il attend votre appel.

Je refuse la monnaie que me tend le garçon et sors.

Une fois dans la rue, je m'éloigne vers la voiture et compose le numéro de Brahim. Il répond au bout de la deuxième sonnerie. Sa voix n'a pas changé.

— Vieux frère, comment vas-tu ?

— Comme quelqu'un qui revient d'un drôle de pays...

— Je comprends, répond-il simplement. Il faut qu'on se voie. Parler au téléphone, c'est pas terrible quand on ne s'est pas vus depuis des lustres.

Moins il en dit sur son portable, mieux c'est. Il me donne rendez-vous dans un autre quartier de Grenoble bien connu : la rue Montorge, un lieu de prostitution devenu une petite artère bon chic bon genre.

Je démarre en jetant un œil dans le rétroviseur. Une 206 blanche est garée à une centaine de mètres de moi, la même que celle repérée durant mon trajet entre Pierrefeu et Grenoble. Un modèle très courant. Je tourne dans la rue de Constantine et accélère sans trop savoir ce qui me prend tout à coup. Avant de bifurquer à nouveau, je regarde dans mon rétroviseur, la 206 apparaît. Je décide de foncer et me gare à la première place venue. La 206 passe à ma hauteur rapidement. Manifestement, le chauffeur ne m'a pas remarqué. Je tente de le photographier. Un type normal, plutôt costaud, cheveux sombres, lunettes de soleil sur les yeux. Au passage, je vois une longue estafilade sur l'aile droite, une rayure profonde.

11

— Mon frère !

Brahim ne me laisse pas prononcer un seul mot. Il me serre longuement dans ses bras.

— Mon frère…

J'essaie de rentrer mon émotion. Brahim s'est épaissi avec l'âge. Son ventre passe par-dessus la ceinture de son pantalon. Il porte des vêtements de prix : veste en cuir, chaussures italiennes parfaitement lustrées. Et des bijoux : Rolex Daytona au poignet et solitaire au petit doigt. Un vrai caïd. Côté argent, il a dû réussir sa vie.

— Je crois qu'il y a encore des truites dans la Romanche, dit-il en plongeant son regard dans le mien.

— Oui. Elles n'attendent plus que nous.

— J'y ai souvent pensé, tu sais. Mais tu me vois aller à la pêche aujourd'hui ?

— Et pourquoi pas ?

Brahim éclate de rire. Il a conservé son regard espiègle et les fossettes qui se creusent au coin des joues quand elles sourient. La dernière fois que je l'ai vu, il m'attendait sur le pont de la Romanche. Je lui avais annoncé mon départ pour le grand inconnu sans lui parler de la Légion. Il m'avait dit de faire attention à moi, de me protéger. Et puis, il m'avait parlé de sa sœur, Samia, de sa peine et de son désarroi. Je lui avais simplement répondu :

— Samia mérite mieux que moi. Je ne serais pas un bon mari.

Brahim m'avait répondu :

— Je crois que tu as raison. On n'est pas faits pour cette vie à la con au fin fond d'une vallée qui n'intéresse plus personne.

— On a besoin de rêves, de faire des trucs pas possibles.

— Oui. Pour mon père, je suis un mauvais fils et, pour ma sœur, un mauvais frère. Je crois que je vais quitter ce bled moi aussi.

Brahim demande au serveur une bouteille de champagne. Il est un seigneur dans son fief et veut me le montrer.

— Qu'est-ce que tu as fait pendant toutes ces années ? demande-t-il en allumant une cigarette.

Je baisse les yeux et fixe un point quelconque sur la table basse qui nous sépare.

— J'étais… à la Légion.

Brahim se penche et me donne une tape virile sur l'épaule.

— Quand tu as débarqué tout à l'heure, j'ai vu dans ta démarche que tu avais commis le pire. Une force comme ça, dans les épaules. Comme les mecs que j'ai croisés en taule…

— En taule ?

Brahim dit à voix basse :

— Raconte. Toi d'abord.

Je lui parle de l'engagement puis des épreuves qui ont fait de moi un autre homme. La vie d'une dureté extrême. Les humiliations de la formation. Le choix du régiment parachutiste, le meilleur de tous. La guerre. Il m'écoute, enchaînant cigarette sur cigarette, le regard brouillé. Je raconte l'engagement en Afghanistan, les sales batailles que nous avons livrées là-bas. Je n'ai jamais autant parlé de moi. Jamais. J'ai l'impression de vider un plein vrac de souvenirs.

Brahim est un homme de pudeur, il ne me pose aucune question. J'arrête le récit de ma vie quand j'arrive aux chapitres les plus cruels. Je dis simplement que « toutes ces conneries » m'ont valu la Légion d'honneur et la médaille militaire, sans parler des autres sucettes que je peux accrocher à ma poitrine.

— Mon frère est un héros de guerre ! s'exclame Brahim, admiratif.

Je sens mon cœur cogner dans ma poitrine quand je comprends que mon meilleur ami a sincèrement de l'admiration pour moi. Personne d'autre n'en a eu avant lui. Je cesse d'être une mauviette, celui qu'il a dû si souvent défendre contre les types comme Lestrade. Il me regarde avec tendresse et murmure :

— Tu as dû souffrir, René. Beaucoup souffrir. Tu as été blessé ?

— Oui, une rafale. Une balle m'a traversé la gorge sans rien casser et une autre la poitrine. Cette dernière y est encore. Entre les poumons et le cœur. Quand je passe les portiques de sécurité, y a tout qui sonne…

Brahim siffle en secouant vivement la main droite, un geste qu'il a gardé de sa jeunesse. Je lui explique que je suis un invalide de guerre et que je perçois une pension suffisante pour me permettre de me la couler douce pour le restant de ma vie.

— Si on avait su que nos destins tourneraient comme cela, on aurait réfléchi à deux fois ! Pas vrai René ?

J'acquiesce d'un signe de tête. Le garçon apporte un seau ruisselant qui contient une bouteille de champagne.

— Aller, fait péter ! s'écrie Brahim.

Je m'exécute en balançant le bouchon au milieu de la salle du bar. On boit en échangeant quelques souvenirs de gosses, des bêtises à l'école, les notes crasseuses que l'on ramassait. L'essentiel de nos existences. Puis je demande :

— Et toi, raconte.

— Après ton départ, on m'a viré de l'usine. La direction m'a convoqué et m'a dit que je n'avais plus ma place. D'un côté, ils me rendaient service. Ton père n'a rien pu faire. Il n'était plus dans le coup. Les gros ont gagné, dans ces années-là. Plus personne pour leur faire fermer leur gueule. Alors je suis venu ici et les conneries ont commencé. Fallait bien vivre. Tu comprends ça, hein René ?

À la Légion, j'ai tellement vécu avec des types louches que je suis blindé pour tout entendre. La plupart des hommes qui ont servi avec moi avaient des choses plus ou moins lourdes à se reprocher. Du chèque sans provision au viol. Certains étaient de véritables psychopathes. Les mauvais traitements qu'ils avaient subis lors des formations n'avaient rien arrangé dans leurs têtes mal foutues.

— J'ai été arrêté la première fois deux ans après ton départ, dit Brahim. Un braquage foireux. Moi aussi, j'ai pris une balle. En pleine cuisse… Une balle des flics. Pas une bastos de héros.

— Une balle reste une balle, dis-je.

J'ai remarqué qu'il boite légèrement, ce qui donne à son allure quelque chose d'inquiétant.

— J'ai failli y passer, continue-t-il. On m'a soigné et j'ai été expédié à Varces… Puis les assises… Puis la centrale de Clairvaux. Douze ans. J'en ai fait huit.

Sa poitrine se soulève. Ses mains tremblent légèrement. Il parvient difficilement à maîtriser les émotions qui l'envahissent. Le jeune bagarreur que j'ai connu, si sûr de lui, a laissé la place à un homme fêlé. La vie ça use, à faire peur.

— Pendant huit ans, l'administration pénitentiaire a joué avec moi au petit jeu des transferts. J'ai fait le tour de France des taules avant de finir à Clairvaux. Parfois, il m'arrivait de rêver de la mort.

Brahim est sorti de prison à presque trente ans. Dépouillé de tout ce qui aurait pu faire de lui un honnête homme. Il semble ne rien regretter comme tous les types que j'ai rencontrés à la Légion. Dans les sections, en hommage à nos anciens, on a souvent chanté « Je ne regrette rien » d'Édith Piaf. Avec des voix viriles, lentes et graves, les paroles de cette chanson prenaient un sens différent, plus tragique, désespéré.

— J'ai replongé pour une connerie, poursuit Brahim. Un mauvais coup du sort. Quand tu es kabyle, la justice a la main plus lourde. Un enfoiré m'a cité, sur une écoute, dans une histoire de règlement de comptes. J'avais rien à voir là-dedans mais le temps que je prouve que j'étais clean, j'en ai pris pour deux ans. Et voilà…

Il se sert une rasade de champagne et l'avale d'un trait.

— La prison, dit-il, c'est du temps suspendu. Quand tu sors, tu as l'impression que tu étais en pause et qu'un mauvais génie vient d'appuyer sur le bouton pour te faire avancer. Entre-temps, la vie des autres a suivi mille chemins. Ils ont vieilli. Toi, tu es toujours d'attaque, en quelque sorte, mais tu as juste huit ans de retard. Une éternité… En prison une seconde dure un siècle mais les années passent à une vitesse vertigineuse.

Brahim n'a plus replongé depuis. Je ne lui pose pas de questions sur sa vie. Ça ne se fait pas. Nous restons silencieux un moment, avec les ombres du passé qui rôdent autour de nous. Je suis sûr que nous pensons à Samia au même moment. Elle est là, invisible. Un instant, je la revois se penchant sur moi avec un sourire enjôleur. La dernière fois que nous avons fait l'amour.

— Je ne sais pas si Samia voudra te revoir, me lance Brahim qui avait deviné mes pensées. Elle a beaucoup souffert après ton départ.

— Je sais.

— Non, me rétorque-t-il sur un ton de reproche. Tu crois savoir mais tu ne peux même pas imaginer. Elle est passée par des moments très difficiles. Des passages où tu finis par douter de toi-même, de ce que tu es, de tes origines. Elle a été jusqu'à penser que tu la quittais parce qu'elle était kabyle.

Le regard de Brahim change tout à coup et devient d'une noirceur absolue. Je réalise à cet instant combien la vie l'a endurci.

— Elle a rencontré un type pendant que j'étais au ballon, un cadre de l'usine. Une fois dehors, j'ai dû lui apprendre les bonnes manières à celui-là. Ils se sont séparés un an plus tard. Notre père est mort peu de temps après. Il en avait assez vu, je crois. Notre mère a suivi. C'étaient des gens bien. Droits comme pas un. Jamais une mauvaise action. On les a mis au cimetière de Pierrefeu.

J'ai bien connu Omar et Fatima, les parents de Brahim. Comme beaucoup de Kabyles, ils n'étaient pas vraiment pratiquants. Je ne me souviens pas de les avoir vus partir pour La Mecque. Mon père a utilisé le « vieil Omar » comme il l'appelait pour faire passer les mots d'ordre de la CGT aux ouvriers nord-africains qui redoutaient les réactions de la direction quand un mouvement de grève s'annonçait. Omar a fini agent de maîtrise, ce qui représentait une belle réussite sociale pour un immigré et lui a posé quelques problèmes, certains camarades du syndicat prenaient cette promotion comme un reniement de la classe ouvrière. D'autant plus qu'Omar n'a jamais été communiste, loin de là. Fatima a fait des ménages pendant des années pour les familles des cadres qui habitaient sur les hauteurs de Pierrefeu, non loin de la maison du directeur. Dès que son mari a grimpé les échelons, elle a cessé de travailler et s'est consacrée à sa famille. L'errance de son aîné, Brahim, la prison et la séparation de sa fille avec un homme qui la méprisait ont dû être de véritables cataclysmes pour elle. Comme une chape de honte qui a dû s'abattre sur sa vie sans encombre. Une fille-mère célibataire dans une famille où le respect des traditions et de l'islam avait un sens.

— Le maire, continua Brahim, ne comprenait pas que mes parents n'aient pas voulu se faire enterrer au bled. J'ai dû lui expliquer que l'essentiel de leur vie avait été à Pierrefeu et qu'ils souhaitaient qu'il en soit de même pour leur éternité. C'était la première fois que des musulmans se retrouvaient au milieu des catholiques et des autres…

— Il n'y a que deux familles musulmanes qui ont des sépultures. Les Slimani et vous.

— Et pourtant, il n'y a plus un seul Slimani à Pierrefeu. Ils sont tous partis du côté de Lyon.

Brahim jette un coup d'œil vers la rue, nerveux.

— Quelque chose qui cloche ?

— Non rien. Les affaires sont un peu dures en ce moment.

Brahim me regarde, l'air triste. Je ne l'ai jamais vu comme ça.

— J'aimerais tant raccrocher, murmure-t-il d'une voix rauque. J'aimerais que tu épouses ma sœur et qu'on soit tous à nouveau ensemble. Sans gendarmes, sans voyous…

— Et sans les ombres du passé.

Brahim s'approche de moi et me dit à voix basse, en prenant soin de s'assurer que personne ne nous écoute.

— Je connais les assassins de ton frère. J'ai mis du temps à les retrouver mais, dans mon milieu, on finit toujours par savoir.

Il me dévisage un long moment pour lire ma réaction.

— Je ne veux pas que tu te venges, René.

— Il le faut pourtant.

— Non, mon grand. Tu dois veiller sur ma sœur si elle veut bien encore de toi. Moi je vais me charger d'eux. Je sais où les trouver. Ils vont payer.

J'ai du mal à soutenir son regard tellement il est dur. Il reprend une fois encore l'ascendant qu'il a eu sur moi quand nous étions jeunes.

— Je pensais aller voir la police ou la gendarmerie si tu me donnais les noms. Je préfère les voir condamnés par la justice que par notre vengeance.

— La justice, s'écrie Brahim. Tu ne connais rien à la justice. Ces trois fumiers n'ont rien à se reprocher. Pas de témoins, pas de preuves…

— C'est à moi de me venger, dis-je.

Brahim passe son bras autour de mon cou et m'attire vers lui.

— Moi je suis foutu, mon frère. Plus rien à cirer de la vie. Si ce n'est pas ta fameuse justice qui me remet au trou pour vingt piges, ce sera les canonniers du mitan qui vont me dessouder. Ils sont là, dehors. Ils rôdent. Ils attendent que je trébuche. Alors, tu vois, avant de partir, je veux te rendre ce dernier service.

— Essayons d'oublier, dis-je sans aucune conviction.

— Oublier ce qu'ils ont fait à Rémy ? Jamais. Mais toi, je veux que tu t'occupes de Samia. Car ce coup-ci tu n'auras pas la Légion pour te protéger.

12

« Ce coup-ci tu n'auras pas la Légion pour te protéger », la phrase de Brahim tourne dans ma tête tandis que je remonte la départementale en direction de Pierrefeu.

Entre chien et loup, la vallée me semble plus étroite que d'ordinaire. Il n'y a pas grand monde sur la route. À l'entrée de Vizille, les flics se sont postés au rond-point et observent chaque voiture qui marque l'arrêt avant de s'engager dans le sens giratoire.

Je pense tout à coup au petit Romain. Un étrange cordon me lie à cet enfant. Il est une victime. À ma manière, j'en suis une moi aussi. Les recherches n'ont rien donné. Je frissonne, des images surgissent. Le village de Masdesh après le passage des talibans. Ils ont égorgé la plupart des habitants, femmes et enfants compris. Les animaux non plus n'ont pas été épargnés. Nous sommes arrivés quelques heures après. Les mouches ont déjà recouvert les corps. En tant que chef, je me dois de donner l'exemple. Pourtant je n'ai eu qu'une envie : partir le plus loin possible. Me défaire de tout le barda militaire et m'enfuir.

Le gendarme fait signe d'avancer. Il m'observe quelques secondes et m'ordonne de continuer. Je comprends qu'il recherche quelqu'un, peut-être le ravisseur de Romain. À 100 mètres de là, deux autres véhicules de gendarmerie sont postés au bord de la route. Une femme flic surgit comme j'accélère et m'ordonne de me ranger sur le côté. Je me gare et reste au volant. La jeune femme approche, fait le tour de la voiture, s'arrête quelques secondes pour lire la plaque d'immatriculation et avance jusqu'à ma hauteur pour me saluer de manière un peu solennelle.

— Vous venez d'où ?

— Grenoble.

Un silence passe. Elle regarde à l'intérieur.

— Où allez-vous ?

— À Pierrefeu.

— Vous êtes de Pierrefeu ?

— Oui.

Elle demande la carte grise et l'attestation d'assurance, je les ai oubliées chez mon père. Elle refait encore une fois le tour de la voiture. J'aperçois le brigadier qui a enregistré mon nom, trois jours plus tôt, lors de la battue pour retrouver Romain. Il me fixe et dit quelques mots à sa collègue.

— C'est bon, dit-elle en revenant vers moi. Vous passerez à la gendarmerie demain dans la journée avec vos papiers. Si vous ne le faites pas, vous recevrez une contravention.

Je bredouille un merci tandis qu'elle me salue d'un geste sec. En démarrant, j'observe les deux gendarmes qui ne m'ont pas quitté des yeux. Comme lors de la battue, j'ai le sentiment, très fort, qu'ils me soupçonnent.

À la maison, mon père est endormi. Sa bouche entrouverte laisse filer un râle de respiration. La mort ne rôde plus, elle vient de poser sa main sur cet homme devenu frêle. Il n'a pas mangé, le repas est encore sur la table.

J'éteins la télévision et le réveille. Il grogne un moment, les yeux perdus dans le vague.

— Il faut te coucher, dis-je doucement.

Il me regarde, hébété.

— La gendarmerie est venue tout à l'heure, articule-t-il. Ils m'ont posé tout un tas de questions.

— Que t'ont-ils demandé ?

— Ils voulaient savoir où tu étais et d'où tu venais.

— Et qu'est-ce que tu leur as répondu ?

— Que tu étais à Grenoble. Que veux-tu que je leur dise d'autre ? Tu as quelque chose à te reprocher ?

— Non.

Je lis dans le regard de mon père qu'il doute de ma réponse. Pour lui, j'ai forcément fait un pas de travers et peut-être pire. Je lui demande les papiers de sa voiture et l'accompagne jusqu'à son lit.

— J'aimerais ne pas me réveiller, dit-il en détendant ses jambes.

Sa détresse ne m'inspire ni pitié ni tendresse. J'ai presque envie de sourire de sa maladresse quand il fait le moindre geste. Me moquer de lui, de sa tremblote de vieux, de sa bave qui sèche aux coins de ses lèvres. Le ridiculiser, l'enfoncer un peu plus.

Le dégoût.

— Sors. Tu as besoin de te détendre.

— Oui. Tu as raison. Je vais au bar des Cimes.

Jean-Claude est au comptoir, en train de parler foot avec le patron, un inconditionnel de l'Olympique de Marseille.

— René, lance mon vieux copain en claquant la main sur le zinc, tu reviens aux fondamentaux.

Des jeunes, un brelan de garçons et deux filles, toujours les mêmes, tripotent leurs téléphones, chacun dans son coin. La plus blonde des deux nanas annonce le score d'un jeu sans même détacher ses yeux de son écran, sa copine se blottit contre elle pour suivre, en gloussant.

— C'est la gamine de mon voisin, dit Jean-Claude.

Toujours fourrée au bistrot, jusque tard le soir. Ça va pas aller loin tout ça.

Je m'assois sur un tabouret haut et appuie un coude sur le comptoir.

— J'ai vu Brahim tout à l'heure.

Jean-Claude ne semble pas surpris. Il attrape sa bière et s'enfile une rasade.

— Qu'est-ce qu'il devient ?

— Il a l'air bien.

— Il est ici, en ce moment ?

— Non.

— Ça m'aurait étonné. Il ne doit pas venir très souvent. Paraît qu'il est interdit de séjour. En tout cas, ça fait un bail que je ne l'ai plus croisé.

Le patron cherche une chaîne sur la télé qui tourne en permanence dans le bar. Il s'arrête sur un match de foot du championnat anglais : Manchester City contre Chelsea.

— Tu te souviens de la dernière fois où l'on s'est vus ?

Jean-Claude réfléchit en faisant une moue dubitative.

— La toute dernière fois, tu es venu boire un coup ici. C'était après la mort d'un type pas très loin d'ici. J'ai oublié son nom, il a été assassiné paraît-il. Bref… Je te revois encore, la mine des grands jours. Tu avais dû te disputer avec ton père. Ça n'allait pas fort entre vous. Tu m'as annoncé : « Demain je me tire, je change d'air ! »

— J'ai dit ça ?

— Tout juste. Et je t'ai demandé pourquoi. Réponse : « J'ai fait une connerie, il faut que je me tire. »

Impossible de me rappeler cette dernière soirée à Pierrefeu. Rien n'apparaît à la surface de ma mémoire. Parfois, il m'arrive de croire que la blessure qui m'a valu la Légion d'honneur a laissé des séquelles graves, un court-circuit dans mon cerveau. Des pans entiers de mes souvenirs ont sombré dans le néant. J'ai du mal à m'avouer que je ne vois plus le visage de mon frère, son image a disparu, effacée à jamais. Je dis :

— Je ne me rappelle pas.

— Bah, ce n'est pas grave. Il y a des trucs qu'on zappe comme ça.

— Tu as parlé d'un type qui aurait été assassiné ?

— C'est ce qu'on a dit mais c'était il y a plus de vingt ans maintenant. J'en ai plus entendu parler.

— Ça s'est passé ici ?

— Non, un peu plus bas dans la vallée, vers la station-service. Tu ne t'en souviens pas ?

— Non.

Je commande un verre pour dévier la conversation. En fait, tout est oublié. Une séquence sans images, sans aucun son, précède mon départ. Il n'y a que ce regard de mon père, lourd de soupçons et de reproches, puis l'autocar, la route qui défile. Jean-Claude m'observe d'une étrange façon, essayant de deviner mes pensées.

Mon image se reflète, déformée, fuyante, dans le miroir, derrière les bouteilles du bar.

— Je me souviens par contre de la dernière connerie qu'on a faite, tous les deux.

— Laquelle ?

— Celle qui aurait pu nous mener droit en taule.

Cette séquence-là, curieusement, est demeurée très claire dans mon esprit. Je me revois escalader la grille de la maison du directeur financier, traverser le jardin, courbé en deux. C'est ce jour-là que j'ai compris que la peur et la lâcheté pouvaient provoquer des actes insensés.

Il faisait tiède, une nuit d'été. La moitié de l'usine était partie en congé. J'avais su par mon père que le grand argentier de la boîte s'était envolé pour Tahiti avec toute sa famille. Le responsable CGT était très en colère de voir qu'un cadre supérieur puisse dépenser autant d'argent alors que les licenciements s'enchaînaient, vague après vague.

Jean-Claude et moi sommes arrivés à la porte de la maison, il n'y avait pas d'alarme. On a cassé un carreau et nous sommes entrés par une fenêtre. L'intérieur sentait la cire et la cigarette, l'intimité d'une classe que nous n'avions jamais fréquentée, tout juste croisée dans les couloirs de l'usine. Mon cœur battait fort en franchissant la ligne qui sépare l'existence banale de l'aventure canaille. Pour la première fois, j'ai senti la vie couler dans mes veines, chaude et puissante. L'adrénaline m'a chaviré. Nous avons visité patiemment chaque pièce, tous les sens aux aguets, de la cuisine au grenier. Jean-Claude avait emporté un grand sac à dos dans lequel il fourrait tous les objets qui nous passaient sous la main. Au bout d'un temps qui m'a paru interminable, nous avons trouvé quelques bijoux anciens au fond d'un tiroir. J'ai refusé qu'on les vole. Nous étions au premier étage, dans un cabinet qui servait de penderie ; par la fenêtre on apercevait ma maison, de l'autre côté de la vallée.

Je demande :

— Où est-ce qu'on est allés après ?

— On a rejoint la voiture de mon père. Je l'avais garée dans le chemin forestier, à 200 mètres de la maison du directeur.

— Et ensuite ?

Jean-Claude me fixe.

— Tu ne t'en souviens pas ?

— Non.

— Il n'y avait personne chez moi, mon père et ma mère étaient partis en vacances dans le Sud. On a tout étalé sur la table et on a partagé. Il y avait de tout. De la vaisselle en argent, une montre Rolex, un appareil photo...

Jean-Claude pose la main sur mon épaule.

— Je n'oublierai jamais ce que tu m'as dit : « Garde tout. » Très solennel, genre parrain du milieu.

Jean-Claude remonte sa manche de chemise.

— Rolex Submariner ! Voilà tout ce qui reste de cette nuit-là.

Je ferme les yeux, hoche la tête. Juste pour faire semblant de me souvenir. Mon esprit chancelle. Le trou noir à nouveau.

Le médecin militaire qui m'a reçu après ma convalescence m'a longuement testé. C'était un colonel, un psychiatre. Il m'a fait parler de mon passé. J'ai vidé mon sac. Il a noté tout un tas de trucs et m'a parlé d'amnésie, un trouble bien connu chez les militaires qui ont été grièvement blessés. J'ai compris que ma mémoire me jouerait des tours durant le reste de ma vie.

On m'a ensuite muté à la maison mère de la Légion, à Aubagne. J'ai fait du travail administratif pour finir mon temps.

J'étais un miraculé. Au fond de moi, je traînais le pire.

13

Le lendemain, je m'éveille de bonne heure. Mon père n'a pas bougé de la position dans laquelle je l'ai laissé la veille. Il dort encore, le souffle court et irrégulier comme s'il faisait un mauvais rêve.

Je prends un café rapidement et file à la gendarmerie de Vizille. Un jeune militaire m'accueille et me prie de m'asseoir. Le brigadier Orsoni arrive quelques minutes plus tard et m'invite à entrer dans son bureau. Un dossier est posé sur une table. Je vois mon nom. Le brigadier me rappelle un officier à l'esprit retors du centre d'instruction de la Légion, un sale type qui ne pensait qu'à coincer les soldats au moindre manquement. Il me désigne une chaise.

— Monsieur Vasseur, commence-t-il d'une voix aigre, veuillez me montrer les papiers qui vous faisaient défaut hier.

Je lui tends la carte grise et l'assurance de la voiture. Il les parcourt brièvement et me les rend.

— Hier, nous sommes passés chez vous. Votre père a dû vous en parler…

— Oui, dis-je.

— Nous menons actuellement une enquête difficile suite à la disparition de Romain. Nous interrogeons tout le monde.

Orsoni attrape le dossier où est inscrit mon nom, le feuillette puis s'arrête sur ce qui me semble être une photocopie de mon livret militaire.

— Légion d'honneur, marmonne-t-il, médaille militaire, croix de la valeur militaire, citation à l'ordre de l'armée… Vous êtes ce qu'on appelle un héros.

— Les héros, ce sont ceux qui sont morts en opération.

Il lève les yeux et me fixe.

— On ne parle jamais du passé à la Légion, c'est ça ?

Je ne réponds pas et pose mon regard sur les mains du gendarme, fines et blanches, ses doigts, malhabiles, hésitants. Je l'impressionne et il veut en remettre.

— Vous êtes arrivé à Pierrefeu, il y a quatre jours, c'est bien ça ?

— Oui.

— Le jour où Romain a disparu.

— Je crois, oui.

— Vous le croyez ou vous en êtes sûr ?

J'explique qu'un policier de la municipale est passé chez mon père et qu'il m'a ensuite invité à me joindre à la battue.

— Je sais, répond Orsoni. Une chose m'intrigue toutefois. Votre père nous a dit que vous étiez arrivé vers midi. Alors que l'autocar s'est arrêté à 11 h 10 à Pierrefeu. Le chauffeur est formel. Vous ne trouvez pas que ça fait beaucoup de temps pour faire 500 mètres de marche ?

Je réponds que je me suis arrêté plusieurs fois, en proie à la nostalgie.

— Un témoin affirme que vous vous êtes longuement arrêté sur le pont où Romain a été vu pour la dernière fois.

J'ai toujours eu horreur de me justifier, surtout face à un type qui m'est hostile et qui épie chacun de mes gestes. Instinctivement, je me méfie de ce flic aux allures de maniaque, trop propre sur lui et trop bien organisé. Pas une seule fioriture dans son bureau, tout est parfaitement rangé. Il ne porte pas d'alliance et chacun de ses regards pique mon amour-propre.

— Je me suis arrêté là parce que j'y ai des souvenirs, dis-je. Rien de plus. Ensuite je me suis arrêté devant l'ancienne usine.

— Et je peux savoir pourquoi ?

— Mon frère a été tué à cet endroit-là. Il y a vingt-trois ans.

Il remet la feuille qu'il tient en place et me demande d'un air détaché :

— Pourquoi êtes-vous entré à la Légion ?

— Je n'ai pas à vous le dire. C'est une raison personnelle. Je n'ai rien à me reprocher, si c'est ce que vous voulez savoir.

Il se raidit soudain et croise les bras, pensant à coup sûr qu'un légionnaire a toujours quelque chose à se reprocher. Il n'a pas forcément tort.

— Je vous conseille de changer de ton avec moi. Tout ça pourrait mal finir pour vous.

Il fourre mon dossier dans un tiroir de son bureau.

— Qu'avez-vous fait à Grenoble ?

— Je suis allé voir un ami d'enfance.

— Je peux savoir son nom ?

Il n'y a aucun intérêt à mentir car il connaît sans doute la réponse. Je revois la 206 blanche qui m'a suivi dans la matinée.

— Il s'appelle Brahim, dis-je.

— Brahim comment.

— Lakhdar.

Il ne note pas le nom et ne me demande pas de l'épeler. Il sait. Il continue de feuilleter mon dossier et s'arrête sur le rapport médical qui a été fait par le psychiatre.

— C'est bon, dit-il. Vous pouvez disposer.

Je me lève sans dire un mot et sors rapidement de la gendarmerie, la poitrine serrée, comme si je me trouvais en haute altitude et que j'avais du mal à respirer.

14

Le médecin est à la maison. Mon père n'a pas bougé de la chambre. Un lit médicalisé a été installé avant mon arrivée. L'infirmière qui s'occupe de lui s'affaire à la tête de son lit pour placer un système de perfusion. Le médecin me prend à l'écart.

— Son état vient d'empirer subitement. Ce n'est pas surprenant. Parfois, la maladie progresse par paliers. Je ne pense pas qu'il se lèvera souvent, à partir de maintenant.

— Est-ce qu'il souffre ?

— Pas autant que ce à quoi je m'attendais. Mais, tôt ou tard…

Je regarde mon père à travers l'embrasure de la porte. L'infirmière cherche sa veine pour lui poser un cathéter. Je demande :

— Combien de temps ça peut durer ?

— Je ne peux pas te le dire, répond Faure en secouant la tête. Il est très solide mais tout peut basculer d'un moment à l'autre.

— Il n'a rien avalé depuis hier.

Le médecin fait une moue dubitative puis retourne auprès de mon père. Il y reste quelques minutes avant de me rejoindre.

— Il ne veut pas aller à l'hôpital. Il désire mourir chez lui. C'est ce qu'il vient de me dire. Penses-tu pouvoir t'occuper de lui ?

— Je suis revenu pour ça, dis-je. Je vais l'assister.

Le médecin me tend une feuille de maladie et me dit :

— J'ai prescrit de l'Hypnovel, tu sais ce dont il s'agit ?

— Oui.

J'avais vu un légionnaire grièvement blessé se voir administrer ce sédatif. À forte dose, il sert d'accompagnement à la fin de vie.

— Aux premières douleurs, on lui administrera des doses pour qu'il ne souffre pas.

Quand je pénètre dans sa chambre, je vois à quel point la vie l'a abandonné. Ma présence le dérange. Il doit se montrer profondément diminué, il n'a pas d'autre choix, et cela lui est insupportable. Il fait signe qu'il veut rester seul. Je lui demande s'il souhaite que je lui installe la télévision, il refuse d'un air dédaigneux. Son pyjama s'est défait sur sa poitrine, laissant voir sa peau parcheminée, à même les côtes. Le squelette fait surface. La mort enlève ses forces, une à une, avec la patience d'une vieille aux doigts crochus qui se régale d'une carcasse.

Je retourne dans le salon, branche la télévision et tombe sur une chaîne d'infos en continue. Un monde tronçonné. Tout est important et futile à la fois.

Deux compagnies de mon ancienne unité ont été renvoyées au Mali pour combattre ce qu'on appelle partout les djihadistes. Un sergent, un Croate que j'ai bien connu, est mort au combat juste après avoir posé le pied sur le sol malien. Cette nouvelle me plonge dans une profonde mélancolie. Ce sergent avait été sous mes ordres. Un bon soldat. La Légion était sa seule patrie parce qu'il avait tourné le dos à un passé douteux et à un avenir incertain.

En apprenant cela, je n'ai plus le goût à grand-chose et reste un long moment à ne rien faire, affalé sur le canapé du salon, face à une télévision qui bégaie la même grosse info du jour : un soldat français est tombé au champ d'honneur. Le ministre a fait une déclaration. Un colonel nous disait : « Vous êtes légionnaires pour mourir et la Légion vous envoie où l'on meurt. » Des déclarations qui autrefois m'ont gonflé la poitrine mais qui me serrent le cœur aujourd'hui. Pauvre sergent, il est mort bêtement.

À sa manière, mon père a été un héros. Toute sa vie, il a servi un syndicat et une cause. Au risque de n'être que le pion d'un système comme moi-même je l'ai été, dans l'armée. Tout en pensant à ça, je m'aperçois que je m'attendris et que mon regard change. La mort fait oublier, même le pire.

Mon père s'est endormi. Un étrange silence règne dans la maison, entrecoupé de temps à autre par ses quintes de toux.

Vers midi, une nouvelle infirmière vient pour la visite de la mi-journée. Je la connais vaguement. Jolie, douce, elle travaille avec une assurance légère, presque déconcertante qui la rend séduisante aux yeux de mon père. Sa prunelle s'éclaire quand elle manipule les instruments de la médecine avec une délicieuse indolence. On a sensiblement le même âge. J'attends qu'elle soigne mon père pour lui poser quelques questions. Nous étions dans la même école mais avec quatre ans de différence.

— Vous devez connaître Samia ?

— Bien sûr, me répond-elle avec un beau sourire. Vous êtes René, c'est ça ?

— Oui.

— Je m'appelle Katia. Samia est une très bonne copine. Je la retrouve ce soir. Peut-être qu'on ira au cinéma à Vizille. Vous l'avez revue ?

— Non, pas encore.

Je lis dans son regard un reproche mal dissimulé.

— C'est pas facile, dis-je pour me justifier.

— Je comprends. Je vais lui dire que vous êtes là.

— Non, ne faites pas ça… Je vous en prie.

Elle acquiesce mais elle ne suivra pas ma recommandation. Samia saura que je suis revenu. Brahim, lui, n'a rien dit car je l'en ai dissuadé et je peux être sûr de sa parole.

— Je comprends, répète-t-elle en me faisant sentir d'un regard qu'elle connaît toute notre histoire et qu'elle n'approuve pas mon attitude.

Je lui propose un café, elle refuse en faisant une moue gracieuse. Une fois sa tâche accomplie, elle part rapidement. Mon père s'est endormi, la tête en arrière sur son gros coussin, le visage de marbre.

J'ai envie de fouiller dans les tiroirs de la maison à la recherche des vieilles photos de notre famille mais, dans le même temps, je me l'interdis, préférant attendre que mon père s'en aille pour me plonger dans un passé pas toujours facile à regarder en face.

Brahim téléphone. Il me demande si je suis libre dans la soirée. Je lui réponds que je ne peux plus guère bouger à cause de l'état de mon père.

— Malheureusement, je ne monterai pas à Pierrefeu pour te voir, dit Brahim. J'évite de me promener par les temps qui courent.

— Tu redoutes quelque chose ?

— Ouais, un type qui vient de sortir du gnouf a juré de me faire la peau. Je ne sais pas pourquoi mais il semble sérieux. Je ne lui ai jamais rien fait. Ni à lui ni à ses proches.

— Tu n'as pas peur ?

— Ben si, imagine-toi. Sinon, je serais passé te voir.

— Qu'est-ce que je peux faire pour toi ?

— Promets-moi une chose…

Brahim tousse, il respire fortement pendant quelques secondes.

— Occupe-toi de ma sœur si jamais il m'arrive ce que tu sais.

— Je te le promets. Tu as ma parole. Mais je suis sûr qu'il ne va rien t'arriver.

Il raccroche. Mon père s'est réveillé. La peau tendue sur son crâne laisse deviner des veines grises qui palpitent. L'œil donne l'impression d'être mort.

— J'ai soif, dit-il en me fixant.

Je vais lui chercher un verre d'eau qu'il boit en se redressant sur son lit.

— Est-ce que tu veux manger ?

Il fait une grimace de dégoût. J'insiste. Il se tourne sur le côté pour dissimuler son visage, comme un enfant qui rejette un plat détesté.

Pendant la nuit, vers 2 heures du matin, il m'appelle, assis sur son lit, le regard droit devant lui. Ses yeux brillent dans la pénombre de la chambre. Il donne l'impression de délirer.

— J'ai souvent pensé à toi, tu sais. Tu es mon dernier fils. Je n'ai pas été tendre avec toi, mais que veux-tu, je n'ai pas voulu avoir d'enfants. Je n'étais pas fait pour ça.

Je serre les poings et tente de ne pas montrer ma rage. Se peut-il qu'aux portes de la mort mon père se repente de tout ce qu'il nous a fait subir ? La peur de l'au-delà le conduit à des attitudes qu'il n'aurait pas eues en d'autres circonstances.

— L'un de ceux qui ont tué Rémy est mort, articule-t-il d'une voix étranglée par la colère.

Sa poitrine se soulève sous son pyjama entrouvert. Ses poumons doivent chercher davantage d'oxygène.

— Qui est-ce ?

Il jette sur moi un regard froid.

— C'est étrange, ces problèmes que tu as avec ta mémoire. Déjà tout petit, tu te souvenais de certaines choses et pas d'autres.

— Pourquoi m'en souviendrais-je ?

Il hausse les épaules.

— Il s'appelait Serge Tournier. Ça te revient ?

Je fais non de la tête.

— Comment sais-tu qu'il était impliqué dans la mort de Rémy ?

— On a dit, ici et là, qu'il était le quatrième homme. Celui qui se tenait à l'angle de la rue, juste en face du lieu où ton frère est mort. Plusieurs personnes l'auraient vu et l'ont décrit. Il est mort avant ton départ. Très peu de temps avant. Je ne me rappelle plus vraiment du jour.

J'attends qu'il continue mais il est à bout de souffle. Il s'allonge et cherche à tâtons le tuyau à oxygène. Je le trouve sous l'oreiller et le lui tends.

— De cela, tu dois forcément t'en rappeler, insiste-t-il. Serge Tournier ! On l'a retrouvé truffé de plomb près de la station-service, avant Vizille.

Je revois vaguement des flics en nombre sillonner notre village, des sirènes nerveuses, quelque chose qui ressemblait à un accident. Les jours qui précédaient mon départ.

Je laisse mon père finir sa nuit et retourne dans ma chambre. Allongé sur mon lit, des images me transpercent. Les trois hommes qui tabassaient mon frère. L'un d'eux tenait un manche de pioche et cognait de toutes ses forces. Pour tuer. Une voiture est passée. Les trois ont disparu soudain. Il ne restait qu'un corps couvert de sang. Plus de visage.

Ce que j'ai ressenti à ce moment-là, je n'ai pas osé l'affronter, y mettre des mots. Ni désarroi ni peine. Celui qui était allongé là, c'était comme un étranger, un type d'ailleurs, pas un frère. Devant la mort, on peut avoir des sentiments d'une autre nature que ceux auxquels on s'attend. Rémy n'était pas gentil avec moi. Ni je l'aimais ni je le détestais. La question ne se posait pas. Désormais, ai-je pensé, je serai seul avec Maman.

Le dégoût, la haine, la vengeance, les trucs de héros, toute cette merde, c'est venu après.

15

Recoudre une mémoire déchirée. Rapiécer mon histoire. Le lendemain, première heure, je descends à la cave et trouve la caisse en métal dans laquelle mon père a rangé ses papiers, quelques souvenirs et ses secrets de responsable syndical qui n'intéressent plus personne. Tout est parfaitement classé par ordre chronologique, des notes prises sur plus de vingt ans lors de chaque réunion qui se tenait dans une cellule de l'usine. Puis des comptes rendus de rencontres plus informelles, voire secrètes, dans d'autres endroits qui sont parfois mentionnés. Je n'ai pas souvenir de telles séances à la maison.

Je cherche les dates qui entourent la mort de mon frère, le 27 juin. L'usine était occupée par les salariés. Mon père a noté qu'il y avait des accrochages avec des éléments extérieurs. La direction cherchait peut-être à déstabiliser le mouvement syndical. Mon frère, lui, était de toutes les luttes. Un vrai révolutionnaire professionnel. Il se pourrait que des types soient venus le chercher pour des raisons étrangères à la grève de l'usine. Il était impliqué dans le mouvement étudiant, alors très violent.

Après son assassinat, le travail a repris sans trop de problèmes, la direction étant revenue sur le train de licenciements qu'elle avait annoncé. Pourquoi ce guet-apens qui lui a coûté la vie ?

Sur un compte rendu de séance, la veille de la mort de Rémy, mon père a noté les noms de ceux qui étaient présents. Quatre noms que je connais, des vieux de la vieille du syndicat et un gars de mon âge.

Quand mon frère a été tué, les grèves d'étudiants faisaient rage en France. L'époque était aussi à la montée en puissance du Front national.

Je me replonge dans les notes. Après le drame de Rémy, mon père n'a plus rien organisé et il a passé la main. Un seul compte rendu apparaît : la dernière réunion syndicale qu'il a présidée et durant laquelle il a annoncé sa démission.

Je referme la caisse et quitte la cave. Mon père est debout à côté de son lit.

— Tu as besoin d'aide ?

Il a un geste négatif mais manque tomber en voulant traîner à sa suite le porte-cathéter.

— J'ai fouillé dans ta boîte à souvenirs, dis-je.

Il me regarde avec sévérité.

— Tu as trouvé quelque chose ?

— Rien. Je ne m'explique toujours pas la mort de Rémy. Je pense que ça n'a aucun rapport avec la grève qui avait lieu à ce moment-là.

Il me scrute un instant. Il comprend que ma mémoire fait défaut et n'a guère envie de faire ressurgir des moments douloureux.

— Peu importe aujourd'hui.

Il se passe la main sur le ventre et fait une grimace. Il dit :

— Ton frère n'était pas comme toi. Il en voulait à tout le système et il était prêt à en découdre. Il participait à toutes les manifs d'étudiants à Grenoble. Et puis il y a eu la mort de ce jeune Maghrébin à Paris, Malik Oussekine. C'était le 6 décembre. Rémy était hors de lui, je dirais même incontrôlable. Même ta mère n'avait plus d'autorité sur lui. Il avait conçu une sorte de plan.

— Lequel ?

— Faire sauter le local où se réunissaient les jeunes du FN de Grenoble. Histoire de leur signifier qu'ils n'étaient pas les bienvenus par chez nous. Ils ont trouvé Rémy avant qu'il ne puisse attaquer quoi que ce soit.

J'avais oublié la mort de Malik Oussekine, tué par les voltigeurs de la police nationale. Mon père nous en avait parlé. Comme tous les jeunes, j'étais révolté par cette violence gratuite sur un jeune qui voulait juste rentrer chez lui.

— La CGT a organisé une marche silencieuse à Grenoble. Nous y sommes tous allés. Il y a eu des affrontements avec des jeunes du FN. Quelques bagarres, rien de plus. Ton frère y a participé. Je crois que c'est là qu'il a été repéré par ces bandes de nervis. Ensuite, je ne sais plus rien. La police n'a rien trouvé.

Mon père a été un syndicaliste puissant mais dans une région éloignée de tout, y compris des instances nationales de la CGT. Il n'a jamais été reconnu, ni même considéré par les caciques du syndicat, coincé entre la figure du héros de mon grand-père et cette époque minable où tout le monde baisse les bras. La bravoure de mon frère a dû être sa grande fierté.

— J'ai été un imbécile, dit-il en donnant l'impression qu'il a deviné mes pensées. J'aurais dû empêcher ton frère. C'était stupide toute cette histoire et ça aurait desservi notre cause. Mais je ne pouvais pas savoir…

Rémy était fasciné par Jean Moulin et le Che, des gloires historiques qui toutes ont été trahies. Comme notre grand-père. En menaçant de faire péter l'antenne locale du FN, il a sans doute pensé à ses figures tutélaires. Il faut souvent un modèle quand on veut faire de grandes choses.

— J'ai été un imbécile, répète mon père en s'asseyant sur le rebord de son lit.

Et moi, j'ai été un lâche. Car j'ai assisté, j'ai vu et je n'ai rien fait.

— Va dans le tiroir du buffet, dis mon père. Il y a une grande enveloppe dans laquelle j'ai conservé des coupures de presse. On y parle de notre malheur.

— Je ne sais pas si j'en ai envie.

— Fais-le. Nous en avons besoin. Je n'ai pas regardé ça pendant toute ton absence. J'étais seul dans cette maison mais je n'ai jamais plus ouvert ce tiroir.

L'enveloppe contient une trentaine de coupures de presse. Essentiellement *Le Dauphiné libéré* et *L'Humanité*. Quelques-unes d'autres journaux nationaux comme *Libération* ou même *Le Figaro*.

La première sur laquelle nous tombons date du lendemain de la mort de Rémy. Sa photo est à la une. C'est *L'Humanité*. Le titre est simple :

Un jeune ouvrier assassiné à l'usine de Pierrefeu.

L'article est long, revient sur les faits et insiste sur la présence d'éléments « fascistes » et sur le mouvement de lutte syndicale. Les articles du journal local, *Le Dauphiné libéré*, ne vont pas plus loin que les faits en gommant ce qu'était mon frère, un jeune qui prenait part aux mouvements sociaux.

— Des journalistes sont venus à la maison ? Je ne m'en souviens pas.

— Quelques-uns. Mais pas beaucoup. L'assassinat de ton frère a été vite assimilé à une bagarre qui avait mal tourné. Même au parti, ils ont refusé d'en faire plus que ça. Regarde *L'Humanité*, au bout de trois jours, on n'en parle même plus. C'est vrai que c'est arrivé au moment où le ministre de l'Éducation démissionnait, juste avant Noël. Les gens s'indignent un moment et puis ça passe. Regarde, pour ce pauvre Malik Oussekine, qui se souvient de lui aujourd'hui ? Dans notre affaire, le seul type qui a été interrogé, c'est ce Serge Tournier. Il a été arrêté puis relâché.

Les autres coupures n'en disent guère plus. *L'Humanité* est venu « couvrir » l'enterrement. *Le Dauphiné* a fait un petit papier en bas de page, sans photo. Et puis l'oubli s'est installé malgré les promesses de la police de faire « toute la lumière » sur cet assassinat.

— Je suis allé porter plainte, il y a un an. Pour que les faits ne soient pas prescrits.

— Tu crois que cela va servir à quelque chose ?

— Qui sait ? Je n'y crois guère mais au moins ton frère continue de vivre dans leur dossier. Ils ne peuvent pas le classer comme ils disent.

Dans l'après-midi, j'appelle Brahim. Il répond au bout de trois tentatives pour dire qu'il me rappelle. Il le fait deux heures plus tard sur un numéro masqué.

— As-tu entendu parler d'un certain Serge Tournier ?

— Ça s'est passé il y a plus de vingt ans, répond Brahim en soufflant. Serge Tournier est mort.

— Comment ?

Brahim hésite quelques secondes avant de répondre :

— J'ai reparlé de ça avec ton père il y a une dizaine d'années. Il est persuadé que ce type était impliqué dans la mort de Rémy. Mais il y a un problème…

— Lequel ?

— Les flics l'ont laissé libre.

— Mais tu sais au moins qui c'était ?

— Ton père t'expliquera. Ce n'est pas à moi de le faire.

16

Mon père s'est endormi de bonne heure. J'ai l'étrange impression qu'il va mieux. Il ne tremble presque plus et je suis parvenu à lui faire avaler une portion de tarte aux pommes achetée à la boulangerie-pâtisserie du village.

Les coupures de presse ont rejoint le tiroir de l'oubli. Elles n'ont rien révélé si ce n'est que j'ai vécu à l'écart de ce qui faisait l'actualité de ce milieu des années 1980. Les manifestations d'étudiants ne m'inspiraient rien. Mon frère ne m'a jamais rien dit sur ses actions et son implication dans ces révoltes. Je vivais étrangement à l'écart de tout ce qui pouvait me questionner. Samia était comme moi. On était recroquevillés sur notre petit bonheur jusqu'au jour où la mort est venue frapper à ma porte. Après, tout a été si vite que je ne peux même plus remonter le cours des événements. Ce n'est qu'une succession de trous noirs, entrecoupée de quelques séquences sans intérêt.

Aux infos de 20 heures, on parle de Romain. Son visage apparaît à l'écran, toujours la même photo qui me bouleverse. Un sourire large, de grands yeux bleus, un peu espiègles, indifférents à la monstruosité du monde. Le procureur de Grenoble évoque déjà son nom au passé. Je me sens tellement proche de cette petite victime. J'éteins la télé.

Les notes syndicales de mon père continuent de m'intriguer. J'ouvre la caisse et feuillette les cahiers dans lesquels il a consigné plus de trente ans de luttes. Son travail a été vain puisque la plupart des usines ont fermé. En un sens, ce combat de longue haleine dont on ne sort pas souvent vainqueur impose le respect.

Je n'ai que la guerre comme héritage de mes vingt dernières années, elle se lit sur mon corps, violent, comme une bombe sans cesse amorcée. La Légion laisse le sentiment que le temps a passé comme un éclair et que, au fond, on ne vit jamais qu'au présent. Mon passé ne sert déjà plus à rien. Une retraite et des médailles. Mon père, lui, s'est battu contre le patronat. Pour rien. Aucune médaille. Mon frère est mort pour rien. Malik a été oublié. Ça me donne le vertige.

Dans les moments les plus durs de ma vie de soldat, surtout au début, quand les instructeurs se plaisaient à nous briser, au physique comme au mental, j'ai pensé à la tendresse de ma mère, à ses sourires comme des caresses. J'ai été son fils aîné et elle m'a préféré. Mon frère en a souffert. Peut-être est-ce pour ça qu'il a toujours roulé des mécaniques et que, très tôt dans sa jeune vie, il a voulu séduire toutes les filles qui passaient à sa portée. Ma mère m'a gâté car j'ai été fragile pendant longtemps, pour ainsi dire jusqu'à sa mort. Durant des années, j'ai opposé l'héroïsme de mon grand-père paternel à la vie sans histoire du père de ma mère, simple paysan des hautes terres de l'Oisans qui a dû quitter ses montagnes pour le bruit et la chaleur suffocante des usines de la vallée de Pierrefeu. Un héros simple, un gars du quotidien, qui ne flanche jamais, comme je les aime tout au fond de moi. Un type que j'aurais pu être si j'avais épousé Samia et si j'avais élevé nos enfants. Elle m'a connu couard et quelconque et m'a aimé comme tel. Ce statut de poltron et d'être ordinaire n'a existé que dans le regard de mon père. Étrange miroir déformant.

Pour lui, le monde, à ce moment-là, était clairement divisé en deux : les gens qui se trouvaient peu ou prou de son bord et les fascistes. Cette dernière catégorie rassemblait tous les suppôts du Front national et de la droite pure et dure. J'ai mis du temps à comprendre pourquoi il les détestait autant jusqu'au jour où j'ai découvert que c'était lui, le pupille de la nation, qui avait reçu la Légion d'honneur de son père. Il ne nous a jamais parlé de cette cérémonie trop importante pour ses épaules d'enfant. Sans doute allait-il mourir sans rien raconter de cette journée éprouvante. La Légion d'honneur a rejoint le buffet et n'en a plus bougé. Au fil du temps, le ruban rouge a perdu un peu de sa couleur éclatante. Souvent je l'ai caressée, cette belle médaille. Pour le souffre-douleur que j'étais, elle fut un talisman contre les mauvaises pensées et les coups du sort.

Un jour, un ministre est entré dans ma chambre aux Invalides, à Paris. Je venais de sortir du coma. Un photographe de presse s'est posté à un bout du lit en zyeutant à droite et à gauche pour ne rien louper de la scène. Il avait un drôle de regard, des yeux très bleus, immenses. Le chef de service de médecine militaire se tenait à l'autre bout et se haussait presque sur la pointe des pieds pour se faire remarquer. J'étais encore fiévreux. Une douleur lancinante me parcourait le bas du dos et la poitrine. Je ne comprenais pas encore grand-chose. Un claquement, là-bas en Afghanistan. Une fois, deux fois. Une sensation comme du courant électrique qui ne cesse pas. Je me suis écroulé puis j'ai vu des pales qui tournaient au-dessus de mes yeux. Le sable partout.

Le jour où l'on m'a remis la Légion d'honneur, un homme a tendu la médaille avec solennité. Le ministre a eu un sourire puis il s'est crispé. « Au nom du président de la République... » J'ai fermé les yeux et j'ai vu, comme dans un rêve, mon grand-père qui me prenait dans ses bras et serrait de toutes ses forces pour me consoler. Il n'était pas fier de moi, non. Lui, il savait. Le sang versé.

Pour mon père, en m'engageant dans la Légion, je suis clairement passé dans le camp de l'infamie, celui des colonialistes. Le bord de ceux qui servent le grand capital et tout ce qui va avec. Lors de notre dernière dispute, je lui ai rétorqué qu'il avait servi le communisme et Staline. C'était grotesque mais je n'étais pas assez instruit pour fourbir d'autres armes. On a failli en venir aux mains. Je m'en suis allé, réfléchissant à ce que mon vieux avait asséné.

J'ai servi sans aucune idéologie. J'ai servi pour me faire oublier et pour savoir. L'héroïsme et tout ce qui va avec. Peu de légionnaires parlent de politique et encore moins du passé. J'ai porté un matricule et surtout un nom différent et une nationalité différente. Je suis devenu suisse selon le principe que tout légionnaire doit être étranger. Pendant des années je me suis appelé Leroy, un « gaulois » comme on dit dans les rangs.

Le fait d'avoir changé d'identité a agi sur moi à la manière d'une psychanalyse, plus furieuse que celle du divan. Être un autre homme, par contrat. Tout abandonner. Oublier pour un temps le père et le nom qu'il m'a laissé. Ce nom de victime, je l'ai mis de côté un moment. Je ne me suis pas soigné, je me suis maudit.

Une voiture passe devant chez nous et fait demi-tour un peu plus haut car la rue est une impasse. Je jette un œil à travers la petite fenêtre du garage. La police municipale patrouille dans le coin. Pour qui, pour quoi faire ?

Deux hommes à son bord : Pierre Lestrade, l'autre est un inconnu, un mastard au crâne rasé, visage osseux, mâchoire en angle droit. Il ressemble à l'un de ceux qui ont assassiné Rémy ; un « fasciste » comme dirait mon père. En arrivant à ma hauteur, Lestrade s'arrête quelques secondes et regarde dans la direction des fenêtres de la maison. Il observe ma chambre qui est encore éclairée.

Après son départ, je sors du garage et prends la direction du centre-ville. Je veux vérifier une idée qui vient de naître dans mon esprit : la 206 qui m'a suivi pourrait appartenir à un employé de la police municipale.

Je marche vite en évitant les endroits éclairés. Les locaux de la municipale sont de l'autre côté de la Romanche. Je risque d'être vu si jamais je traverse le pont. Le seul moyen de passer inaperçu est de longer le lit du torrent, en pleine nuit. La lune ne sera d'aucun secours, les montagnes la dissimulent, ne laissant filtrer qu'une lueur laiteuse par-dessus les arêtes noires. Je prends soin de marcher dans l'eau pour ne pas laisser de traces. À certains endroits, j'y plonge presque jusqu'à la ceinture. L'entraînement que j'ai reçu me permet d'endurer sans souffrir cet exercice.

Le parking de la police se trouve à environ trois cents mètres du pont. La Romanche bouillonne entre les fragments de ruines des anciens chantiers et les étranglements du relief. Sous le pont, le torrent se précipite davantage, se brisant avec fracas contre les piles noires. Je suis le bord en escaladant la roche sur laquelle nous sommes tant de fois venus pêcher, Brahim et moi.

Une moto passe, me forçant à me cacher dans un rectangle de pénombre. J'attends quelques secondes et reprends mon chemin en me faufilant le long de la rive.

Le parking de la police municipale est éclairé par une paire de réverbères aux lueurs jaunes. Trois voitures barrées de bleu et de rouge jettent des éclats froids. Des scooters sont rangés en épi, juste à côté.

Le service doit être terminé, la police municipale ne fait pas grand-chose la nuit. Simple supposition mais il me semble avoir lu quelque part que la nuit ne lui appartient pas. Je redoute la présence d'un chien de garde. Dans ma tête, les flics en ont toujours un. Je contourne le parking du côté du torrent en m'accrochant aux gabions qui le protègent des crus. Si la 206 est garée quelque part, ce ne peut qu'être sur le devant du commissariat.

Au fur et à mesure de ma progression, le vide se creuse et je commence à me demander si cela vaut la peine de prendre tous ces risques. D'autant plus qu'on peut me voir depuis les fenêtres du quartier où vit Samia.

La récompense vient au bout de quelques minutes d'effort : la 206 blanche est garée juste à côté de la porte principale, l'aile droite profondément entaillée, la même marque que celle que j'ai identifiée à Grenoble. Son propriétaire est donc un fonctionnaire de la municipalité de Pierrefeu. Un demi-flic comme dirait Brahim.

17

Minuit passé, je pousse la porte de la maison, me change et me sèche. Personne ne m'a vu lors de mon escapade, j'en suis parfaitement convaincu.

Mon père est éveillé, dans un état de semi-délire. Il parle seul. Le mot « papa » revient plusieurs fois au milieu de phrases qui paraissent incohérentes. Je m'avance vers lui, torse nu, en caleçon. Ça fait une éternité que je ne me suis pas présenté à lui ainsi dénudé. La manière dont il scrute mon corps m'embarrasse.

— Approche, me dit-il d'une voix à peine audible.

Sur mon torse, une énorme cicatrice barre le pectoral gauche et descend jusqu'au ventre. Le médecin militaire a mal recousu et a laissé une marque livide. À côté du cœur, un trou s'est recouvert de peau et deux autres au-dessus font des taches brunes.

— Tu as dû souffrir… dit mon père en prenant sa respiration. C'est quoi toutes ces blessures ?

— Des éclats de RPG, dis-je, une munition antichar. Elle m'a laissé pour mort.

— Où était-ce ?

— À Cop Rocco, dans la vallée d'Uzbeen. En Afghanistan.

— Et tous ces trous ?

— Une rafale de kalachnikov, l'arme soviétique dont tu nous parlais tant quand on était enfants. Tu disais que c'était la meilleure mitraillette du monde. Et c'est vrai. La preuve.

— Je disais que c'était l'arme de la révolution, le fusil de la liberté des opprimés.

Il ferme les yeux. Une larme est apparue sur ses pattes-d'oie et coule le long de sa joue creuse. Peut-être a-t-il des regrets sur l'éducation qu'il nous a donnée ? Impossible à savoir avec un homme aussi hermétique. Je lui souhaite une bonne nuit et retourne dans ma chambre.

La maison est froide. Dans ma mémoire, elle l'a toujours été, à flanc de montagne, à deux pas des falaises. La Romanche est loin. Avec la distance, son jaillissement perpétuel et violent se change en un long frémissement qui court le long des roches.

Cette nuit-là est agitée. Les images se mélangent les unes aux autres, sans aucune cohérence, comme si je me trouvais dans un tunnel dont la paroi est tapissée de vieux chromos. Au bout de ce long méat, le visage de Samia apparaît. Le temps n'a pas eu de prise sur son teint brun.

Mon cœur bat fort. Elle sourit et me fait signe de la suivre. Elle marche plus vite que moi, si vite que je n'arrive pas à venir à ses côtés. On s'enfonce dans une forêt qui ressemble à Combe-Folle, l'endroit où l'on s'est si souvent retrouvés quand on était adolescents.

Puis elle s'arrête et se retourne vers moi, le visage grave, presque sévère, et désigne un amas de branches. Je cours pour la rejoindre mais elle disparaît. Alors je me mets à genoux et crie de toutes mes forces. Je l'appelle encore et encore. À en perdre la voix. Puis je soulève les branches, une à une, le ventre noué. Le visage d'un enfant apparaît. Un enfant d'Afghanistan, du village de Rocco, dans la vallée d'Uzbeen, la tête fracassée par un tir de mortier qui vient de la compagnie de combat de notre régiment. Je veux le prendre dans mes bras et le serrer contre moi.

Je veux retenir sa petite vie encore quelques secondes mais il est déjà froid. Une main se pose sur mon épaule. Une main fragile que je n'ai plus sentie depuis des années. La main de ma mère. Elle me dit :

— Pourquoi as-tu fait ça ? Ce n'était qu'un enfant.

Je réponds :

— Moi aussi je ne suis qu'un enfant.

— Mais non René, tu es grand à présent.

Un hurlement me tire de mon cauchemar. Mon corps ruisselle de sueur. Une voix dans la nuit. Les cris de mon père. Il est assis sur son lit, la tête baissée sur sa poitrine, une coulée de bile verte a souillé son pyjama et son lit.

— Je t'ai appelé plusieurs fois, mais tu ne m'as pas entendu.

— Je dormais.

Il lève les yeux vers moi.

— Tu as dû faire de sacrés cauchemars ! Tu n'arrêtais pas de hurler.

— Oui. Il paraît que ça m'arrive parfois.

— Quasiment toutes les nuits, fiston. Tu as dû en voir des saloperies... Petit aussi, tu parlais pendant ton sommeil, souvent tu criais. Ta mère ne savait pas quoi faire pour te consoler.

Il est près de 3 heures du matin. Mon père dort la fenêtre ouverte quand il ne fait pas trop froid. Cette nuit, le clair de lune découpe nettement les arêtes du Taillefer, pareilles à des mantilles noires, et répand une lueur blafarde sur les visages glabres des rochers. En contrebas étincellent les chapelets de lumière de l'usine à peine voilés par la fumée lourde des cheminées des fourneaux. Je revois mon père et sa cohorte de syndiqués casqués discutailler avec les cadres devant le métal qui coule, rouge et or, les copeaux de feu et les éclairs de la fusion.

— Je vais te nettoyer, dis-je.

— Certainement pas ! Je ne suis pas encore à genoux.

— Comme tu voudras. Laisse-moi au moins t'apporter des draps propres.

Il fait un signe de la tête pour signifier qu'il accepte cette aide symbolique. Je me retire car je ne veux pas le voir sur ses jambes tremblantes et cagneuses à jouer les vaillants de dernière minute. Tout en traînant son pied à perfusion, il marche jusqu'à la salle de bains, fait couler de l'eau et reste un long moment sous la douche. Ses forces n'ont pas totalement disparu. Il lutte jusqu'au bout.

Pendant qu'il est à sa toilette, je change ses draps et refais son lit. Quand il s'en aperçoit, en entrant dans sa chambre, il émet un grognement qui peut indiquer un merci comme de la désapprobation ou encore de la résignation. Je me moque de sa reconnaissance, n'accomplissant que le destin d'un garçon qui n'aura plus de famille dans quelques jours. Ma mère aurait aimé ce geste, mon frère aurait apprécié. Je demande :

— Parle-moi de Serge Tournier. J'ai l'impression que tu en sais plus que ce que tu m'as dit.

Il tourne la tête sur le côté, l'air buté. Il n'ira pas plus loin, je le connais. Je prends une autre voie.

— Est-il possible que l'un de ceux qui ont tué Rémy soit aujourd'hui un membre de la police municipale ?

Il réfléchit un instant. Ses yeux trahissent ce qu'il cogite.

— Cela ne m'étonnerait pas, finit-il par dire. Il n'y a que des fascistes dans ce genre d'officine. Ils servent le maire qui est aux ordres du patronat.

Je pense tout à coup à Lestrade. Son père, Maurice, a été le brigadier de gendarmerie le plus brutal qu'on ait connu à Pierrefeu. Un type qui s'est permis les pires écarts parce qu'il portait l'uniforme. On raconte qu'il a touché de l'argent pour avoir fermé les yeux sur de nombreuses infractions plus ou moins graves et qu'il a été impliqué dans des affaires liées au banditisme local. Difficile de faire le tri dans toutes les légendes qui courent à son sujet. À la retraite depuis une décennie, il s'est implanté dans la vallée de la Romanche, à quelques kilomètres en amont de Pierrefeu. Une maison perchée sur une épaule de montagne, suffisamment cossue pour exciter les esprits imaginatifs. On dit que de là, l'ancien flic garde un œil sur son territoire de chasse.

Il est certain que son fils est devenu le chef de la police municipale grâce à la notoriété du père et aux bons services que celui-ci a rendus aux différentes municipalités qu'il a connues. La gendarmerie n'est plus à Pierrefeu, elle a déménagé à Vizille. Lestrade est seul en son petit royaume.

— Famille de salauds, dit mon père avec un soupir de lassitude. Ils ne valent rien.

— Tu as connu le père ?

— Oh oui… Il venait nous avertir de ne pas trop faire d'écarts lors des manifs, sinon gare à nous. Il pouvait nous mettre la brigade mobile sur le dos et là, on rigolait moins. Tant qu'on restait dans les limites qu'il nous fixait, tout se passait bien, mais fallait pas aller plus loin.

Mon père, en grand organisateur des grèves et des actions syndicales, doit en savoir plus qu'il ne veut en dire sur les pressions qu'il a reçues et qu'il a acceptées ou pas. Excepté l'assassinat de mon frère, il n'y a jamais eu de dérapage à Pierrefeu. J'ai longtemps mis ce calme relatif sur le compte de l'éloignement de notre vallée et du désintérêt des grandes centrales syndicales pour les revendications des employés des usines.

— On avait un dossier sur Maurice Lestrade. Un dossier qui le mouchait au cas où.

— Qu'est-ce que tu veux dire ?

— Il avait participé à quelques ratonnades au début des années 1980. C'était l'époque où les flics tuaient pas mal d'Arabes, notamment à Lyon et à Marseille. Après, il y a eu la marche des Beurs et la récupération du mouvement par SOS Racisme et toute la clique socialiste.

Je rectifie :

— Lestrade n'était pas en poste ici.

— Non, mais tu oublies qu'il est d'ici et qu'il est marié avec une fille de Pierrefeu. Il a débarqué dans la vallée quand son merdeux de fils avait huit ou neuf ans, je ne sais plus.

Pierre Lestrade est arrivé en cours d'année du CM1. Il a très vite adopté des attitudes de chef et m'a pris comme souffre-douleur.

— Comment peux-tu savoir que le père Lestrade a commis des ratonnades ?

— Tu ne connais pas la CGT… On a des antennes un peu partout. Pour des raisons que j'ignore, son officier, son supérieur, était un homme qui nous aimait bien. Il nous a donné une copie d'un rapport d'intervention du côté de la cité Gagarine. Lestrade et ses sbires avaient sérieusement tabassé deux jeunes Arabes. Le nom de Lestrade apparaissait. Il avait été contrôlé, en civil, alors qu'il fichait le camp, en voiture. Dans son coffre, les poulets ont découvert des manches de pioche tachés de sang.

— Et qu'est-ce qu'il s'est passé ?

— Les gendarmes ont écrasé. Il n'y avait que des blessures plus ou moins graves. Ils ont laissé filer l'un des leurs… Normal… Mais l'officier a tout de même fait un rapport, au cas où il y aurait du grabuge. Et ce rapport, il nous l'a donné.

— Pourquoi tu ne t'en es pas servi ?

Mon père lève un bras en un geste de lassitude et le laisse retomber sur le côté. Son regard se fixe sur un point quelconque du plafond.

— Tu ne connais rien aux méandres de l'action politique, dit-il. Ni à la justice… qui n'a jamais vraiment existé. Les choses sont plus complexes qu'on ne le croit. Les deux jeunes ont quitté Pierrefeu et leurs parents aussi. Ils ont été licenciés, presque sur-le-champ, pour faute grave.

— Faute grave ?

— Oui. Ils avaient détérioré du matériel et s'en étaient pris à un cadre, un vrai salopard, aux abords de l'usine. D'où la correction qu'ils ont reçue. Le cadre en question était conseiller municipal. Pas vraiment de gauche.

Quelque chose est en train de changer entre mon père et moi. Il a besoin de se confier avant de partir pour un au-delà qui doit l'effrayer. Il veut me prouver que je me suis trompé sur son compte.

— J'ai tout fait pour qu'ils soient recasés sur un autre site près de Lyon. Le directeur m'a convoqué et on a discuté. Comme souvent, il a commencé par ramener sa science. J'ai laissé venir puis, au bout d'un bon quart d'heure, je lui ai balancé le rapport. J'ai cru qu'il allait s'étouffer ou faire une attaque. Il n'y avait pas que le nom de Maurice Lestrade qui était cité, mais aussi celui du responsable de la sécurité de l'usine et un autre sous-fifre. Alors, j'ai exigé que les deux familles soient traitées correctement. Le directeur a retiré la plainte qu'il avait déposée contre les jeunes et il a accepté de les recaser ailleurs, eux et leurs deux pères.

— Et l'affaire en est restée là ?

— Les deux familles aussi ont écrasé. Le boulot commençait à se faire rare, surtout quand on n'était pas français.

Mon père a un haut-le-cœur. Son visage se tord en une grimace horrible. Il appuie fortement, de ses deux mains, sur son ventre qui le fait souffrir.

— Il y a eu un problème, continue-t-il d'une voix tremblante. Des fois, les choses ne vont jamais comme on le souhaite…

— Qu'est-ce qu'il s'est passé ?

— Quelques mois plus tard, l'un des deux jeunes est mort des séquelles des coups qu'il avait reçus sur la tête. Ça lui avait fait un caillot de sang qui a fini par lui boucher quelque chose dans le cerveau…

À nouveau, mon père est pris de spasmes douloureux. Il a juste le temps d'attraper un récipient pour vomir dedans. Je le redresse en position assise pour éviter qu'il ne s'étouffe.

— Il faut que tu essaies de dormir. On parlera de tout ça demain.

Il hoche la tête et demande le tube à oxygène. Quand il l'a sous le nez, il ajoute :

— Ce rapport a disparu, il y a quelques années. Un peu après ton départ.

— Où se trouvait-il ?

— Ici même. Notre maison a été visitée.

Je veux le questionner à nouveau sur Tournier mais, la face livide, il me fait signe qu'il souhaite arrêter là notre conversation, rester seul dans sa chambre, avec les ombres du passé qui l'entourent, presque palpables.

18

Le chef de corps m'a lancé une phrase à mon départ de la Légion : « Méfiez-vous, Vasseur. Les légionnaires font de bons coupables. Les Français n'aiment les héros que morts. »

On frappe à la porte, plusieurs fois. Des coups forts. Mon père crie. 6 heures du matin. Je me lève, les yeux lourds. Je dormais depuis peu. Les deux gendarmes m'attrapent dans le couloir et me plaquent au sol. Insultes, coups. J'ai appris à supporter. Des tortures, j'en ai subi lors des stages commando, je peux endurer beaucoup. Mes bras sont tordus dans le dos, les menottes se referment sur mes poignets.

Les flics me ramènent dans ma chambre et m'assoient sur le lit. Un officier marmonne quelques mots qui signifient que je suis en garde à vue et qu'on me reproche d'avoir assassiné le petit Romain.

Je ne dis rien. Ni pour me défendre ni pour m'expliquer. Je n'ai rien à dire. Bêtement, je pense à Samia qui ne va pas tarder à apprendre mon arrestation pour un crime aussi infamant. Elle va penser le pire.

Le gendarme en face de moi a un regard de haine. Tout noir. Comme celui des bêtes. Mon père crie et demande à comprendre ce qui se passe.

— Qu'est-ce qu'on fait du vieux ? demande un type que je n'avais pas vu.

— Il reste là, répond une voix féminine. Que veux-tu qu'on en fasse ?

Un autre type, grand, à moitié chauve, vêtu d'une combinaison blanche, commence à passer au peigne fin ma chambre. Il ouvre le tiroir de la commode dans laquelle sont rangés quelques souvenirs. Il sort la Légion d'honneur en la pinçant entre ses doigts couverts de latex, puis ma médaille militaire, comme si elles étaient contaminées par des virus redoutables.

— C'est quoi ça ? me demande le scaphandrier.

Je ne réponds pas et me contente de le fixer jusqu'à ce qu'il détourne les yeux.

Dans sa vie de minable, il a sans doute rêvé de telles distinctions. Mon gardien aussi. Mais ils pointent tous les deux au registre des sans-gloire. Et la jalousie mène sourdement son chemin sinueux.

— Monsieur Vasseur est un héros de guerre, lance avec hauteur un officier de gendarmerie qui vient de faire son entrée. La Légion d'honneur, ça se respecte.

De telles décorations imposent une étiquette. Je serre les dents. Prêt pour affronter ce qui va suivre.

— Pourquoi arrêtez-vous mon fils ? demande mon père.

L'officier explique. Mon père l'envoie valser. Les insultes fusent.

— Je vais crever mon petit ! jette mon père au gendarme. Essaie de me trimballer dans ta fourgonnette et tu verras le résultat. Et maintenant sors de ma chambre, merdeux.

Je dois avouer que le cran du paternel me fait du bien. Il me permet d'entrer en moi-même et de faire face.

Les flics m'emmènent et me placent dans une cellule après avoir enlevé les lacets de mes chaussures et la ceinture de mon pantalon. Ils me tutoient jusqu'à ce que je me retrouve devant celui qui semble être le chef d'enquête, un gars au physique rond, les joues tombantes, les yeux clairs. Il pose devant moi une photo. Atroce. Le corps d'un enfant. Égorgé.

— Je pense que vous avez compris qu'il s'agit de Romain, dit d'une voix atone l'enquêteur en chef.

Je ne réponds pas.

Les images s'entrechoquent dans ma tête. Il y a ce cliché horrible posé devant moi et la fureur d'un village de la vallée d'Uzbeen. Ce que j'ai vécu et ce dont on m'accuse. Partout des enfants morts. Des victimes innocentes.

— Parlez-moi de ce tatouage que vous avez sur votre bras gauche, ordonne le flic.

Je réponds, comme si ma voix était celle d'un autre :

— Depuis mon âge d'homme, j'ai enduré pas mal d'épreuves et de cela je n'ai rien à vous dire. Ce sont des choses que vous ne pouvez pas comprendre.

Je sens que je l'ai mis hors de lui et qu'il fait des efforts pour ne pas se mettre à hurler et sans doute me frapper. Il reprend :

— Vos blessures vous ont marqué, au point sans doute d'altérer votre raison. Vous faites partie de ces soldats perdus qui errent jusqu'au moment où ils commettent un faux pas.

Il s'approche de moi, par-derrière. Je peux sentir son souffle sur ma nuque.

— Pourquoi la Légion ? Expliquez-moi.

Je réponds sans changer de ton :

— Pour ne pas être un type comme vous.

Il comprend qu'il doit se maîtriser davantage et que la passe d'armes ne risque pas de tourner en sa faveur.

— Savez-vous où a été retrouvé Romain ?

Un silence. Il ajoute :

— Près du monument aux morts des maquis de l'Oisans. Juste derrière en fait, sous un tas de branches.

Je fais le dos rond, attendant la suite.

— Savez-vous qui on a aperçu près de ce monument, le jour où sans doute le petit Romain y a été déposé ?

Le gendarme revient devant moi et me dévisage, pour m'impressionner.

— On y a aperçu un certain René Vasseur. Qu'est-ce que vous avez à répondre à ça ?

— Rien, dis-je. Le nom de mon grand-père figure sur le mémorial parmi la liste des tués. J'étais venu lui rendre hommage. Il s'agit du père de mon père, vous comprenez ?

— Non je ne comprends rien, rétorque le flic en secouant la tête. Vous expliquerez cela au juge.

Ils me descendent dans des geôles qui n'ont pas dû voir de prévenus depuis pas mal de temps. Elles sentent encore la peinture fraîche. Un gendarme s'installe à une table, face à la cellule, les clés posées à côté d'une matraque. Il n'a l'air ni bon ni méchant, juste un rouage dans une mécanique géante prête à me broyer.

Je reste en cellule une heure, peut-être deux, incapable de saisir la fuite du temps. Je pense à l'assassinat de mon frère. Toujours les mêmes images obsédantes. Des cris de sauvages. Et moi qui reste dans mon coin à trembler, les jambes incapables de réagir, un fluide glacial partout dans le corps. Pourquoi de tels souvenirs me hantent avec la même force, malgré le temps qui a passé ? Pourquoi ma mémoire efface irrémédiablement certaines choses et en conserve d'autres ?

Dur de se dire que le visage de Rémy s'est perdu. Quand je regarde de vieilles photos, je ne le reconnais pas. Physiquement, il était très différent de moi. En fait, il a été un étranger, souvent un gêneur. J'étais jaloux qu'il ressemble à notre grand-père, je lui en voulais au point de vouloir parfois sa disparition. Les enfants sont bêtes et cruels. Le jour de son enterrement, j'ai pris ma mère dans mes bras et je l'ai soutenue.

— Je le vengerai, lui ai-je dit.

Elle n'a pas réagi. Elle n'arrivait plus à tenir sur ses jambes devant l'affreux spectacle du corps de son fils qui descendait en terre. Ce jour-là, je me suis senti comme soulagé, car jusqu'à cet instant je ressentais que j'étais comme une pièce rapportée dans cette famille. Seul Rémy avait compté pour mon père et mon père était tout. Mon père disparaissait à jamais et je sentais instinctivement qu'il fallait que je change de vie. Que je devienne un autre. En un sens, la mort me délivrait d'un poids. Après l'enterrement, j'étais comme absent. Samia, Brahim et Jean-Claude m'ont entouré. Ils pleuraient, moi pas.

Ma conscience bute sur une réalité : je ne me rends pas compte que c'est Rémy qui est entre les mains de ses bourreaux. Je ne le sais pas parce que je ne veux pas le savoir. Les types s'acharnent. Puis soudain tout s'arrête. Il y en a un, le plus petit, qui retient le bras du plus fort. Le corps au sol ne bouge plus. Il le retourne, inanimé. Dans le mouvement, un bras sans vie fait un geste circulaire avant de retomber comme celui d'un pantin. Les trois assassins s'en vont en direction du pont. Une voiture les attend. Elle démarre.

Une voiture. J'avais oublié ce détail, ce simple fragment de passé qui me revient aujourd'hui en pleine figure, là, au fond de cette cellule. La voiture de Serge Tournier, selon ce qui a été dit.

L'angélus qui sonne au clocher de Pierrefeu traverse les murs de ma prison. Il est déjà midi. Les flics viennent me chercher et me remontent jusqu'au bureau de l'officier. On m'attache le poignet gauche au mur.

— Je viens d'appeler les services des archives du 1er Régiment étranger. Vous n'avez donné aucune raison à votre engagement. Vous n'avez toujours rien à me dire à ce sujet ? Pourquoi vouloir changer d'identité ?

Je reste silencieux. Mon passé a été celui d'une victime qui a cherché à s'endurcir. Pas celui d'un tueur d'enfant. Je dis :

— Une victime est toujours coupable, n'est-ce pas ?

L'officier fait un geste pour dire qu'il en a assez de mes réponses. Un autre entre, un capitaine. Un visage inconnu, très sec, au regard cruel. Il a épinglé sur sa poitrine l'insigne des parachutistes. Il feuillette mon dossier quelques secondes, tournant les pages nerveusement, dans un sens puis dans l'autre, tout en me jaugeant d'un coup d'œil.

— Compagnie d'appui et d'éclairage... dit-il. On vous a appris à résister à tout, c'est ça ?

Il approche une chaise et s'assoit en face de moi. Je suis surpris par la netteté de son uniforme. Les plis sont parfaits. Il porte deux décorations dont la valeur militaire.

— J'ai croisé des types comme vous avant d'entrer à la gendarmerie. Je dois dire que je vous admire et je sais que, comparé à ce que vous avez vécu, la situation actuelle doit ressembler à une épreuve de colonie de vacances.

Il regarde ses mains quelques secondes avant de poursuivre :

— Cependant, nous avons des preuves contre vous. Des preuves sérieuses. Vous ne vous en tirerez pas aussi facilement. Des témoins vous ont vu.

Il passe en revue tout ce que l'on me reproche. On m'a aperçu ici et là. Notamment sur le pont de la Romanche que le petit a traversé avant de disparaître. Un des témoins a dit que j'avais observé le lit du torrent.

— Des traces d'ADN sont en cours d'analyse. Nous allons les comparer avec les vôtres. Je pense qu'elles nous donneront raison.

Il se lève et range la chaise. Le téléphone sonne. Il s'agit du juge en charge de ce dossier. Le gendarme se contente de répondre par des « oui » ou des « non » ponctués de formules de politesse. Il parle à une femme. Après avoir raccroché sur un ton mielleux, il annonce que ma garde à vue est levée et qu'on va me présenter à un magistrat.

— Comment va mon père ?

— Comme on peut aller dans son état et avec ce qu'il vient de se passer, répond l'officier.

Il tente de jouer sur la corde sensible mais il ignore que la fin de mon père ne me fait pas autant de peine.

— Qu'est-ce que vous allez faire de lui ?

— Pour l'instant, il a refusé de quitter son domicile. Le Dr Faure et les infirmières continuent de s'occuper de lui. Nous verrons très vite s'il faut l'hospitaliser ou pas.

J'ai envie de hurler que les flics n'ont pas été aussi pressés d'arrêter les coupables de la mort de mon frère.

Ont-ils seulement enquêté sérieusement ?

Je me souviens de Lestrade et de son air cynique. Je me souviens de ma promesse de vengeance.

— Qui est Serge Tournier ? demande l'officier.

Cette question me désarçonne. Elle ne tombe pas au hasard. Le flic insiste :

— Vous ne voyez pas ?

Je secoue la tête.

— Un homme qui a été tué, pas loin d'ici. Il y a plus de vingt ans de ça.

L'officier fait claquer son dossier sur le formica du bureau. Il me fout la photo de Tournier devant les yeux. Un garçon blond, tirant sur le roux, cheveux très courts.

Il fait le V de la victoire au photographe qui lui tire le portrait. Visage inconnu.

— Il avait vingt-cinq ans… Il a été interrogé dans cette gendarmerie au sujet de la mort de votre frère. On l'a retrouvé assassiné quelque temps plus tard. Un jour avant votre engagement dans la Légion. Vous ne voyez toujours pas ?

Il range le cliché et se lève et appelle deux autres gendarmes.

— Aujourd'hui, il y a prescription sur cette affaire, mais ne croyez pas qu'on ne puisse rien tenter. C'est clair ?

Les deux gendarmes me lient les poignets derrière le dos.

— Votre dossier militaire mentionne que vous souffrez de sérieux troubles de la mémoire, notamment de la mémoire épisodique, nous dit le rapport. Vous oubliez certains événements traumatisants, les lieux, le contexte… Cela est dû au traumatisme crânien dont vous avez été victime, nous dit ce médecin militaire. Moi, je pense que vous les reconstituez à votre manière, c'est-à-dire de la façon qui vous arrange.

L'officier se lève et me fixe.

— Ici, nous n'avons pas de troubles de la mémoire. Nous établirons des preuves à partir de faits précis et nous vous ferons condamner.

19

On me transporte jusqu'à Grenoble, les pieds et les mains entravés, afin de me présenter à un juge d'instruction.

On me dépose presque comme un paquet jusque dans le bureau d'une femme au visage fermé, trop maquillée et trop parfumée. Un avocat est là, un jeune commis d'office qui semble croire en son métier.

— Asseyez-vous, me lance la juge tout en demandant que l'on lève les entraves qui serrent mes chevilles.

D'un geste bienveillant, l'avocat me conseille de rester calme. La juge parle la première. Elle a tout un dossier entre les mains. Elle le passe en revue et déclare :

— J'ai vu vos états de service. Ils sont plus qu'éloquents…

Elle suspend sa phrase et me regarde. Je me fous de mes états de service et des sucettes que l'on a accrochées à mon uniforme représentant une patrie que je considère de moins en moins comme la mienne. Sait-elle, cette femme rigide, que la Légion d'honneur me rapporte moins de 10 euros par an et qu'elle me donne juste accès aux honneurs militaires, à ma mort. Rien de plus. En ajoutant la médaille militaire, les traitements doivent se monter à même pas 30 euros annuels. Les états de service se résument à ça.

— On vous accuse d'avoir assassiné Romain Marceau dans la journée du 20 avril. Qu'avez-vous à dire à cela ?

— Je suis innocent, dis-je froidement. Rien d'autre à déclarer.

— Des témoins vous ont vu non loin de l'endroit où Romain a été découvert. Qu'avez-vous à dire ?

— Je suis allé me recueillir devant le monument aux morts de l'Oisans.

— Et pourquoi donc ?

— Mon grand-père a été assassiné par les nazis parce qu'il était résistant. Tout simplement. Sa mémoire a toujours beaucoup compté pour moi.

Elle m'observe, son regard trahit du mépris et, curieusement, une sorte de compassion. Les questions s'arrêtent là.

Mon avocat me défend bien et met l'accent sur la maladie de mon père, allant jusqu'à menacer, à mots couverts, les autorités, si jamais il venait à mourir faute de soins. Il insiste sur ma carrière militaire et sur les circonstances des actes qui m'ont valu la Légion d'honneur. Il lit à haute voix la citation qui accompagne la décoration :

« Sous le feu ennemi, l'adjudant-chef René Vasseur a fait preuve d'un courage hors du commun, se sacrifiant, au péril de sa vie, pour sauver une famille que l'ennemi avait prise pour cible et qui aurait été certainement massacrée.

« Fidèle aux valeurs de la Légion étrangère, honneur et fidélité, l'adjudant-chef René Vasseur s'est ensuite distingué lors des événements tragiques qui ont touché le poste de combat avancé Rocco, dans la vallée de l'Uzbeen, Afghanistan. Lors d'une sortie pour desserrer l'étau des rebelles qui encerclaient le poste, Vasseur et la section qu'il emmenait ont été pris sous le feu ennemi. Au mépris du danger le plus extrême, ce sous-officier, digne des meilleurs de nos anciens, a porté secours à l'un de nos officiers blessés…

« A été blessé grièvement par la mitraille ennemie… »

La lecture de cette citation me laisse dans une complète indifférence. D'ordinaire, l'évocation de ces souvenirs fait surgir des images et des bruits atroces du fin fond de mon esprit. Elle peut me troubler au point de me faire fondre en larmes.

— Je crois qu'un tel homme mérite la présomption d'innocence, s'écrie mon avocat. Son père est mourant…

La juge reste dubitative. L'avocat me fait signe discrètement de ne rien dire.

— Me jurez-vous sur votre honneur de soldat de ne pas vous enfuir ?

— Je vous le jure. Je suis innocent.

— Je vous libère, mais vous êtes sous contrôle judiciaire, le plus étroit. La gendarmerie va vous surveiller en permanence. Est-ce bien clair ?

Je réponds d'un signe de tête.

— Nous attendons d'un moment à l'autre les analyses ADN. Elles feront de vous un innocent ou un coupable. Dans le second cas, vous serez conduit directement en prison. Est-ce clair ?

— Je ne risque rien, madame le juge. Je vous remercie pour votre bienveillance.

La juge m'accorde une dispense de détention provisoire, ce qui est assorti de tout un tas de contraintes pour circonstances exceptionnelles. Ce statut doit sacrément emmerder les gendarmes qui vont avoir l'œil sur moi toute la nuit. Le lendemain tout sera fini. Du moins, c'est ce que j'imagine.

Quand je rentre chez moi, l'infirmière et le médecin sont au chevet de mon père, surpris de me voir débarquer.

— Ils t'ont déjà relâché ! s'étonne mon père sans aucune émotion.

— Oui. Ils m'ont laissé parce que je suis innocent. Je n'ai pas le droit de sortir de cette baraque avant un certain temps.

Le médecin et l'infirmière échangent un regard gêné. Je n'entre pas dans la chambre, attendant de parler à mon père seul à seul. Le Dr Faure me prend à part quelques instants :

— Son état ne nécessite pas d'hospitalisation. Il a vomi aujourd'hui mais il accepte de se nourrir, ce qui ralentit la progression de la tumeur. Il s'agrippe à la vie et parvient à remporter des victoires. Il s'est levé plusieurs fois aujourd'hui. J'ai rarement vu ça.

— Moi si.

Ma repartie dérange le médecin. Il passe sa veste et salue l'infirmière.

Mon père lutte avec courage face à cet ennemi tenace qui le ronge de l'intérieur, son baroud d'honneur.

Une fois seul, il dit :

— Je sais de quoi on t'accuse. J'ai eu honte quand j'ai entendu ça aux informations de midi. Je n'arrive pas à y croire.

— Il n'y a rien à croire. Je n'ai rien fait. Je suis totalement innocent. Ce n'est pas parce que je sors de la Légion que je suis coupable.

— Je n'ai pas dit cela.

— Bien sûr mais tu le penses si fortement que les murs eux-mêmes t'entendent. Ce n'est pas parce que j'ai fait la guerre que je dois payer pour un autre. En m'arrêtant, ils ont perdu des chances de coincer un salopard. Je ne serai plus jamais la victime. C'est fini ça !

Il me regarde avec indulgence, pour la première fois de sa vie.

— Ne crois pas que je ne connaisse pas la guerre. Ma vie a été longue, tu sais. Une grande partie s'est déroulée avant que je me marie avec ta mère. Cette partie-là, je ne l'ai pas racontée car je n'ai jamais eu la force de le faire.

Puis il ajoute, un sanglot dans la voix :

— Je sais que tu es innocent. Le temps est venu de faire les comptes avec ceux qui nous ont détruits. Ce sont les mêmes que ceux qui t'ont dénoncé. Ce sont les mêmes que ceux qui ont fait mourir mon pauvre père. Ceux-là ne disparaissent jamais. Mais nous, on va être les plus forts.

— Que veux-tu dire par là ?

— Pendant toutes ces journées sur ce lit de souffrance, j'ai réfléchi. Et j'ai fini par trouver. Je te livrerai tout dans pas longtemps. Pour le moment tu dois te battre contre la justice.

— Elle ne peut rien contre moi.

Par la fenêtre, au loin, contre la montagne, on aperçoit les lumières de l'usine. Des néons brillent au-dessus des chicanes de tubes et des nœuds de gros boyaux qui entrent et sortent des ateliers. Des panaches de fumée s'échappent des cheminées qui ne s'arrêtent jamais d'exhaler le souffle des fourneaux.

Je dis :

— J'ignorais que Serge Tournier a été tué à côté d'ici. Je veux savoir comment.

— Il a reçu des balles en pleine tête.

De lourds camions chargés de minerai s'avancent vers les trémies de déchargement en soulevant la poussière de bauxite. Leurs phares balaient, au hasard de la manœuvre, les écumes de la Romanche. Des fantômes de rocaille apparaissent, dans les halos, s'éclipsent aussitôt, fuyant la lumière.

Mon père demande :

— Pourquoi veux-tu savoir comment est mort Serge Tournier ? Tu devrais t'en souvenir.

— Rien, un voile opaque. Pour moi, dans le flou, je vois un accident. Des pompiers et des flics. Je suis loin. Impossible de remonter le cours de mes souvenirs. On me soupçonne de l'avoir tué.

Mon père retourne à son lit, en essayant de se tenir droit sur ses guiboles. Il s'appuie sur la ferraille de cet énorme brancard qui lui sert de couche et me dévisage.

— Je te dois une vérité… Quand j'ai appris que tu étais à la Légion, je ne sais plus combien de temps après ton départ, j'ai pensé que c'était toi qui avais tué Tournier.

— Pourquoi as-tu pensé cela ?

Il balaie ma question d'un geste de la main et s'allonge. Ses soupçons passés ne sont pas fondés mais ils m'ont touché. Ils m'honorent presque. Pour une fois, il m'a cru capable de faire quelque chose de juste.

— Maintenant, nous avons rendez-vous avec le destin, mon fils. Avec la mort. La mienne et celle des assassins de ton frère. Tout cela est loin… et pourtant si présent.

Il m'appelle « mon fils ». Je suis troublé par ces mots. Il est plus facile de haïr quelqu'un que de le comprendre. Cette marque d'affection, nouvelle, trahit sa profonde détresse. Il n'a pas peur de la mort mais de lui-même, de ce qu'il a été et de ce qu'il a caché. De ce qu'il va laisser derrière lui.

Le fracas lointain d'une benne qui vide son chargement de caillasses secoue la nuit, quelques brèves secondes. Sous les néons bleus qui font comme des aiguillons contre les murs noirs, les tapis roulants charrient le métal, encore dans sa gangue de pierre, jusqu'aux broyeurs que l'usine dissimule.

20

Le dimanche, à midi, mon père et mon frère avaient des repas d'idées. Et des idées de dimanche, bien solides pour tenter la révolution. Moi, je m'absentais de ces échanges, filais dans la cuisine pour dire des banalités à ma mère, juste pour le plaisir de sa voix douce, presque fluette. Les après-midi d'hiver, quand le froid retenait dans la vallée la suie de l'usine, on regardait le patinage artistique, quand il y en avait. Mon frère était ailleurs, je ne savais pas où. Mon père allait boire une paire de canons avec ses affidés. Ma mère dans son fauteuil, moi à un bout du canapé, on restait devant la télé, immobiles. Je n'ai jamais su pourquoi Maman connaissait les équipes de patineurs, leurs pays d'origine, leur palmarès. Elle préférait ceux de l'Est parce qu'elle les trouvait magnifiques dans leur froide beauté. Moi, j'aimais le féminin, la légèreté, les jupes fines sur les jambes fuselées comme dans les rêves. Ça me faisait de drôles de fantasmes ces moments d'apesanteur, les hanches nerveuses, les glissements sur la musique et les pirouettes. Les maquillages grossiers et les paillettes. Je partageais cette rêverie filante avec ma mère, en silence. Quand Rémy revenait, je me levais, quittais le salon et passais dans ma chambre. Je ne vois plus son visage, reparti dans l'oubli. J'entends juste le claquement de la porte de la maison qui annonçait la fin de ce moment de tendresse avec ma mère.

La gendarmerie vient me chercher pendant le repas de midi. On me repasse les menottes dans le dos et on m'escorte jusqu'au tribunal. La juge nous fait patienter un bon quart d'heure puis sa greffière nous signifie d'entrer.

— L'ADN vous innocente, m'annonce la juge d'une voix claire en me fixant par-dessus ses fines lunettes rectangulaires. Vous êtes donc libre. La justice n'a rien à vous reprocher.

Elle n'exprime ni excuses ni compassion. Tout juste un au revoir poli. Mes états de service ont cessé de l'émouvoir.

Je sors du tribunal en début d'après-midi, sans savoir comment rentrer chez moi. Je marche jusqu'au fief de Brahim. Il est au bar de la rue des Colonies.

— Putain, René, me dit-il après que je lui ai raconté mes mésaventures, t'as vraiment jamais eu de chance dans ta vie. Quelle merde !

Il jette un œil par la fenêtre et ajoute :

— Bien entendu, les flics t'ont suivi et tu aggraves ton cas. Et le mien tout à la fois.

— Je suis sincèrement désolé, dis-je un peu penaud. Mais je suis innocent… La juge vient de le dire.

— Ça ne signifie pas qu'elle lâche le morceau.

Brahim me prend les mains comme l'aurait fait un père.

— Tu es coupable depuis plus longtemps que tu ne le crois, dit-il en serrant mes doigts très fort. Comme moi… Coupable d'être né dans ce village, dans cette époque et avec une ascendance à la con.

— Qu'est-ce qu'on peut y faire ?

— Se battre encore et toujours. Je suis devenu voyou parce que je ne voulais pas passer par la case usine et suivre le chemin de mon père.

— Il n'avait pas trop mal réussi pourtant.

— C'est pas faux mais il a dû la fermer sur pas mal de trucs. Il a dû se boucher le nez plus souvent qu'à son tour.

Mon père l'appelait « le bon Arabe du patron », parce qu'il avait réussi à se hisser jusqu'à la maîtrise. Il disait qu'il était « l'Arabe qui masque la forêt », révoltant jusque dans ce registre. Tout ça parce que le père de Brahim n'a jamais pris sa carte du parti, ni de la CGT.

Au-dehors, en société, mon père se parait du discours officiel du syndicat sur l'immigration, au-dedans, avec les siens, il était profondément hostile à ceux qui venaient « tondre le prolétariat français ».

— On dit que les voyous n'aiment que l'argent, dit Brahim. Mais je n'en connais pas un qui ne soit pas un grand blessé de la vie. Tous des fils de ratés. Tous nés dans une impasse. Moi, j'aime l'argent parce qu'il te met au même niveau que ceux qui t'ont jeté là.

— Je ne savais pas que tu étais un révolutionnaire !

— J'aime trop la justice pour être honnête.

Il part d'un grand rire qui fait lever la tête aux quelques clients de son bistrot.

— Viens, dit-il, je vais te déposer à la gare routière. Je ne peux pas te raccompagner à Pierrefeu. Je n'y vais que la nuit et encore, pas en ce moment.

— Tu ne veux pas me dire de qui tu as peur ?

— De personne, dit-il en faisant sauter les clés de sa BMW dans ses mains. Mais si jamais je me fais gaufrer là-haut, je risque de gros problèmes. Ça ne s'appelle pas Pierrefeu par hasard…

Je lui souris, tout à fait étranger, ne serait-ce que quelques secondes, aux problèmes qui nous étouffent.

— Tu te souviens des truites qu'on pêchait ?

Brahim s'arrête net et j'ai l'impression de le voir redevenir le garçon colérique que j'ai connu. Toujours prêt à me défendre. Le garnement que j'ai aimé à cet instant de la vie où l'amour n'a pas d'orientation. D'une certaine façon, je l'aime encore.

— Oui, je m'en rappelle, me dit-il avec un sourire qui exprime toute la nostalgie de ces instants de trois fois rien. On les prenait sous le pont, dans les trous d'eau de la Romanche...

— Une fois, tu m'as défendu contre Lestrade...

— Je m'en rappelle, dit-il. J'aurais dû...

Il s'interrompt, le visage dur, le même air de sauvagerie que j'ai tant vu sur les faces tannées de mes frères d'armes.

— Celui-là, dit-il, un jour, il faudra lui régler son compte. Il ne vaut pas plus cher que son père. Et même moins je dirais !

— C'est à cause de lui que tu ne peux pas m'accompagner à Pierrefeu ?

— Tu as tout bon, répond Brahim avec une rage tout juste contenue.

Son regard change lentement, la colère cède la place à la tristesse, plus noire que je ne l'avais jamais perçue chez lui.

— Il a harcelé Samia pendant des années, après la séparation d'avec le père de sa fille. Lui faisant miroiter je ne sais quoi. Il n'est jamais arrivé à ses fins, mais il a essayé. Et je n'ai rien pu faire parce que j'étais encagé. Et maintenant je suis tricard dans mon village natal.

Ma gorge se noue et je serre les poings, imaginant Lestrade décocher des œillades grivoises à Samia. J'imagine ses lèvres épaisses et ses petits yeux vicieux, sa voix qui a pu être suave.

Je vois notre exil, Brahim et moi, notre fuite et la colère et les désillusions d'une jeune femme que nos vies ont laissée à la merci de types comme Lestrade.

— Une fois que j'en aurai fini avec ces ennuis, j'irai lui faire sa fête.

— Fais attention à toi.

— J'ai appris à me battre. Je ne suis plus la « petite tapette » comme il m'appelait.

— Je sais que tu as appris à te battre. Ça se voit sur toute ta personne. Ils ont fait de toi une machine à tuer. Et je sais que tu as tué.

Il se penche vers moi et murmure :

— Je le sais parce qu'en taule tu apprends à les reconnaître très vite ceux qui peuvent verser le sang. Ils ont comme un vide au fond des yeux. Quelque chose qui s'est enfui de leur âme.

Brahim baisse la tête et se passe la main dans les cheveux.

— Quelque chose qui s'est enfui et qui ne reviendra jamais.

Je lui réponds par un sourire fade. Que puis-je ajouter ?

21

L'autocar suit pendant un bon moment le long boulevard qui traverse, à l'ombre d'immenses platanes, les banlieues déprimées de Grenoble. Puis vient la vallée de la Romanche barrée de montagnes de part et d'autre, deux usines de chimie en gardent l'entrée. Une odeur tenace d'eau de Javel et d'acide imprègne l'air dès qu'on pénètre sur ce que les multinationales, propriétaires des lieux, appellent la plateforme chimique. Des tubes bleus, jaunes et rouges font une multitude de coudes jusqu'aux sommets de tours coiffées de citernes clinquantes avant de redescendre vers le sol et de filer comme d'énormes lombrics aux ventres luisants vers d'autres réservoirs. De temps à autre, des panaches de fumée blanche s'échappent de gicleurs sous pression.

Quand les usines de Pierrefeu ont fermé, pas mal de jeunes sont venus travailler dans le coin. Ça n'a guère dû les changer de la ferraille et de la fonte des alliages.

Le ciel est gris, annonçant les premières pluies du printemps. L'autocar longe la Romanche, toute terreuse, presque noire. Les torrents d'altitude déversent dans cette veine bouillonnante les eaux boueuses de la fonte des neiges.

Les arbres sont parés de vert tendre, la couleur qui annonçait, pendant mes années d'école, la venue de l'été et des vacances. Depuis que je suis revenu à Pierrefeu, je n'ai rien contemplé du petit univers qui m'entoure.

Mon père est debout, dans la pénombre du salon, son sac de sérum suspendu au pied à perfusion, à côté de lui. Il observe une photo de son père, l'une des rares où il est en « uniforme » des FFI, le béret penché sur la joue droite, les manches de chemise retroussées, une sangle de fusil sur l'épaule. Un bel homme qui n'a pas trente ans. On aperçoit en arrière-plan le capot d'une Traction et un mur de pierre.

— Où a été prise cette photo ?

— Ici, à Pierrefeu, je crois… Pendant les combats de 44. C'est sa dernière photo. Il a dû mourir quelques jours plus tard.

Mon père repose la photo dans le tiroir du buffet et murmure en tournant la clé de la serrure.

— C'est dur de perdre son papa quand on a juste huit ans. C'est dur…

Il se tourne vers moi, les yeux battus par la tristesse.

— Tu vois, je l'appelle encore dans mes rêves. Je me souviens de l'adjoint au maire annonçant à ma mère que son mari avait été fusillé. Elle a été digne…

Il attrape son pied à perfusion et le fait glisser devant lui. Un son aigu s'échappe des roulettes à chacun de ses pas hésitants. Il retourne à sa chambre. La télévision est éclairée, sans le son. Des images d'enquêtes de police à l'autre bout du monde sans doute. Un univers de violences muettes.

Avant d'entrer dans la pièce, il s'arrête, silhouette cassée dans la lumière de l'embrasure.

— Descends au garage, dit-il. Dans le fond, derrière la grosse poutre, j'ai caché le pistolet. Une planque dans le mur, tu la trouveras facilement. Remonte-le ici. Le temps est venu.

Il me fait un clin d'œil complice que je trouve déplacé.

Le garage sent l'essence et l'huile mêlées à la poussière du bric-à-brac qui grimpe jusqu'au plafond, le long des murs sales. J'y ai joué, souvent seul, parfois avec mon frère ou avec Brahim, pendant des heures, m'asseyant au volant de la R16 familiale et mimant les gestes de la conduite. Il y avait un parfum de grand départ dans ce lieu obscur et clos où personne ne venait se moquer de moi. À chaque fois que je me retrouvais seul, j'imaginais Samia, assise à la place de ma mère, en partance pour un ailleurs de rêves.

Des paniers en osier sont suspendus au plafond, des outils de jardin couverts de toiles d'araignées dorment dans un angle. Je vais jusqu'au fond et écarte deux vieilles valises en gros carton qui n'ont pas beaucoup voyagé, sauf peut-être après les noces de mes parents. Ils sont allés chez des cousins à Paris, en 1967, l'époque où mon vieux prenait ses premières responsabilités syndicales.

J'attrape un marteau et un burin qui traînent sur l'établi et inspecte le mur. Malgré le temps qui a passé, une auréole blanchâtre persiste, plus claire. Je toque dessus : un son creux. En quelques coups de trépan, le plâtre cède. Une boîte métallique kaki est dissimulée dans un chiffon. Les lettres « *US Army* » sont peintes au pochoir sur le couvercle et sur les flancs.

J'ai peur tout à coup, l'impression que mon cœur se comprime. Ce pistolet, venu de la Résistance, était un objet tabou quand j'étais enfant. Mon père l'a caché dans ce trou après mon départ. Autrefois, il se trouvait au fond de la grande armoire, derrière les piles de draps. Les chargeurs étaient ailleurs, dans un endroit secret. Pourquoi l'a-t-il changé de place ? Je n'ose même pas ouvrir la boîte. Un affreux pressentiment me l'interdit.

En revenant dans la chambre de mon père, je lui donne la petite caisse. Son regard est plus fiévreux que jamais, tout son corps tremble d'impatience.

— Merci. Ouvre-la… Avec tous ces tuyaux dans les veines, j'ai peur de ne pas y arriver.

Je soulève le couvercle. Un colt .45, modèle 1911, est roulé dans un chiffon gras. Deux chargeurs approvisionnés se trouvent au fond de la boîte. L'un contient neuf balles, l'autre quatre. Il manque cinq munitions. Je sens le canon, une odeur acide de cordite, très légère, se dégage de la bouche. L'arme a servi, il y a longtemps. La cordite, le parfum de la mort.

— C'était le dernier pistolet de ton grand-père… Il provient d'un parachutage américain sur le plateau des Rousses, là-haut dans la montagne.

Je connais cette histoire. Mon père nous avait montré ce colt quand nous étions enfants. Il avait mis le cérémonial qui allait avec, ma mère n'était pas au courant. Il nous avait fait jurer de ne jamais rien révéler de son existence, sur le registre de « une arme c'est sérieux et ça peut servir au cas où ». Je revois nettement les deux chargeurs pleins.

Je soupèse le .45, lourd et froid, non sans une certaine appréhension. Le contact du métal noir et glacé me bouleverse. Les armes m'ont toujours détraqué de l'intérieur. Elles sont comme les clés d'une porte que l'on n'ose jamais ouvrir car au bout de leur sale gueule il y a du définitif. La mort.

Je n'ai plus touché de pistolet depuis le temps de l'armée. En un réflexe, je sors le chargeur et fais coulisser la culasse pour vérifier qu'aucune balle ne se trouve engagée dans la chambre. Il y en a une. Une anomalie de plus, aucune munition prête au tir ne doit se trouver dans une arme en sommeil. Le pistolet a donc tiré cinq fois.

Mon père me dit, sans quitter l'automatique des yeux :

— Quand je te le demanderai, tu mettras ce pistolet sous mon oreiller.

— Pourquoi veux-tu que je fasse ça ?

— Ne cherche pas à comprendre. Tu auras tout le temps.

Il aspire longuement de l'oxygène. Ses yeux se perdent, comme s'il était saoul.

— Tu ne m'as jamais demandé ce que j'ai fait avant d'épouser ta mère.

— Je n'ai jamais osé. Pas facile de te parler et encore moins de te questionner.

— J'étais en Algérie. 13e bataillon de chasseurs alpins.

Une belle unité, comme on dit dans le jargon militaire. Un détachement de ce régiment s'est distingué du côté d'Uzbeen.

— Dans la vallée, nous étions tous bons pour les chasseurs alpins. Je suis d'abord allé à Chambéry puis on est partis à Marseille, après les classes. Le bateau puis Alger. C'était un beau pays, un magnifique endroit, tout de lumières.

Son regard s'est fixé sur l'infini de ses souvenirs. Sa voix chevrote.

— On a été expédiés ensuite dans les Aurès Nementcha, une région déserte, immense et belle. Très austère. Les patrouilles ont commencé, longues et parfois épuisantes. Marcher des heures sous un soleil de plomb, sans quitter des yeux les crêtes d'où les maquisards pouvaient nous massacrer. On entrait dans des villages misérables, les hommes étaient tous partis au maquis. Il fallait obtenir des renseignements comme on disait avec pudeur. C'était un harki qui s'en occupait sous les ordres d'un lieutenant chargé du renseignement, deux véritables ordures. Ils avaient toujours ce qu'ils voulaient au bout du compte.

Sans frapper, sans crier. En violant tout simplement. La fille devant la mère ou la mère devant ses enfants. Ça dépendait.

« Et puis on repartait, avec un objectif. On tombait sur les soldats de l'ALN et on en tuait le plus possible. Ils ne faisaient pas le poids à vrai dire. La plupart possédaient des pétoires d'un autre âge, quelques-uns étaient mieux armés mais ça n'allait pas chercher bien loin. Ils étaient courageux, très courageux. Ceux qu'on capturait, il fallait les livrer aux harkis et au lieutenant de renseignement. Pour les hommes, ils utilisaient l'électricité, sur les couilles. Ils frappaient avec des tuyaux de caoutchouc, des Durit récupérées sur des camions. Ils s'en servaient aussi pour les sodomiser. Jusqu'à ce qu'ils parlent, même si la douleur leur faisait parfois dire n'importe quoi. Après, ils les tuaient et les abandonnaient dans un coin de montagne. Au soleil pour que les autres sachent. Ce jour-là, j'ai pensé à mon père, à ton grand-père. J'aurais voulu lui remettre mon âme mais il s'est détourné de moi.

Mon père arrête son récit quelques instants. Il réclame un verre d'eau. Le boit avidement et le pose sur la tablette, à côté du pistolet. Ses mains et ses bras sont parcourus de tremblements.

— En entrant dans un village, une grenade piégée nous a pété à la gueule. Un de nous, Pierre, un gars de la vallée de la Grave, s'est fait littéralement déchiqueter. Le ventre ouvert, le crâne partagé par un éclat. Un bon copain. On a ouvert le feu par pure rage. Les villageois étaient dans leurs baraques, on a fermé toutes les issues et on y a foutu le feu. Ensuite… Ensuite, on est repartis. Ils criaient, nous suppliaient. Ces cris, je les entends encore. Presque chaque soir, quand je cherche le sommeil. Ces cris viennent du fond de la nuit.

Mon père n'a pas de larmes, ses yeux semblent perdus dans l'horreur des images qui surgissent de sa mémoire. Je lui prends la main pour le calmer et le rassurer.

— Nous avons tous été des salauds. Il n'y a rien d'autre à ajouter. De purs salauds. L'humanité, c'est ça et rien d'autre.

Il tourne la tête et pose la main sur l'arme de mon grand-père, la caresse comme s'il s'agissait d'un jouet pour enfant.

— Maintenant va retrouver Samia et tente de te construire une autre vie. J'ai été dur avec toi. Je ne mérite pas que tu t'occupes autant de moi. Je mérite de disparaître.

Il lève le bras et me fait signe de partir, marmonnant des mots incompréhensibles avant de dire plus fortement pour que je l'entende :

— L'heure est venue…

22

Pendant deux jours, la télévision a parlé de Romain. Plus rien aujourd'hui. Les journalistes ont mentionné plusieurs fois mon arrestation en ne manquant jamais de préciser que j'ai servi à la Légion étrangère. Un ADN m'a innocenté ; on laisse planer le doute.

À l'unique épicerie de Pierrefeu, les regards ont changé, fuyants, lourds, interrogateurs parfois. Quelque chose pèse au fond des yeux qui me jugent. À plusieurs reprises, je surprends des messes basses entre des personnes que je connais depuis toujours. Je suis le fils de Vasseur, le syndicaliste que tout ce monde a vu en haut d'une estrade, en train de haranguer le personnel de l'usine. Le frère de celui qui a été tué lors d'une bagarre. Le légionnaire. La victime, toujours coupable.

L'épicerie n'est plus tenue par les propriétaires que j'ai connus durant ma jeunesse. Un couple de jeunes s'est s'installé. Ils ont déjà les manières de petits maîtres pour leur unique employé et les paroles plates, les sourires tout prêts, pour leurs rares clients.

Au troisième jour qui suit la fin de mes ennuis judiciaires, je décide de faire les courses au supermarché en bord de route, une dizaine de kilomètres plus loin, pour ne plus voir personne. Je remplis rapidement mon chariot et remonte à Pierrefeu sans même passer par le centre du village de peur de croiser des regards méfiants.

L'état de mon père est stationnaire. Il passe ses journées, presque serein, allongé sur son lit de métal chromé, les yeux rivés au plafond. De temps à autre, ses lèvres remuent faiblement et laissent échapper un son grave et continu comme si elles récitaient une longue et morbide litanie. Parfois, il trouve la force de se lever et de gagner son fauteuil, dans le salon, chancelant sur ses jambes maigres et ses pieds qui traînent sur le sol froid.

Le Dr Faure n'en revient pas. Sa science bute sur un cas à part : mon père tient. Malgré les assauts des métastases qui, deux ou trois fois par jour, le font vomir tout ce qu'il a pu ingurgiter. Cette force s'appelle la vengeance, virulente et terrible. Quand son regard ne reflète pas les souffrances de la maladie, il donne l'impression de rajeunir, tellement l'énergie qui l'anime dans ces moments-là brûle en lui. Ce ne peut être que de vendetta dont il s'agit. Il prépare quelque chose qui m'échappe.

Je passe un après-midi complet à fouiller à nouveau dans les dossiers qu'il a remisés dans la caisse qui se trouve contre un mur de la cave. Je n'y trouve qu'une longue liste de résolutions, de projets d'actions syndicales. Cela fait remonter tout un tas de souvenirs impossibles à remettre dans un ordre chronologique.

Je ne me suis pas intéressé aux affaires de mon père, contrairement à mon frère qui était passionné par la politique. Ma mère n'accordait aucune valeur aux activités de son mari car elle en souffrait. Ils se sont sans doute aimés quelque temps et puis se sont supportés par couardise, par peur de redevenir seuls, tout simplement, de sortir des habitudes. Une histoire longue de plus de cinquante ans.

Ma mère cheminait comme une ombre, sans dire le fond de son âme, sans se donner vraiment, ni pleurer. Elle avait des instants de joie intime où elle semblait heureuse en dehors de nous et de son mari. D'où provenaient ces petits bonheurs qu'aucun d'entre nous ne pouvait partager ? Son visage rayonnait un court moment puis, comme au théâtre, le rideau tombait et s'ouvrait à nouveau sur un nouvel acte de mélancolie.

Au début des années 1980, le syndicat menait tout un tas d'actions avant les élections présidentielles. Des affrontements se produisaient avec les forces de l'ordre mais pas à Pierrefeu. Le gros de la bataille avait lieu à Grenoble. Il ressort de certains documents que mon père a sollicité des gros bras du PCF pour faire face à des voyous que le patronat recrutait pour briser certaines grèves.

L'époque était violente. La marche des Beurs dénonçait les exactions des flics. La création de SOS Racisme avait suivi, mon père les qualifiait de « pieds nickelés ».

Je n'ai pas compris grand-chose de cette époque, me contentant d'être témoin des réunions que mon père nous racontait et des anecdotes qui filtraient de ces rencontres avec les patrons. À l'entendre dire, il ressortait toujours vainqueur de ces joutes syndicales. Il s'était battu comme un lion, ses camarades lui ont voué une véritable admiration. Le Roger, comme ils l'appelaient, était un type respecté parce qu'il était droit et incorruptible. Le patronat a tout essayé pour le faire plier, il est resté debout. Nous avons fait les frais de ses sacrifices car il a passé bien des colères et des désenchantements sur sa famille. Seul Rémy avait droit à sa reconnaissance parce qu'il était entier comme lui et que la tournure que prenait la politique le révoltait. Il se sentait humilié jusque dans sa chair par les reculades des ministres, les paroles vides et les promesses sans lendemain de leaders syndicaux. Humilié et trahi par trop de lâcheté.

Un samedi, alors que je rentrais du lycée après une semaine de pensionnat et que je m'installais à table, on a causé politique. Mon père, comme toujours, a ouvert la discussion en regardant les informations du jour qui parlaient du démantèlement de la sidérurgie dans le Nord. Un coup des socialistes, trahison, une fois de plus. Ma mère est restée dans la cuisine, toujours entre deux plats ou deux vaisselles, extérieure à tout ce qui pouvait se dire. De temps à autre, je la regardais tandis que mon frère et mon père s'emportaient sur des sujets qui me dépassaient. Mon frère mettait le Che à toutes les sauces et le comparait à notre grand-père.

— Je crois que tu vas un peu loin, ai-je dit sans trop me lancer.

— Tu ne sais pas de quoi tu parles, a tranché mon père pour me faire taire.

J'ai toujours regardé mon grand-père tel qu'il était vraiment, en défenseur de notre terre mais pas comme le révolutionnaire que Rémy a fantasmé. Je n'ai jamais aimé me disputer avec lui parce que je respectais ses idées et, quand le ton montait sur ce sujet, je hissais très vite le drapeau blanc.

— Tu n'as pas de convictions, m'a souvent asséné Rémy.

Je répondais invariablement par des haussements d'épaules.

En 1986, quelque chose a changé, cela transparaît dans les documents syndicaux. La droite est revenue aux affaires, l'extrême droite a fait son chemin. Dans les comptes rendus que mon père destine à la centrale, l'inquiétude monte. Les nervis ont fait leur apparition dans la vallée sous couvert de colleurs d'affiches. Il y a eu des affrontements dans les bals et les boîtes de nuit du coin, entre jeunes Maghrébins et anonymes musclés.

Pourquoi mon père a-t-il accordé de l'importance à ces faits divers sans relations directes avec son activité de syndicaliste ?

La réponse se trouve dans une note qu'il a rédigée juste avant les élections présidentielles. À chaque fois, il mentionne le nom du brigadier Maurice Lestrade. Visiblement, il l'a suivi à la trace, répertoriant soigneusement chacune de ses « interventions ». Jamais les gouapes qui se trouvaient dans la zone de compétence du flic n'ont été inquiétées. En tout cas, c'est ce qu'il a consigné.

Je remonte à l'étage. Mon père est prostré devant la télévision, le visage luisant à la lumière froide que renvoie l'écran. Je demande :

— Pourquoi t'es-tu intéressé autant au vieux Lestrade ?

Il me fixe, l'œil étincelant.

— C'est mon ennemi depuis tant d'années…

Il s'interrompt quelques secondes pour baisser le son de la télé.

— Qu'est-ce que tu veux dire ?

— Lestrade… Je le connais depuis la primaire. C'est un type d'ici. Il est resté de longues années loin de Pierrefeu et puis il est revenu.

Je repasse ma mémoire. La bagarre avec son fils, après la sortie de l'école, quand Brahim m'a sauvé la mise. La fois où le vieux Lestrade m'a fait monter dans la voiture parce que je pêchais sans permis.

Ces images et ces sons ne m'ont pas abandonné mais je ne les ai jamais reçus aussi durement qu'à ce moment précis. Le colt de mon grand-père est dans un tiroir juste à côté du lit de mon père. Je pourrais faire justice en montant chez l'ancien flic et en le flinguant.

Mon père me considère pendant quelques secondes et me demande ce que je peux bien ruminer. Je réponds :

— Avant, tu disais que tu savais deviner mes pensées.

— Quand tu étais enfant, oui. Ce n'était pas bien difficile, même du temps de ton adolescence. Aujourd'hui c'est différent. Je n'arrive plus à lire en toi. C'est comme s'il y avait des barbelés sur ton cœur.

En fait, mon père n'a jamais su déchiffrer mes sentiments. Le dialogue, aujourd'hui, est encore impossible. Pourtant, on ne peut plus guère jouer à celui qui ouvre son cœur le premier. Je m'assois en face de lui, sur le fauteuil que ma mère occupait jadis.

Et je répète :

— Pourquoi le vieux Lestrade ?

— Parce qu'il est le type même du salopard. Il vient d'une famille de salopards, des gens de rien. Son paternel était charpentier, il travaillait dur mais c'était un escroc.

Mon père fait un geste vague comme pour chasser un souvenir qui le dérange.

— Ils étaient huit frères et sœurs. Je sais pas ce que sont devenus les autres mais lui, il passait son temps à mortifier les gens, à leur tendre des pièges, même quand il était gamin. Une fois, il a déshabillé un gosse qui n'était pas trop normal et il l'a fouetté avec des orties. Le malheureux avait le dos tout rouge et les jambes gonflées. Quand il venait au bal, il se débrouillait pour déclencher des bagarres et puis il s'éclipsait pendant que les autres se mettaient sur la gueule. Je ne crois pas qu'avec l'âge il ait pu changer. Je suis même sûr du contraire. La méchanceté vieillit très bien.

— Maman le connaissait aussi ?

— Bien entendu. On était de la même génération, dans la même classe et pendant toute la durée de notre école primaire.

Lorsque Lestrade m'a raccompagné chez moi, il a vouvoyé ma mère.

— Il s'entendait bien avec Maman ?

La question ne provoque aucune réaction sur le visage de mon père. Il répond, d'une voix qui faiblit :

— Il avait un faible pour ta mère. On peut même dire qu'il était amoureux d'elle. Il ne l'embêtait jamais. Je crois que c'est la seule personne avec qui il a été gentil et doux.

Mon père hoche la tête, les yeux dans le brouillard et ajoute :

— Mais c'est avec moi qu'elle s'est mariée.

23

Je me lève à l'aube, après une mauvaise nuit, incapable de me souvenir de mes rêves ou de mes cauchemars. J'ai été réveillé par des appels. Une voix monocorde dans la nuit. Mon père parle en dormant, prononçant des mots sans signification. Il commence à délirer.

Je prends mon petit-déjeuner dans la cuisine, à l'angle de la table, face à la fenêtre par laquelle on aperçoit un pan de montagne. Le soleil frise les dentelles de roches qui surplombent les combes et les forêts encore noires de nuit. Je ne sais rien de ce monde d'abîmes, ne connaissant personne qui aurait pu m'en parler. Pendant toute mon enfance, j'ai imaginé, au-delà de ces murailles sévères, tout un univers aux images de couleurs. Un monde sans froidure et sans usine.

Au pied de la montagne, l'usine semble minuscule dans son intimité de lumières et de fumée. Samia ne va pas tarder à rejoindre son travail. Elle doit savoir que je suis là et que je pense à elle. Fera-t-elle le premier pas ? Elle connaît le chemin de la maison. Peut-être a-t-elle peur de moi ou de nos retrouvailles. La crainte d'être déçue. Quand un être vous manque, on s'en construit une espèce de clone avec toutes les qualités ou les défauts que notre imagination veut bien lui coller. Et finalement, c'est ce second être qui finit par l'emporter.

Rien n'a été plus beau que ces moments arrachés à notre vie de légionnaires, ces brefs instants à côté du sang et de la sueur de nos opérations, quand je m'allongeais sur le côté et que je contemplais l'unique photo de Samia, tout usée de mes regards tantôt brûlants, souvent désespérés.

J'aurais pu revenir au bout de cinq ans, la durée du premier engagement, mais j'ai pris du galon et on m'a proposé de rejoindre les parachutistes du 2e régiment étranger, une unité que le monde entier nous envie. J'avais changé d'identité. J'étais devenu l'homme que je voulais être. René Leroy. Celui qu'on respecte. Difficile d'admettre aujourd'hui à quel point je me suis trompé.

À cette époque, j'ai souvent eu envie de tout plaquer mais je suis resté, détruisant ma première identité au fur et à mesure que le temps passait.

Un matin, nous avons quitté Cop Rocco vers 6 heures. Il faisait froid. Toute la nuit, des tirs rebelles nous avaient maintenus en alerte. Nous avons répliqué pour localiser l'ennemi. Il se trouvait aux abords d'une passe malsaine entre deux monticules de terre ocre. Quand nous avons arrêté nos petits blindés, une rafale nous a cloués au sol. Nous avons fait marche arrière, j'ai donné l'ordre de dégager et de se mettre à couvert. Le feu n'a pas cessé. J'ai attendu le moment propice. Au premier silence, j'ai donné l'assaut. Nous avons fait un bond d'une dizaine de mètres. Le sergent-chef Ping s'est posté derrière un muret et nous a couverts. Chacune de ses rafales a fait mouche. Ping était redoutable, ne se plaignait jamais et prenait tous les risques.

Un deuxième bond nous a mis au contact des talibans. J'en ai vu deux qui se sont effondrés. Puis un troisième qui s'est enfui en zigzaguant entre des murets. Je l'ai ajusté en anticipant sur le moment où il changerait brutalement de direction et marquerait un temps d'arrêt, d'une fraction de seconde. J'ai appuyé sur la détente du FAMAS au bon moment. L'homme s'est écroulé tout d'un coup. Puis le silence. Comme toujours, l'ennemi a disparu. J'ai donné l'ordre du repli avec le goût âpre d'avoir tout risqué pour rien. Au bilan, trois paysans tués, des talibans comme nous les surnommions tous. Des pauvres bougres. Nous étions dans une guerre qui n'avait pas de sens.

Le sergent-chef Ping n'a pas bougé, courbé en deux, son fusil entre les jambes. Son gilet pare-balles le maintenait droit. Il souriait, les yeux grands ouverts et d'un vif éclat. La balle des talibans lui a sectionné la colonne vertébrale. Il n'a pas souffert.

Il a combattu jusqu'au bout, la mort l'a cueilli parce qu'il couvrait notre flanc droit. Parfois, au repos, il parlait de sa Chine natale, du village industriel dans lequel il était né. En un sens, on se ressemblait. Personne ne sait comment il avait entendu parler de la Légion, ni comment il avait voyagé jusqu'au poste d'engagement de Marseille.

J'ai fermé les yeux du sergent-chef et serré la dragonne de son casque pour clore ses lèvres. Le légionnaire Ivanovic, un Serbe au regard impavide, s'est penché sur le visage de Ping et a récité une prière dans sa langue natale. Puis il s'est signé à la manière des orthodoxes.

J'ai empoigné la civière et ordonné de la lever. Au bout de quelques pas, le chant de l'unité est monté dans ma poitrine :

Demain brandissant nos drapeaux,
En vainqueurs nous défilerons,
Nous n'avons pas seulement des armes,
Mais le diable marche avec nous...

Le pas de la Légion est plus lent que celui de l'armée régulière, plus beau, plus volontaire, plus assuré. Nous avons transporté Ping jusqu'à l'hélicoptère qui l'a emmené loin de la terre afghane. Un officier américain était là, ses étoiles brillaient au soleil couchant. Il s'est raidi sur notre passage et a salué le petit cortège funèbre. Le soir, au poste de combat, on a échangé des souvenirs. L'officier américain a voulu nous expliquer que le chant de notre unité était une vieille marche SS. Ivanovic s'est levé et lui aurait cassé la gueule si je n'étais pas intervenu. L'Américain disait vrai et j'ai pensé à mon grand-père. Je me suis réfugié sur mon lit de campagne, à l'écart des hommes et j'ai longuement contemplé la petite photo de Samia. La couche de brillant sur les couleurs s'était craquelée. Mon univers de certitudes s'est écroulé à ce moment-là.

Cette photo, on l'a prise dans une cabine, à la sortie d'un cinéma du centre de Grenoble. On était allés voir *La Fièvre du samedi soir* avec John Travolta. Samia voulait qu'on pose tous les deux, sans faire de grimace, mais je ne pouvais pas m'en empêcher. Quand elle a vu sortir les clichés de la boîte, elle était furieuse. J'avais tiré la langue. Elle m'a éjecté du Photomaton et a posé pour une nouvelle série, plus belle que jamais, le regard noir et pétillant.

— Tiens, a-t-elle dit, en détachant une photo et en me la tendant.

Je n'ai pas trouvé les mots pour lui dire combien je la trouvais magnifique.

— J'ai mis dans mon regard tout mon amour pour toi, m'a-t-elle susurré à l'oreille.

Je l'ai serrée contre moi, j'ai cherché ses lèvres mais elle m'a repoussé. Elle n'aimait pas se montrer en public.

— Viens, a-t-elle dit, on va rater le bus et je ne peux pas être en retard.

Je n'ai pas pleuré depuis des années mais je ne peux pas retenir mes larmes. Je regarde l'usine dans le jour naissant, des camions chargés de minerai attendent pour décharger. Ce monde de métal et de feu semble si proche et si lointain à la fois, comme perdu dans une autre dimension de la vie.

Mon père appelle et demande si l'infirmière va passer. Je le rassure. À la manière dont il m'observe, les yeux mi-clos, je comprends qu'il sait ma tristesse. J'aurais aimé qu'il ait un geste de tendresse mais il en est incapable. Il dit :

— Il n'y en avait qu'un autre qui pouvait savoir que ton frère se trouvait là où il est mort.

— Qui était-ce ?

— Lestrade. Le père…

— Pourquoi l'aurait-il su ?

— Parce que je l'avais informé que l'on préparait une action.

— Tu informais la gendarmerie des actions syndicales ?

— Oui. Normalement, je devais le faire. Et je l'ai fait.

Mes mains transpirent, comme à l'époque où j'étais le souffre-douleur des enfants du village.

— Pourquoi n'es-tu pas allé voir Lestrade pour lui demander des comptes ?

De ses doigts squelettiques et bleus, mon père attrape la poignée qui pendouille au-dessus de lui et se redresse, tremblant de tout son corps, sur le lit défait.

— Ce sont des réalités que tu ne peux pas comprendre. J'ai eu l'audace d'accomplir beaucoup de choses dans ma vie mais pas celle-là.

24

La maison de Lestrade n'est qu'à un quart d'heure de Pierrefeu, sur une épaule rocheuse qui domine la vallée. Selon des ragots, il y a construit sans permis, sur un terrain acquis de manière douteuse.

De cette éminence, Lestrade peut voir sans être vu, un peu à la manière d'un panoptique. Au-delà des maisons et des quelques immeubles de Pierrefeu, la vue s'étend jusqu'à l'usine. Passe-t-il son temps à surveiller ce petit monde ?

Je grimpe le chemin qui conduit chez lui en quelques virages. La maison, une bâtisse massive sans style particulier, se trouve entre des hêtres séculaires. Des chaises sont posées autour d'une table sur la terrasse.

Quand je coupe le moteur de ma voiture, un berger allemand surgit d'un coin du parc. J'ai appris lors des stages commando à maîtriser ce genre d'animal. Celui-là est visiblement mal dressé mais je préfère rester à bord de ma voiture plutôt que de l'affronter. Une voix tonitruante l'appelle et le calme. Je mets un pied à l'extérieur.

— René Vasseur ! Allons donc...

Maurice Lestrade se tient à quelques mètres de moi, les mains dans les poches, moins immense qu'il ne m'a paru dans ma jeunesse. Derrière ses antiques lunettes carrées, ses yeux jettent des éclats. Il tire des bouffées sur une pipe dont le bout racorni est bloqué entre ses dents jaunes.

— Que puis-je pour toi ?

— J'ai quelques questions à vous poser.

Il me foudroie du regard puis esquisse un sourire en retirant sa pipe de sa bouche droite comme un trait d'union.

— Je m'y attendais un peu.

— Il y a deux ou trois choses que je veux savoir sur la mort de mon frère.

— Lesquelles ? Si je peux t'aider, je vais le faire de bon cœur. Je dois te prévenir que je ne sais pas grand-chose. L'enquête a été confiée à la section de recherches de la gendarmerie et je crois que tu connais les conclusions. Moi, je n'étais qu'un brigadier d'une zone de montagne.

Je le défie du regard, il plie. Son courage physique n'est pas aussi immense que ce que j'avais imaginé.

— Comment va ton père ? me demande-t-il pour faire baisser la tension qui monte entre nous.

— Mon père va mourir.

Il jette un œil en direction de son chien qui se met immédiatement à grogner. Je me prépare à une attaque.

— Que veux-tu savoir ?

— Vous étiez au courant de l'endroit où se trouvait mon frère le jour où il est mort, je veux savoir pourquoi.

— Ton père m'informait des mouvements sociaux qui devaient se produire hors de l'usine. C'était un peu comme une règle. Ton frère et deux ou trois autres types dont j'ai oublié les noms avaient décidé d'en découdre avec des jeunes qui semaient la pagaille à cette époque. Il m'a prévenu pour que j'intervienne au cas où cela dégénérerait.

— Qui étaient ces jeunes ?

— Des casseurs comme il y en a toujours eu. Tu dois en connaître toi aussi ?

Il mentait bien évidemment. Je choisis de jouer la naïveté.

— Tu as eu pas mal d'ennuis ces temps-ci, me dit-il sur un ton narquois. Tout est rentré dans l'ordre ?

— Aucun ennui, juste une erreur judiciaire.

Il approuve avec l'air d'un bon paysan.

— On m'a raconté aussi que tu étais un héros de la France. La Légion et tout ça !

Je le fixe.

— Je ne sais pas si je suis un héros mais je n'ai jamais été un flic sans gloriole qui passe son temps à narguer les gens.

— Je pourrais te faire payer ton insolence mais je ne le ferai pas.

— Vous allez répondre à mes questions, dis-je. Qui étaient ces types ?

— Je n'ai rien à te dire à ce sujet. Je sais seulement qu'ils venaient d'une cité de Grenoble.

— Qui les avait recrutés ? Vous ?

Il prend un air désolé comme si je venais de dire une énormité.

— J'étais sous-officier de gendarmerie. Tu me vois en train de recruter des imbéciles pour jouer les gros bras ? Sois sérieux, mon petit !

Je baisse les yeux, quitte à lui faire croire qu'il m'a touché. Il ajoute tout en caressant son chien sur l'encolure :

— Ta mère m'a toujours dit que tu étais un émotif. Je crois qu'elle te connaissait mieux que n'importe qui.

Je n'ai guère d'expérience dans ce genre d'échanges dont la violence est retenue. Je suis en train de perdre mon sang-froid. La haine me submerge. « Ta mère m'a toujours dit… » Je pense au jour où Lestrade m'a ramené chez moi et j'ai l'impression qu'une fois de plus le monde s'écroule.

— Laissez ma mère en dehors de tout ça.

— Tu as raison. Paix à sa mémoire.

L'envie de lui casser la gueule me fait serrer les poings. Il s'en aperçoit et donne une tape sur l'encolure de son berger allemand. Le chien grogne à nouveau, plus menaçant.

— Un jour, je saurai la vérité et je vous souhaite de ne pas être impliqué de près ou de loin dans la mort de mon frère.

Je regarde son clébard et lance :

— Votre chien est très mal dressé. Il ne vous protégerait pas longtemps si jamais vous le lâchiez. On apprend aussi cela pour devenir ce que vous appelez un héros.

Il me provoque du regard pendant quelques secondes. Je me tiens prêt à affronter son berger mais il le calme.

Une voiture apparaît à l'entrée du parc. Une 206 blanche dont l'aile est enfoncée. Le fils Lestrade est au volant. Il se gare contre une haie de thuyas.

— Salut René, me lance-t-il en claquant la portière de sa voiture. C'est drôle de te voir ici !

— Il est venu me demander des renseignements sur la mort de son frère, dit l'ancien gendarme. Je lui ai dit que ce n'était pas moi qui m'étais occupé de cette affaire mais la section de recherches de Grenoble.

Pierre Lestrade pose un sac qui doit contenir ses affaires de flic sur la table de jardin et se plante devant moi. Il a toujours vécu dans l'ombre de son vieux et ne sait pas vraiment quelle attitude adopter en sa présence.

— Tu es venu pour te venger ?

— Je suis d'abord là pour comprendre. La vengeance c'est plus compliqué. C'est plus terrible aussi.

Il marmonne quelque chose que je ne capte pas, jetant des regards furtifs vers son père.

— La haine est une mauvaise conseillère, finit-il par dire sur un ton qui se veut menaçant.

— Je pense que la haine est le moteur de la guerre. On monte à l'assaut avec ce sentiment qui décuple les forces. La haine donne l'envie de tuer et de vaincre.

Lestrade senior m'évalue d'un regard de haut en bas.

— Effectivement, je sens la haine en toi, mon petit.

— Je ne suis pas votre petit.

— D'accord avec toi. Je dois te considérer comme un homme aujourd'hui. Et je dois te dire que ça me fait peur.

— Et vous avez de bonnes raisons d'avoir peur.

Il a un sourire sardonique mais au fond de lui la trouille le ronge. Je suis de loin le plus fort des deux. Il ne sait pas être méchant, de cette méchanceté féroce qu'on m'a enseignée.

— J'ai peur pour toi. Peur que tu ailles faire une bêtise.

Puis il ajoute, sans me laisser le temps de répondre :

— Je crois que la vérité sur la mort de ton frère est plus compliquée que tu ne l'imagines.

— Qu'est-ce que vous voulez dire par là ?

— C'est un sentiment que je te livre, rien de plus. Si la section de recherches n'a pas trouvé, je ne pense pas que tu y parviennes. Mais je te souhaite bonne chance.

— Merci.

Je demande :

— Comment a été assassiné Serge Tournier ?

Le père et le fils échangent un bref regard. Le fils répond.

— J'ai toujours pensé que tu n'étais pas étranger à cette mort.

— Désolé de te décevoir. Comment a-t-il été assassiné ?

— Arme à feu, répond le vieux Lestrade. Un gros calibre, je ne me souviens plus vraiment.

— Du 11.43, rectifie son fils avec un rictus venimeux. Cinq balles.

25

Dans l'après-midi, je téléphone à Brahim. Nous évoquons longuement des souvenirs d'enfance. Il donne l'impression de traverser une épreuve si difficile qu'il a besoin de se ressourcer, de se dire encore une fois qu'il a été heureux dans son âge tendre et que le bonheur n'est pas aussi inaccessible que ça. Après l'évocation de beaux souvenirs, je dis :

— Je suis allé voir le vieux Lestrade.

Brahim marque un bref silence et me demande :

— À propos de la mort de ton frère ?

— Oui, je crois qu'il n'y est pas étranger.

— Que veux-tu dire par là ?

— Les types qui ont tabassé mon frangin faisaient partie d'une équipe que Lestrade devait connaître, de près ou de loin.

Brahim réfléchit quelques secondes et finit par dire :

— Nous en reparlerons. Je dois y aller maintenant.

Puis il ajoute, en détachant bien chaque mot :

— Je me suis remis à la pêche, tu sais. Il paraît qu'il y a de belles truites en ce moment, vers le château. J'y vais cet après-midi.

C'est un message. Le « château » a été le lieu de nos rendez-vous pendant nos années d'enfance. On y jouait aux chevaliers ou à taquiner les truites du torrent. Nous l'appelions comme ça parce qu'un énorme bloc avait des allures de forteresse digne des contes du Moyen Âge. Ce n'était pas très loin de chez moi, en amont de Pierrefeu, là où la Romanche croise le chaos des couloirs d'avalanche.

Mon père est réveillé. Il a l'air de se maintenir. Je le préviens que je sors pour une heure, guère plus. Il me demande de poser le téléphone sur sa table de nuit, à portée de main, au cas où il en aurait besoin. Je note sur le dos d'une enveloppe mon numéro de portable et le laisse bien en vue à côté du combiné.

— Où vas-tu ? demande-t-il avec une voix qui suinte l'angoisse.

— Voir une vieille connaissance, quelqu'un qui peut nous aider.

Je roule sur trois kilomètres, dépasse le monument aux morts des maquis de l'Oisans puis, au bout d'une longue ligne droite, m'engage sur un chemin qui file vers une ancienne coupe de bois. Le château n'est pas très loin, en remontant sur la droite. Je gare la voiture derrière un tas de vieux troncs de hêtres qui n'ont pas dû trouver preneur. Personne ne peut l'apercevoir depuis le chemin.

La Romanche est plus turbulente que dans son lit de Pierrefeu. Ici, elle bondit, violente et rebelle, entre les roches arrondies, laissant sur son passage une écume blanche qui part en poussière humide. Les bouquets d'arbustes, alentour, ont été couchés par les avalanches de printemps. Des troncs morts jaillissent de la boue séchée ainsi que des amas de pierres descendues follement de la montagne.

Brahim arrive cinq minutes après moi. Il est venu à moto. Il m'embrasse chaleureusement. Il paraît inquiet mais heureux de revenir sur ce qui a été notre lieu secret.

— Je suis sûr qu'il y a encore plein de truites, dit-il. Là, dans ces grosses marmites. Tu te souviens de cette grosse qu'on n'a jamais réussi à attraper.

— On l'appelait Virginie, comme la fille à lunettes qui était toujours première de la classe.

— Toi, tu disais que c'était un mâle parce qu'elle ne mordait jamais à l'hameçon.

— Aujourd'hui, je dirais le contraire. Les femmes sont plus malignes que nous, plus fortes aussi.

Le bouillonnement de l'eau éclabousse l'un des murs du château.

— J'aimerais avoir le temps de venir les taquiner à nouveau.

— Pourquoi n'as-tu pas le temps ?

Brahim prend un air désolé.

— Je suis interdit de séjour ici. Si jamais on me voit dans les parages, c'est le retour au ballon.

— Et à Grenoble ?

— Interdit aussi, mais je m'arrange. C'est une zone de police, on peut acheter quelques privilèges plus facilement.

Je ne lui pose pas davantage de questions. Sa vie actuelle doit rester un secret, c'est comme ça.

— Lestrade a eu plusieurs vies, dit-il après un long silence de contemplation. Il a eu sa vie de gendarme mais aussi des activités moins avouables.

Au-dessus de nous, la montagne donne l'impression de pouvoir basculer à n'importe quel moment. Des névés s'accrochent au fond des combes noires entre des pentes d'herbes encore roussies par le froid.

— Lestrade est plus dangereux que tu le penses, dit Brahim sans quitter des yeux les murailles. Il a comme on dit une part sombre.

— Comment le sais-tu ?

— Je l'ai aperçu une paire de fois dans un bar qui fait un peu restaurant de routiers, mais qui devenait aussi boîte de nuit les vendredis et samedis soir. Pas loin d'ici, vers la route de Varces. Tu vois où c'est ?

— Vaguement, je n'y suis jamais allé. Je sais qu'il y a une prison là-bas.

— Une maison d'arrêt, rectifie Brahim. J'y suis resté trois ans avant de partir en centrale.

Il sort une cigarette et l'allume.

— Ce bar n'existe plus mais la taulière habite toujours là. Son mari était une ancienne figure du milieu. Un type qui était dans la came et les putes. Il s'est fait fumer il y a une dizaine d'années. La veuve a tenu bon après sa mort puis elle a fermé l'affaire. Ce ne devait plus être rentable.

— Pourquoi tu me parles de ça ?

Brahim éclate de rire devant ma naïveté.

— Si Lestrade allait là-bas, ce n'était pas pour faire la circulation. Il était en civil, je me souviens.

— Tu penses qu'il allait aux putes ?

— Peut-être, mais je crois plutôt qu'il relevait les compteurs.

— Tu crois qu'il arrondissait ses fins de mois ?

— Je n'en sais pas plus de manière sûre et, au fond, ce n'est pas très important pour nous. Les flics pourris, il y en a toujours eu et il y en aura encore. Il y a pire dans cette histoire.

Brahim tire sur sa cigarette en creusant les joues. Son regard se porte sur les eaux vertes de la Romanche. Un rayon de soleil frappe en oblique le château.

— Le propriétaire de ce bar s'appelait Raymond Tournier.

— Tournier ?

— Oui. C'était un type de la vallée, un peu plus bas. On le surnommait « Momon » ou encore le « Séminariste » à cause de son physique de curé.

— Il a un rapport avec Serge Tournier ?

— Oui. Serge était son premier fils. Il en avait deux, Serge et Stéphane. Il devait aimer les prénoms qui commencent par un « S ». Il était méchant comme une teigne, personne n'osait l'affronter parce qu'il avait des appuis. Des gens assez bien placés.

— Des gens comme Lestrade ?

Brahim rit une nouvelle fois de ma réflexion et acquiesce.

— Momon avait été membre de l'OAS puis il a viré voyou après la guerre d'Algérie. Il avait l'appui d'hommes politiques pour lesquels il faisait le colleur d'affiches et le service d'ordre. Au milieu des années 1980, il est devenu un soutien du Front national. C'était son milieu, tu comprends ?

Beaucoup des sous-officiers que j'ai connus à mon arrivée à la Légion étaient des anciens durs de l'Algérie française venus se planquer et qui ne rêvaient que de casser de l'Arabe ou du communiste. L'un d'entre eux m'avait proposé d'entrer dans la garde rapprochée d'un haut responsable du Front. Le salaire était alléchant.

— Tu penses que les mecs qui ont tué mon frère viennent de cette bande ?

— J'en suis sûr, répond Brahim en levant les yeux vers moi. Ton frère s'était mis en tête de marcher avec le candidat communiste et de passer à des actions violentes, tu t'en souviens ?

— Oui.

— Ils sont montés pour le corriger et ça s'est terminé comme tu sais.

Je m'approche de l'eau. On la dirait plus calme, plus douce. Je prends une pierre et la jette dans la marmite avant de me retourner vers Brahim.

— Tu crois qu'on peut les retrouver, ces types ?

— Oui. Ils sont trois. Il y en a un qui tient un garage de mécanique à Grenoble, le garage des Deux Communes, au bout du boulevard Jean-Jaurès, juste avant d'entrer à Pont-de-Claix. L'autre a disparu mais ce n'est pas lui qui frappait.

— Et le troisième ?

— Stéphane Tournier. Le second fils du Séminariste, le frère cadet de Serge. Il vient de temps à autre voir sa mère, plutôt le week-end.

Brahim ramasse son casque de moto. Il doit rentrer.

— Le quatrième mec est déjà mort : c'est Serge Tournier. C'était lui qui faisait le guet depuis le bout de la rue et qui conduisait la voiture.

L'expression de mon visage doit changer au point que Brahim pose la main sur mon épaule.

— Je ne voulais pas te le dire, de peur que tu ailles faire une connerie, mais je te dois cette vérité. Je ne pouvais plus la garder pour moi.

Après un silence, j'ajoute :

— Lestrade m'a suivi l'autre jour quand je suis venu chez toi. Une 206 blanche, l'aile gauche amochée.

— Ça ne m'étonne pas. Il doit redouter quelque chose depuis que tu es revenu. Il sait que je sais.

Brahim m'embrasse et enfile son casque. Je le regarde s'éloigner en songeant à l'enfant que j'ai connu. Il a conservé cette démarche souple et agile qui le rend gracieux. Ce n'est que lorsque le bruit de sa moto disparaît dans la vallée que je regagne ma voiture, le cœur plein de haine.

26

Mon père s'est rendormi, le front inquiet, la bouche ouverte comme si elle allait pousser un cri. En entrant, je crois tout d'abord que la mort ne m'a pas attendu. Je suis rassuré d'entendre le filet de souffle qui le retient encore dans le monde des vivants. Il ouvre les yeux tandis que je m'approche de lui.

— Je suis allé voir Lestrade, ce matin, dis-je.

L'annonce ne le trouble pas outre mesure. Il conserve sa posture si familière : un masque d'indifférence, loin de nous et de ce qui pouvait bien nous arriver. Sa réponse me déroute parce qu'elle ne cadre pas avec le personnage que j'ai connu :

— Ce salaud de Lestrade, c'est notre ennemi le plus intime. Lui et les siens.

— Que nous ont-ils fait ?

— C'est la famille la plus sale de ce maudit pays. Elle n'a jamais valu grand-chose. De mémoire d'anciens, il n'y en a pas un pour remplacer l'autre dans cette lignée de chiens.

Mon père fait un geste de la main qui désigne un lieu, quelque part, à l'extérieur de la maison.

— Il n'y avait que l'argent qui les intéressait, cette bande de racailles. Surtout lui et son frère qui est mort il y a une dizaine d'années. À ton avis, comment a-t-il pu construire sa belle maison et placer autant d'argent comme il l'a fait ?

Je pense à ce que m'a confié Brahim.

— Raymond Tournier, ça te dit quelque chose ?

Mon père ferme les yeux. Je viens d'ouvrir une porte dans sa mémoire.

— Momon, bien sûr que je le connais. On a été en Algérie ensemble. Même régiment, même histoire. Après 1962, il a monté un bordel où pas mal de types d'ici allaient se dégourdir les joyeuses. Beaucoup d'immigrés, les gars qui étaient seuls, sans famille. Les week-ends étaient longs pour eux. Le vieux de Momon s'appelait Gabriel Tournier. Lui et le père de Maurice Lestrade étaient copains comme cochons. Pendant la guerre, ils servaient la Gestapo et les sections de la milice de Grenoble. Ne cherche pas plus loin le nom de ceux qui ont dénoncé ton grand-père et l'ont fait fusiller. Gabriel Tournier a été condamné à mort à la Libération. Il a failli s'en sortir car c'était la débâcle mais les compagnons du maquis l'ont attrapé et l'ont exécuté. Ça s'est passé contre le mur de l'usine. Pas très loin de la porte d'entrée. Son corps est resté toute une journée, en plein soleil. Le sang avait coulé jusque dans la rue. Tu pourras encore voir les impacts des balles.

— Et le père de Maurice Lestrade ?

— Il n'a pas été ennuyé. Son implication était beaucoup plus floue. C'était un malin... Toujours à pousser les autres sur le devant et à se tenir dans l'ombre.

— Tu savais que Raymond Tournier était le père de Serge Tournier. Pourquoi tu ne m'as rien dit ? Pourquoi ces silences ?

Il ne répond pas, le regard gêné. Je réfléchis quelques secondes. Des pièces d'un puzzle se mettent en place sans pour autant dessiner une image précise.

— Est-ce qu'il existe des survivants de cette époque ? Des gens qui ont connu cette affaire ?

— Il reste le vieux Marcel. Tu vois de qui je veux parler ?

Je me souviens d'un homme bardé de décorations qui ne ratait jamais une commémoration des maquis de l'Oisans. Quand j'étais enfant, il me faisait forte impression.

— Où habite-t-il ?

— Au bout de la rue de l'Église, la dernière maison sur la droite. Tu ne peux pas te tromper.

La rue de l'Église ne se trouve pas loin de chez nous. Le soleil est déjà passé derrière les arêtes, un souffle d'air frais descend de la montagne pour annoncer la fin de journée. Près de l'église, des gamins jouent au foot, l'un d'entre eux porte un maillot de l'équipe de France et pousse des cris à chaque fois qu'il demande le ballon.

Le portail en fer de la maison est entrouvert. Une lampe brille à une fenêtre du rez-de-chaussée. Un cerisier bourgeonne dans un jardinet en friche. Je toque à la porte.

— Entrez, lance une voix traînante.

Marcel Vidal est assis dans un fauteuil en rotin, ses mains décharnées posées sur les accoudoirs, une couverture à carreaux sur ses genoux.

— Je n'y vois plus très bien, dit-il. Qui êtes-vous ?

Je prends la main qu'il me tend et dis :

— Je suis le petit-fils Vasseur.

Ses doigts décharnés se resserrent sur les miens et nous restons un moment sans dire un mot. Ses lèvres tremblotent.

— J'ai bien connu ton grand-père, tu sais. Il était avec moi au maquis.

Ses yeux voilés regardent le passé.

— Je suis venu pour parler de lui.

Il murmure quelques mots que j'entends à peine et se recroqueville sur lui-même.

— Je lui avais dit de ne pas descendre dans la vallée mais il n'a pas écouté. Les autres l'attendaient en bas. Et puis ils l'ont fusillé...

Le visage de Marcel, consumé par le temps, se déforme d'une grimace chagrine. Il n'a pas lâché ma main.

— Ton grand-père, Jean-Baptiste, je l'ai connu depuis tout petit. On allait à l'école ensemble... On est entrés à l'usine ensemble... Pareil pour le régiment. Nous étions dans l'infanterie de ligne. Autrefois, presque tous les garçons d'un même village étaient ensemble. On s'est retrouvés à Lyon. Juste avant la guerre. On n'avait pas encore vingt ans...

— Vous êtes partis à la guerre ?

— Oh oui, mais ça n'a pas duré longtemps ! On s'est retrouvés dans la panique. Plus de régiment, plus rien. Alors on est rentrés chez nous. C'était la débâcle, que veux-tu. Je le revois encore Jean-Baptiste, il était grand et il marchait vite. On a tout fait à pied, depuis le nord de la France jusqu'ici. Plus de trains, plus d'autobus.

L'évocation de ces souvenirs de jeunesse l'a mis de meilleure humeur. Il me désigne un meuble face à lui.

— Si tu veux boire un canon, il faut te servir. Je ne marche presque plus.

Je lui demande s'il veut trinquer avec moi. Il accepte et nous buvons une rasade de blanc.

— Jean-Baptiste a rencontré ta grand-mère en 1941. Ton père est né peu de temps après... C'était une sacrée femme, ta grand-mère. Elle en a fait des choses pour le maquis.

On ne m'a jamais parlé de ça. J'ai un peu connu ma grand-mère, une vieille dame secrète qui n'a jamais rien dévoilé de sa jeunesse.

— Que faisait-elle pour le maquis ?

— Tout un tas de choses. Du renseignement surtout. Elle a été courageuse car c'était très risqué. Peut-être plus que le maquis…

Marcel Vidal avale une dernière lampée de vin puis repose son verre sur le petit guéridon à côté de son fauteuil.

— J'ai entendu parler d'un certain Tournier.

Marcel s'empourpre.

— Un vrai salaud. Il en a vendu quelques-uns des jeunes du coin.

— Des jeunes comme mon grand-père !

— Hélas oui. Mais on lui a fait payer. Il a eu droit au peloton sans plus de procès. Il ne méritait que ça !

— Et Lestrade ?

— Ce cochon aurait dû y passer lui aussi. Mais il était plus malin que Tournier. Un peu avant que les Allemands ne foutent le camp, il a disparu, laissant sa femme et leurs huit gosses ici. Il n'a refait surface que deux ou trois ans plus tard. Entre-temps, les choses s'étaient calmées. Les gens soignaient leurs blessures et devaient se nourrir, c'était très dur. On pensait moins à la vengeance. Le vieux Lestrade a eu une sacrée chance.

— Qu'a-t-il fait au juste ?

— Oh ! Il a commencé par récupérer des parachutages et à les garder pour lui. De l'argent, beaucoup d'argent et des armes que nous larguaient les Alliés. Ensuite, il a renseigné les Allemands et la Milice.

— Y avait des preuves ?

— Non, très peu à part le fait qu'il se soit enrichi. C'est pour ça qu'il a été épargné et puis le patron de l'usine y a été pour beaucoup.

— Le patron de l'usine ?

— Oui, Louis Desforges… Il portait bien son nom celui-là. L'usine avait travaillé pour les Allemands comme toutes les entreprises françaises. Jusque-là, on ne pouvait rien dire. Mais il a eu peur des communistes quand tout le monde a compris que la guerre était en train de mal tourner pour les boches. Alors, il a fait en sorte que des chefs, ceux dont il pouvait craindre la vengeance, soient exécutés. À mon avis, ton grand-père a fait partie de ces jeunes qui ont été sacrifiés. Il était vraiment communiste, Jean-Baptiste. Il faisait peur au patronat. On parlait déjà de confiscation des biens de ceux qui avaient été trop proches des Allemands. On parlait de révolution, là-haut, quand on était au maquis. On rêvait d'une France nouvelle, débarrassée de ses vieux démons. Il y avait le programme de la Résistance. On y croyait bien sûr. Que veux-tu, c'était comme ça. Sans idéal, tu ne peux pas te battre.

Marcel Vidal me cherche du regard. La lumière du jour a baissé, il ne doit plus guère distinguer que des ombres autour de lui. Je me lève pour éclairer.

— Tout cela maintenant est bien ancien. Pourquoi me poses-tu toutes ces questions ?

— Parce que je crois que ma famille et celle des Lestrade ont un différend à régler et que je cherche à savoir d'où cela vient.

— Les anciens sont morts. Ils sont partis avec leurs secrets. Nous sommes un village assez petit, vos familles se connaissent depuis des générations. Personne ne peut savoir ce qui les oppose vraiment.

— Un Lestrade a donné mon grand-père aux Allemands et il n'a jamais payé pour ça !

Marcel secoue la tête. Il y a dans son expression le fatalisme de la vieillesse. Les choses ont été ainsi, il est trop tard. Mais je pense à la mort de mon frère et à la présence de Pierre Lestrade, le dernier de la lignée, dans l'environnement de ce crime. Il existe un lien entre la dénonciation de mon grand-père et la mort de mon frère, sans parler des suspicions qui ont pesé sur moi lors de la disparition de Romain.

— Tu sais, me dit Marcel, ta famille et les Lestrade sont des ennemis de longue date. Avant la guerre déjà, dans la cour de récréation, ton grand-père se battait avec celui qui allait le dénoncer. Mais je ne sais pas d'où ça vient.

Les souvenirs que j'ai suscités ont sorti Marcel de sa torpeur. Il attend la mort, tout seul, des heures durant, dans sa maison déserte. Six coups sonnent au clocher de l'église.

— C'est bientôt l'heure de *Questions pour un champion*, lance Marcel en cherchant la télécommande de la télévision sur le guéridon.

— Comment on a su que mon grand-père allait descendre dans la vallée le jour où ils l'ont attrapé ?

Marcel se fige.

— Il y avait un traître parmi nous. Tout simplement. Je me souviens qu'il en avait parlé la veille. Et puis le matin, il est parti. Celui qui l'a dénoncé s'en était allé avant lui.

— Qui était-ce ?

— Un type qui venait de Lyon. Je ne me souviens plus de son nom. On ne l'a jamais plus revu. La seule chose que je sais, c'est qu'ils ont essayé de faire parler Jean-Baptiste et qu'il n'a rien dit.

Ceux qui obtiennent ce genre d'aveux, les officiers de renseignement, mon père les a connus en Algérie. Je les ai côtoyés dans les guerres plus récentes. Ils avaient pour mission de faire parler les prisonniers que nous ramenions, ils faisaient un sale boulot. J'ai toujours éprouvé de la honte en les voyant pénétrer dans des geôles improvisées. Ils appelaient ça de la collecte de renseignements mais le mot exact est « torture ». Aucun journaliste que j'ai croisé en opération ne s'est intéressé à la torture. L'armée les aveugle facilement en leur faisant croire que les technologies actuelles permettent d'éviter de frapper les prisonniers. Les méthodes d'hier demeurent ; on nous les a apprises de la même façon qu'on nous a enseigné comment y résister suffisamment de temps pour que le reste d'une section puisse se mettre à l'abri. Il y aura toujours des salauds pour appliquer des fils électriques sur les couilles d'un ennemi ou le noyer dans une cuvette d'eau jusqu'à ce qu'il n'en puisse plus.

Marcel cherche le bouton de la chaîne sur sa télécommande. Il appuie fébrilement et l'image apparaît, pile au moment où le présentateur lance son émission.

27

En quittant Marcel, je fais un détour par le centre de Pierrefeu. Sur la place, des jeunes sont réunis autour d'un scooter. De temps à autre, une fille pousse un cri quand un garçon la taquine d'un peu trop près. La mairie est éclairée par des réverbères aux halos jaunes et faibles qui font perler les vitres des services municipaux ; elle abrite depuis une dizaine d'années un musée consacré à l'histoire de la vallée.

La nuit tombe, claire et fraîche. On annonce du beau temps, ensoleillé mais froid. Devant l'école primaire, le trottoir a été refait, plus large, pavé de pierres un peu grossières du pays. Sinon, rien n'a changé. Les hautes fenêtres des classes ont conservé cet air sévère, presque hermétique, qui ne laisse rien deviner de ce qu'il se passe à l'intérieur. Au premier étage, une lumière est allumée, le directeur doit toujours avoir ses foyers dans cette bâtisse sans charme. Son bureau se trouve juste en face de son appartement. Quand Brahim dépassait un peu trop les bornes, il était convoqué chez le « dirlo ». Sa première punition était d'attendre des minutes interminables que la porte s'ouvre et que Mme Bernard, la secrétaire, prenant un air désolé, l'introduise devant l'autorité suprême des lieux afin qu'il soit admonesté dans les formes. Je n'ai jamais été convoqué, ni Lestrade ni l'un ou l'autre de mes tortionnaires qui, pourtant, ne l'auraient pas volé. Je préfère croire que c'est parce que je ne me suis jamais plaint.

En dépassant l'école, je longe les murs de l'ancienne centrale électrique. Il paraît qu'elle est aujourd'hui classée au registre du patrimoine. Les toits du bâtiment principal ont été refaits, ceux des deux ailes qui disparaissent dans la nuit, faute d'éclairage public, se sont effondrés.

J'ai embrassé Samia pour la première fois sur les marches de ce vestige industriel. À l'époque, des frênes avaient poussé entre les pierres et on pouvait se dissimuler pour ne pas être vus des passants. Je ne savais pas m'y prendre, elle non plus ; nous avions à peine treize ans. Brahim m'avait juste dit qu'il fallait faire tourner la langue, comme dans les films. La perspective de le faire vraiment m'angoissait au plus haut degré. Je m'étais aventuré à déposer tout d'abord des petits bisous, de plus en plus longs, sur ses joues de satin, dans son cou, complètement ivre dès le premier contact avec la chaleur de son intimité. J'ai bien failli prendre la fuite pour me réfugier dans un coin secret et remettre mes émotions en bon ordre. Elle m'a retenu en serrant sa main un peu plus fort dans la mienne puis elle m'a attiré vers elle avec tendresse. Ses lèvres étaient d'une étrange douceur, presque irréelle. Je n'ai pas tout de suite suivi le conseil de Brahim, conscient que ce moment était unique et qu'il fallait en jouir le plus longtemps possible. À vrai dire, l'instant le plus magique de toute mon existence. Y penser me ravit toujours et me fait un mal terrible tout à la fois.

Le dernier autocar pour Grenoble s'est arrêté non loin de la mairie. Deux jeunes du village montent à bord, montrent leurs tickets au chauffeur et vont s'asseoir à l'arrière, comme on le faisait quand on partait en virée à la ville.

En descendant vers le pont sur la Romanche, je pense à la première fois où nous avons fait l'amour. Samia avait décidé que ce ne serait pas avant ses seize ans. J'ai guetté cette date, un 13 mai, comme d'autres espèrent l'arrivée du messie. Il pleuvait depuis deux jours, un épais brouillard recouvrait la vallée. Elle est venue chez moi ; mon père était au boulot, ma mère s'était rendue à Vizille pour une visite médicale. Rémy se trouvait encore au pensionnat. Quand elle a toqué à la porte, une boule s'est nouée dans ma gorge ; mon ventre était envahi par un étrange fluide ; la même impression que j'avais ressentie la première fois où l'on s'était embrassés mais beaucoup plus intense. Je n'arrivais plus à parler. Je l'ai embrassée goulûment, sans même lui laisser le temps de se débarrasser de sa veste. Elle m'a repoussé avec délicatesse et m'a demandé quelque chose à boire ; j'ai dû lui servir un jus de pomme ou un verre de limonade, mon père bannissait le coca. À cette époque, je m'étais mis à fumer pour me donner un genre. Au moment où j'ai tiré une Gauloise de mon paquet, elle m'a interdit de l'allumer, l'air agacé.

Nous sommes allés dans ma chambre. Elle portait une jupe légère et un T-shirt à l'effigie d'une université californienne. On s'est allongés, timidement, éclatant de rire à chaque fois que nos regards malicieux se croisaient. Puis elle m'a embrassé en se penchant au-dessus de moi et nos corps se sont enlacés un long moment. Je sentais son souffle délicat sur mon visage, incapable de bouger. Elle a passé sa main dans ma chemise et ce fut comme le signal. Nous avons fait l'amour avec la maladresse des débutants, cherchant à ne pas paraître trop hésitants, ni trop anxieux. Je ne pourrais pas dire aujourd'hui combien de temps cela a duré. Il semble que ce temps soit devenu une éternité. J'y pense presque chaque jour depuis. Elle a poussé un cri étrange au début, un cri de douleur qui m'a impressionné au point de vouloir me retirer. Je lui ai fait mal mais elle m'a serré contre elle et m'a embrassé violemment comme si elle libérait une envie trop longtemps retenue. Après avoir joui, j'ai perdu tout sens du réel, flottant dans une étrange brume. Le désir n'avait pas disparu, il est revenu lentement, m'a envahi tout entier. J'ai regardé son corps nu et bronzé. Du sang avait imprégné mes draps. Elle a souri, avec une tristesse indéfinie puis elle a posé délicatement sa tête sur ma poitrine et m'a dit :

— Je t'aime.

Je lui ai donné un baiser sur son front moite. Ce n'est que plus tard, une fois sorti de l'inexpérience de la jeunesse, que j'ai compris qu'elle m'avait offert ce qu'elle avait de plus cher, de plus beau et que j'en ai eu peur au point de le bafouer. Mais j'étais déjà loin à ce moment-là. Trop loin pour revenir.

28

La moto de Brahim a été découverte au petit matin par un cantonnier, au pied d'un talus, à une centaine de pas de la Romanche. Les pompiers ont trouvé son corps quelques mètres plus loin, disloqué, la tête dévissée. J'ai appris la nouvelle par un voisin qui a sonné à notre porte. J'ai voulu me rendre sur les lieux immédiatement, l'état de mon père m'en a empêché. Il s'est mis à vomir dès le matin, presque sans discontinuer. Une bile épaisse et verte dégouline de sa bouche comme une langue pourrie. Je ne peux pas l'abandonner, serrant les dents pour ne pas éclater.

Quand notre voisin m'a annoncé que Brahim venait de mourir, j'ai senti ma chair se déchirer, mon âme éclater comme une grenade. Aucun blindage n'est assez fort pour empêcher mes larmes. Je suis resté un moment seul, dans ma chambre, et j'ai pleuré, me maudissant et exécrant cette vie qui m'a séparé de cet autre frère.

Brahim a cessé de vivre. Cette vérité abrupte me laisse sans voix. Je connais très bien l'endroit où il a quitté la route, non loin du château. À présent, je peux m'y rendre en quelques minutes. La police municipale et la gendarmerie se trouvent encore sur les lieux. La première personne que j'aperçois est Pierre Lestrade. Il discute à voix basse avec un gendarme en treillis. Quand il me remarque, j'ai la nette impression qu'il parle de moi à son interlocuteur car celui-ci me fixe immédiatement puis détourne les yeux maladroitement tandis que j'approche.

Le corps de Brahim est recouvert d'une couverture de survie dorée. J'ai envie de passer le cordon qui délimite le périmètre de sécurité et de l'embrasser une dernière fois.

Lestrade s'approche de moi.

— Tu sais ce qu'il venait faire ici ? demande-t-il d'une voix dure où perce le soupçon.

Je gonfle mes poumons pour contenir mon émotion avant de répondre.

— Je n'en ai pas la moindre idée, je ne l'avais pas vu depuis un bon moment.

Le regard que me jette Lestrade dit clairement qu'il ne me croit pas.

— Qui va annoncer ça à sa sœur ?

— C'est déjà fait, répond le flic.

Autour de moi, je cherche le visage de Samia parmi les quelques personnes présentes.

— Elle n'a pas voulu venir, dit Lestrade. Il va falloir pourtant reconnaître le corps.

— Pourquoi ?

— La loi l'exige.

— Je peux le faire.

— L'officier de gendarmerie ne le veut pas. C'est la loi.

Je n'ai pas quitté des yeux la couverture aux reflets métalliques qui couvre le corps de mon ami.

— On l'a retrouvé à plus de dix mètres de sa moto, dit Lestrade. Le choc a dû être terrible. C'est pas beau à voir.

Il y a dans sa voix comme un accent de satisfaction que la neutralité qu'il affiche ne parvient pas à estomper. Je suis sûr qu'il jouit intérieurement de la mort de celui qui lui a fait face quand il était enfant. On ne sort jamais indemne de cet âge que l'on dit tendre. Brahim savait l'affronter de son regard noir et lui balancer des coups de poing si rapides que Lestrade n'avait pas d'autre solution que de se courber en deux et de faire le dos rond pour les encaisser sans trop de mal. Dans la cour de récréation, une fois, près des toilettes, Brahim lui avait ouvert la lèvre en le poussant sur les lavabos. Il n'avait pas moufté, rien, pas un mot, pas même à son père. La haine le rendait presque courageux.

Je ne peux me retenir de dire sans détacher le regard du corps :

— Il t'en a mis des roustes. Tu te souviens ?

Lestrade fait une moue de mépris en visant son ancien rival, maintenant vaincu.

— C'était une racaille. Au fond, il ne méritait que cette fin.

Je me tourne vers le policier municipal et visse mon regard dans le sien.

— La prochaine fois que je te croise, change de trottoir et cours vite te cacher.

— Ah bon, et pourquoi ?

— Parce que je te donnerai la dernière des branlées que Brahim aurait dû te foutre. Et je te promets que tu ne fais pas le poids. Je te jure sur la mémoire de ma mère et celle de mon frère que je le ferai.

Puis j'ajoute avec calme et froideur :

— La même chose pour ton père. Le temps est venu pour vous de rendre des comptes et vous allez payer.

Lestrade me jauge avec une fausse assurance. Il a peur et le dissimule de plus en plus mal. Il doit imaginer que la guerre a fait de moi un fou capable de le tailler en pièces. Sans pitié et sans remords. Là-dessus, il a parfaitement raison.

Je tourne les talons et regagne ma voiture.

À la maison, mon père est entouré de l'infirmière et du Dr Faure. Il n'a pas l'air plus mal mais sa maigreur est horrible à voir. Il ne digère pratiquement plus rien de ce qu'il avale. Le matin, je lui ai acheté des berlingots de jus de pomme qu'il boit à la paille en pinçant fébrilement ses lèvres sèches. Il n'y a guère plus que ça qui passe.

Le docteur me prend à l'écart.

— Tu sais pour Brahim ?

— Oui.

— C'est moi qui ai constaté le décès. Il faut que je te dise quelque chose parce que je ne peux pas garder ça pour moi.

On se met davantage à l'écart. Le Dr Faure a connu Brahim enfant tout comme moi. Sa mort l'affecte.

— Il y avait un trou dans son casque. Visiblement un trou provoqué par une balle. J'espère que le légiste le notera dans son rapport et qu'il y aura une enquête.

Après le départ de Brahim, je n'ai pas entendu de coup de feu. Peut-être que le relief a empêché le bruit de se répandre.

— Vous êtes sûr de ce que vous avancez ?

— Parfaitement sûr.

Il me décrit de façon précise le trou que l'ogive a fait dans le casque. Il n'y a guère de doute. Je demande :

— Vous avez peur que les flics étouffent l'affaire ?

— Je n'en sais rien, mais je vais veiller à ce que cette piste soit suivie.

— Je dois aller voir sa sœur. Je ne sais pas comment faire.

— Je l'ai vue avant de venir ici. Elle est dévastée.

Il pose la main sur mon épaule et je sens ses doigts se serrer.

— Elle a besoin de toi.

Des pensées confuses m'assaillent. Revoir Samia dans ces conditions me désespère.

— Qu'est-ce qu'il nous est arrivé, docteur ? Pourquoi la vie nous a-t-elle joué tous ces tours ?

Faure secoue la tête. Il n'y a rien à ajouter. Nous étions des enfants et l'enfer a ouvert ses portes sous nos pieds. Brahim et moi avons mené une vie dangereuse. Nous nous sommes engagés dans une impasse et il nous a été impossible de faire demi-tour. Les guerres qui m'ont tanné le cuir et labouré l'âme ne m'ont rien appris. Je suis aujourd'hui face à un devoir d'homme : aller voir la sœur d'un frère et lui donner toute ma tendresse pour la consoler. Et ces gestes simples, ces paroles de rien, je ne les connais pas. Cela me met dans un état de crainte que je n'ai guère connu.

Mon père m'appelle de sa voix faible et me dit :

— J'ai appris pour Brahim. Pourquoi est-ce lui qui part le premier et pas moi ? Pourquoi Rémy est-il parti lui aussi ? Et Maman ?

Il a les larmes aux yeux en disant cela, ses mains tremblotent sur la couverture que l'infirmière a tendue par-dessus ses jambes décharnées. Le Dr Faure se retire. L'infirmière le suit aussitôt.

— Il va falloir qu'il souffre pour tout le mal qu'il nous a fait. Il va falloir qu'il paye !

— De qui parles-tu ?

— Du vieux Lestrade. Sans lui, tout cela ne serait pas arrivé. C'est à cause de lui que la grande machine à malheur s'est enclenchée. C'est à cause de lui et de sa famille.

— Pourquoi dis-tu cela ? Il ne peut pas être responsable de tout !

— Tu crois que je ne le sais pas que tu avais rendez-vous avec Brahim au moment de cet accident. Tu voulais parler de la mort de ton frère.

Je m'assois au bord du lit et regarde le visage de mon père. La maladie l'a ciselé au point de faire saillir les os de sa mâchoire. Ses yeux injectés de sang se perdent au fond de ses orbites.

— Ton grand-père est mort à cause de cette famille de malheur. C'est le père de ce maudit gendarme qui a dénoncé ton grand-père aux Allemands. Tu comprends, mon fils ?

Je me demande si la souffrance ne le fait pas délirer mais il ne donne pas l'impression d'être dans un état d'altération mentale.

— Ce que je te dis, je l'ai appris il y a peu. Depuis, je mijote ma vengeance. Il faut que cette famille paye et je vais m'en charger. Toi, je veux que tu t'occupes de la sœur de Brahim. Elle a besoin de toi. Moi, je n'ai plus besoin de grand-chose. Promets-moi que tu vas aller la voir.

— Demain matin, j'irai.

— Non, dès ce soir. Elle doit être chez elle, je pense.

— Je vais y aller.

Nous restons un long moment silencieux. Mon père fixe étrangement le plafond, ses yeux semblent y lire quelques inscriptions visibles de lui seul.

— J'ai été dur avec ta mère. Trop dur. Et aujourd'hui je suis rongé de remords. Mais ne crois pas que je n'avais pas mes raisons. Ce que j'ai à te dire maintenant ne va pas te faire plaisir mais je dois te le dire pour que tu vives en paix.

Il ferme les yeux et suspend son souffle. Puis il dit, la voix hésitante :

— Ta mère a été amoureuse de ce foutu gendarme… Et ce salaud aussi… Ils voulaient se marier mais ton grand-père maternel a refusé pour les raisons que tu peux comprendre. Parce que la famille Lestrade faisait partie des collabos et que lui, il ne fermait pas les yeux sur ce passé. Moi, je revenais d'Algérie avec les fantômes d'une guerre à mes trousses. Mon caractère avait changé mais j'étais fou amoureux de ta mère. Si elle m'avait refusé, je crois que j'en serais mort… Alors, ta mère m'a épousé parce que je lui plaisais bien tout de même. Et puis, j'étais le fils Vasseur, dont la famille était couverte de gloire. Elle m'a pris sans amour et ça a brisé toute ma vie car moi, tu vois, je l'ai toujours aimée et j'ai toujours cru qu'un jour elle changerait. Je savais qu'elle et Lestrade se voyaient parfois… Je n'ai jamais voulu en connaître plus. Voilà, tu as tout appris de notre mariage. Il n'y a rien à ajouter.

J'ai envie de le frapper parce qu'il vient de détruire tout un pan de ma vie. Ce pan imaginaire qui a masqué ce que la réalité a été. Lorsque Lestrade m'a raccompagné chez moi parce que je pêchais sans permis, il en a profité pour revoir ma mère. Et elle ne m'a pas défendu devant lui.

Puis il y a eu ces murmures que j'ai préféré ne pas savoir, ne pas interpréter. La réalité est aussi cruelle que cela. J'ai toujours su, au fond de moi, que Lestrade n'a pas forcé ma mère.

— Il n'y a plus que des ombres autour de moi, marmonne mon père. Mais je n'ai pas peur d'elles. Je n'ai plus peur. Dans toute cette vallée, il ne reste plus que des ombres.

Il pose sa main presque froide sur la mienne et la serre.

— File voir Samia et construis la vie que le destin te doit. Tu l'as bien mérité.

29

Je descends lentement la route qui conduit jusque dans le centre de Pierrefeu, craignant de retrouver les pensées et les actes dont le souvenir vivace a peuplé des années d'exil.

En passant près du pont, je me gare sur un terre-plein où la municipalité a entreposé du gravier et des bennes pour encombrants. Je fais quelques pas vers la Romanche, m'arrête contre le garde-fou et reste un long moment à goûter l'air plein des froides poussières de l'eau. Je n'ai pas encore vraiment réalisé que Brahim ne sera plus à mes côtés. Après la mort de mon frère, j'ai mis du temps à comprendre que plus jamais je ne ressentirais sa présence auprès de moi.

« Jamais » est un mot douloureux. Un mot cruel car au-delà de toute humanité. Il est impossible à un être humain de concevoir ce « jamais ». Après la disparition de ma mère, cette même impression de déséquilibre a ressurgi tout d'abord puis l'infinie absence est venue au fil des mois. Je sais qu'il me faut vivre avec cette absence et que mon existence minuscule sera à jamais orpheline.

L'eau, dans sa course tumultueuse, rit de la nuit qui envahit la vallée. Un esprit rôde, une présence amie. Une étrange sonorité monte du charroi du torrent. Nos cris d'enfants, nos rires et nos bravades. Mon corps est parcouru de frissons.

Un sergent, Paulo, un Brésilien au regard de cendre, m'a longtemps parlé des esprits, une nuit que nous étions au bivouac, du côté de Djibouti. Je l'ai écouté, croyant que ses paroles m'apporteraient enfin des réponses sur l'absence éternelle. Paulo racontait le vaudou d'Afrique qui s'est répandu par les routes de l'esclavage jusqu'à son Brésil natal. Ses paroles étaient une réponse, une parmi d'autres.

Plus tard, lorsque la mort a failli me faucher pour de bon, j'ai eu des visions : les visages de mon frère et de ma mère aux yeux grands ouverts et leurs bouches qui me disaient de faire attention à moi ; des images rassurantes, juste avant que le noir ne m'enveloppe et fasse disparaître pour un temps tout contact avec le monde réel. Paulo m'a assuré que les esprits m'avaient secouru et que, sans eux, j'aurais rejoint la longue liste des légionnaires morts au combat.

La maison de Samia n'est pas très loin. Le chemin qui conduit aux lotissements part sur la gauche. Je décide de le monter à pied, comme au temps où j'allais la voir, un peu en cachette pour ne pas être vu de son père. Sa mère m'aimait bien, son père voulait toujours m'impressionner en me battant froid. Samia était sa préférée ; que le cœur de son enfant batte pour un jeune sans envergure ne devait pas faire partie de ses plans de vie. En passant devant le cimetière, je m'arrête un instant. La tombe des parents de Samia est visible depuis la route. La nôtre se trouve plus haut, cachée par un hêtre immense, le seul à avoir poussé dans la petite nécropole. Mon grand-père, mon frère et ma mère sont enterrés là. Mes aïeux se trouvent dans leurs villages respectifs, à des kilomètres, dans une montagne rude que je ne connais même pas.

Les lumières des réverbères se sont allumées avec la chute du jour. Vers les lotissements, quelques fenêtres versent des lueurs bleues et jaunes dans la pénombre.

Combien de femmes ai-je connues dans ma vie ? La question me désoriente. J'aurais pu penser à tout autre chose mais, au fur et à mesure que j'avance vers la maison de Samia, cette interrogation m'envahit.

Mon père a levé un pan de vérité sur ma mère. Elle a aimé un autre homme et cet homme, je ne peux que le détester. Malgré la colère que j'éprouve pour mon père, je lui reconnais cette vérité. Intérieurement, une voix me dit que je mesure encore mal la portée d'une telle révélation. J'imagine une vengeance, aux portes de la mort. Un baroud de déshonneur avant de calancher.

La question revient : combien de femmes ai-je connues ?

Il y a Samia. Femme figée pour ma mémoire dans sa vingtaine flamboyante, gorgée de beauté et de sensualité. Elle trône, majesté inaccessible, dans mon panthéon. Rien n'est au-dessus de Samia. Je n'ai jamais aimé personne d'autre. Ma vie sentimentale est donc aussi bornée.

À la Légion, je n'ai connu que des putes ou des filles qui m'ont ouvert leurs corps pour le fantasme de ce que je représentais : un homme violent et beau, tout de guerre et de noirceur, qui pouvait se fendre d'une tendresse passagère. Rien de plus. Celles-là, je les ai cueillies dans les bars de Calvi et dans les bouges que la France a laissés dans ses vieilles colonies, c'est-à-dire un peu partout de par le monde.

À Marseille, à l'Ancre bleue, un bar proche du port, tenu par un ancien des bataillons d'Indochine et de Corée, j'ai séduit la fille d'un médecin qui venait s'encanailler, une brune à la peau soyeuse. Je lui ai chanté nos vieilles rengaines de marche, un peu tristes, lourdes d'histoire et de drames. Elle est tombée amoureuse. J'ai accepté pendant quelque temps de la revoir. Elle venait jusqu'à Calvi quand une permission me laissait du temps libre. Nous faisions l'amour pratiquement toute la journée. Elle aimait que je sois brutal, que je la méprise. Plus elle s'accrochait, plus elle me dégoûtait. J'acceptais qu'elle m'offre les meilleurs restaurants de Corse, les plus belles nuits sur le littoral. Les garçons d'hôtel me regardaient bizarrement, parfois avec soupçon. Ma dégaine de loup devait les inquiéter, un soldat sans foi ni loi avec une bourgeoise. Le soir, après avoir bu, elle me demandait de la prendre sans même la déshabiller, parfois dans la voiture ou sur une plage déserte. Elle jouissait vite et en redemandait, insatiable.

Cette liaison m'a totalement refroidi, comme si ce qu'il me restait d'humanité s'était enfui dans cette sexualité débridée. J'ai réalisé un jour que cette femme avait les mêmes traits sacrés que Samia.

À vrai dire, durant toutes ces années de violence, j'ai perdu la notion de ce qu'est l'amour. Il m'a été plus facile de me jeter de la carlingue d'un avion, dans le vide, les mains crispées sur les sangles des parachutes, plutôt que dans des passions sinueuses.

La maison de Samia n'est plus très loin. Le chemin longe l'ancien stade de foot qui ne sert plus depuis que Pierrefeu est redescendu dans les bas étages des classements amateurs.

Je m'arrête un instant devant le haut grillage éventré et revois Brahim dans sa tenue de gardien : maillot jaune et short noir, chaussettes bien tirées et gants rutilants. Il a été un très honorable portier même si l'équipe a longtemps flotté dans les milieux de tableaux. L'émotion m'envahit en apercevant les poteaux mangés de rouille. La silhouette longue de Brahim, toujours tendue, prête à bondir pour épargner à son équipe l'humiliation d'un but.

La montagne se découpe comme une déchirure noire sur le ciel encore clair. Le Grand Pic de Belledonne a pris l'allure d'un moine coiffé de sa capuche, en prière devant les sommets. Avec Brahim, on s'était juré un jour de monter sur ce pic, juste pour voir Pierrefeu de tout là-haut, comme si on avait pu le fouler du pied. Rien de plus. On aurait été les plus forts, l'espace de quelques minutes.

Passé le stade, on peut observer le parking de la police municipale. La 206 blanche qui m'a suivi est garée. Pierre Lestrade doit être de service ce soir. Je fourre mes mains dans mes poches et accélère le pas.

Une voiture tourne sur le pont et remonte dans ma direction. Avec l'instinct des commandos, je me dissimule derrière un cyprès qui a poussé, solitaire, aux abords du terrain de foot, non loin de la baraque qui a servi de vestiaires. La voiture qui passe à grande vitesse appartient à la police municipale. Je n'ai pas le temps de voir qui la conduit. Elle prend la direction du lotissement où vit Samia et disparaît de ma vue.

Je me mets à courir en évitant les lumières de l'éclairage public, comme une ombre allant de recoin en recoin. Dans la rue des Frênes, la voiture est garée devant la maison de Samia. Un homme que je ne connais pas est resté à l'intérieur et passe des messages sur une radio. Il a l'air nerveux. Je me cache derrière une camionnette qui appartient à un ancien camarade de classe devenu plombier.

Cinq minutes plus tard, Lestrade sort de chez Samia et s'engouffre dans la voiture de police avant de faire un demi-tour et de repartir vers le centre de Pierrefeu.

Une silhouette passe devant la fenêtre plusieurs fois et donne l'impression de faire des allées et venues dans la pièce.

J'approche lentement, le ventre noué, dans la confusion des souvenirs et des sentiments. Je sonne. La porte s'ouvre après des secondes qui me paraissent des éternités. Une jeune femme apparaît. Elle a les mêmes traits que sa mère et quelque chose de familier dans son regard rougi par le chagrin.

— Bonsoir, dis-je en bredouillant presque. Je suis venu… pour…

Je cherche mes mots.

— Je suis René, finis-je par lâcher en réprimant un sanglot.

— Je sais qui vous êtes, me répond la fille de Samia. Nous vous avons tellement attendu.

Je détourne les yeux, ne sachant que dire. Elle est grande et aussi belle que sa mère, fine et gracieuse. Elle me fixe et me jauge tout à la fois. Sa main droite est refermée sur un mouchoir de papier.

— Est-ce que Samia est là ?

— Non, elle est allée voir son frère, mon oncle, à l'hôpital. Il y a beaucoup de formalités…

— Quel hôpital ?

— Les Sablons, à Grenoble. C'est là qu'ils l'ont emmené.

Nous nous regardons à la dérobée. Je serais fier d'avoir une fille comme elle, une enfant de Samia.

— Comment vous appelez-vous ?

— Marie, me répond-elle d'une voix triste.

Samia m'a demandé une fois quel prénom je donnerais à ma fille si jamais j'en avais une. J'ai répondu Marie sans hésiter. Dans la famille de ma mère, les Marie étaient nombreuses. À commencer par ma grand-mère qui m'a bercé quand j'étais enfant, lorsque mon frère est arrivé et qu'il a accaparé toute l'attention de Maman.

30

Mon père, surpris de me voir revenir aussi rapidement, ne me pose pas de questions et paraît gêné par ma présence. J'explique que Samia est à l'hôpital des Sablons, à Grenoble, et que je passerai la voir le lendemain.

— Prends ma voiture et file. Elle a besoin de toi.

Sa voix est ferme, le ton est celui du responsable syndical qu'il a été et qui a eu l'habitude de donner des ordres à ses troupes.

— Prends la voiture et file.

Je roule vite. La haute façade de l'hôpital apparaît près de la rocade qui contourne Grenoble. J'ai l'impression de revenir des années en arrière. Quand le corps de mon frère a été livré au scalpel du médecin légiste, je suis resté un long moment sur le parking, non loin de l'institut de médecine légale, à regarder la frange des montagnes dans la nuit incertaine et à marmonner des prières pour l'âme de Rémy. Ni mon père ni ma mère n'avaient voulu venir.

À la réception de la morgue, il n'y a personne. De l'autre côté du parking, devant l'entrée générale de l'hôpital, des silhouettes vont et viennent comme des fantômes. Une voiture de police banalisée se gare non loin de moi. Deux flics en descendent et rejoignent l'institut médicolégal. Il n'est sans doute pas très bon que je reste dans les parages. Je marche vers la réception. Le hall est vaste, des familles patientent sur des banquettes, les regards usés par l'attente.

Je cherche Samia et ne distingue que des visages qui me paraissent hostiles. Il y a des gens des montagnes, des paysans facilement reconnaissables à leurs chemises à carreaux et à leurs chaussures qui n'ont jamais été à la mode. Ils doivent venir des vallées d'en haut, leurs mains sont fortes, presque trop grosses pour leurs bras musclés, leurs traits sont cuits, taillés par le soleil et le vent aussi tranchant qu'une lame quand il vient du Nord.

Des enfants courent dans tous les sens, agacés par la morne ambiance de la salle éclairée de lumière blanche et qui suinte l'angoisse. Leurs parents restent indifférents à leur impolitesse et leurs cris excessifs.

Je m'apprête à sortir quand une voix fluette, non loin des distributeurs de boissons, m'appelle par mon prénom. Je reste figé, incapable de la moindre réaction. Elle s'approche.

— René.

Samia me scrute longuement comme si elle veut s'assurer que je ne suis pas un pantin sorti du chapeau d'un mauvais magicien. Son regard, brouillé par le chagrin, n'a plus le même éclat. La peine la consume. Elle n'est pas maquillée, pas même un coup de crayon.

— Je suis heureuse que tu sois là.

J'éclate en sanglots et la prends dans mes bras.

— Il est parti, tu vois. Qu'est-ce qu'on peut faire ? C'est comme ça.

Sa main caresse ma joue. Nous restons enlacés un long moment, sans dire un mot, comme si chacun de nous voulait donner à l'autre un poids insupportable.

— Viens, dit-elle. Sortons.

Nous marchons jusqu'à sa voiture. Elle m'explique que la gendarmerie puis des services de la police judiciaire l'ont longuement interrogée. Elle n'a jamais rien su des affaires de Brahim et n'a jamais voulu savoir.

— Les policiers m'ont parlé de toi. Je pense qu'ils vont vouloir t'interroger aussi.

Je n'ai pas envie de discuter de tout cela mais Samia doit redouter le moment où on va se livrer. Elle préfère dire des banalités. Au moment où je vais parler, elle me coupe :

— Je ne peux pas rester très longtemps. Ma présence ici ne sert à rien.

Elle tourne les yeux vers l'institut médico-légal et je vois son immense détresse.

— J'ai appris pour ton père.

— Il n'en a plus pour longtemps.

— Retourne à son chevet. Nous aurons le temps de nous voir.

Sa voix a changé, plus froide. Elle ouvre la portière de sa voiture de telle sorte qu'elle forme une séparation entre nous.

— Brahim était comme mon frère, dis-je.

— Je le sais. Il me parlait très souvent de toi.

Sa voix vibre sur le ton du reproche et laisse entendre une colère qu'elle a du mal à contenir.

— Chaque fois que je voyais Brahim, nous parlions de toi.

Elle m'observe une dernière fois et s'assoit au volant.

— Chaque fois, René… Pendant plus de vingt ans.

Elle démarre et claque la portière.

Je la regarde s'éloigner et se perdre à travers les alignements de voitures garées dans la nuit. Une ambulance se dirige à toute vitesse vers les urgences en jetant des éclairs bleus.

J'ai retrouvé Samia de la manière la plus impersonnelle et sans doute la plus violente qui soit, loin de mes rêves et de ce que j'ai souhaité. Elle m'a battu froid. Le moment était mal choisi par le destin et j'ai le sentiment d'avoir commis une faute qu'elle ne me pardonnera jamais.

Malgré les années d'armée, les émotions m'emportent facilement. Durant tout le temps de nos brèves retrouvailles, j'ai été incapable de dire à Samia quelque chose de réconfortant, tétanisé par les sentiments qui m'ont submergé.

Un grand vide se fait en moi. Je marche vers ma voiture, me disant que je dois retourner dans ma maison, retrouver mon père, peut-être le voir pour la dernière fois.

Une seule fenêtre est éclairée au premier étage de l'institut médico-légal. Je fais le rapprochement avec les deux flics que j'ai aperçus en me garant. Le corps de Brahim est posé sur une table en inox, complètement nu. L'image me donne la chair de poule.

Quand j'arrive à la maison, mon père dort profondément. Sa poitrine se soulève lentement avant de se vider presque d'un seul coup. Le tube à oxygène chuinte sous son nez. Le téléphone est dans sa main. Il a peut-être cherché à appeler.

J'ouvre le tiroir qui se trouve à côté de lui, le colt .45 du grand-père Vasseur est toujours là. Il s'en servira, j'en suis sûr, avant que la maladie ne le détruise complètement. Une question de jours. Peut-être d'heures. Il a droit à cette dignité.

Je n'ai jamais aimé mon père parce que je ne l'ai pas vraiment connu et qu'il n'était pas gentil avec moi. Sans doute parce que j'étais trop proche de ma mère. Les révélations à son sujet m'ont perturbé. Je sens qu'elles me minent et qu'elles finiront par me faire exploser.

J'ai envie de fuir, une fois encore. Changer à nouveau d'identité. Retourner à la Légion, repartir à la guerre et y mourir. Ce serait si facile.

31

La nuit paraît interminable. Un volet qui claque à la fenêtre de la cuisine m'a réveillé.

Mon père non plus ne dort pas. Il délire dans un demi-sommeil. En m'approchant, je comprends qu'il s'adresse à son père. Sa voix est devenue aiguë, ses bras font des gestes maladroits au-dessus de lui, à la manière de ceux d'un enfant. Il répète :

— Je viens vers toi ! Je viens vers toi !

Je me cache dans la pénombre et écoute. Entre deux souffles pénibles, les mêmes appels. Puis la voix s'incline, plus rauque et plus froide :

— Je vais te rejoindre dans pas longtemps…

Je me place dans l'embrasure de la porte et l'appelle pour le sortir de son cauchemar. Sa main se soulève et me fait signe de me retirer.

Je retourne dans ma chambre tandis qu'il marmonne à nouveau. Le sommeil ne revient qu'au bout de la nuit. Une heure, peut-être deux, puis l'infirmière me tire de cette nuit confuse. Elle passe au petit matin pour administrer toute une série de médicaments et faire la toilette. Je profite de sa présence pour descendre à la supérette du village afin de faire quelques provisions.

Une pluie fine noie la vallée et se mêle aux fumées de l'usine. Les montagnes ont disparu derrière un épais rideau de brume. J'ai oublié cette tristesse infinie qui peut envelopper Pierrefeu quand le mauvais temps est de la partie.

Je me gare non loin de la supérette. Marie, la fille de Samia, pénètre au même moment dans le magasin. Je presse le pas pour la saluer. Elle me rend mon bonjour avec une timidité que je n'ai pas remarquée lors de notre première rencontre.

— Comment va votre père ? demande-t-elle en évitant mon regard.

— Son état est stationnaire. Parfois, il délire.

Marie attrape des paquets de pain de mie sur un rayonnage et les dépose dans son chariot.

— J'ai vu votre mère, dis-je, avide de parler de Samia.

Elle ne me regarde pas et pousse son chariot.

— Je sais, dit-elle d'une voix fluette. Maman me l'a dit.

— Comment va-t-elle ?

Marie s'arrête et tourne les yeux vers moi.

— Mal, dit-elle. Tout ce qu'elle a vécu et qu'elle a enfoui est remonté à la surface. Elle s'attendait à la mort de son frère mais il n'empêche… Mourir comme ça…

Elle essuie une larme qui coule sur sa joue et pousse un peu plus son chariot dans la direction du rayon droguerie. À cette heure de la journée, la supérette est vide.

— Pensez-vous que je puisse aller la voir ?

— Je ne sais pas. Elle ne travaille pas en ce moment.

— Brahim était mon meilleur ami… Je n'en avais pas d'autre.

Elle se baisse pour saisir une bouteille d'eau de Javel au bas d'un rayon.

— Le corps de mon oncle va nous être rendu aujourd'hui, dit-elle avec froideur. La gendarmerie nous a prévenues.

— Quand sera-t-il enterré ?

— Le plus tôt possible. Maman veut respecter la tradition. Chez les musulmans, on ne fait pas de veillée.

Mes questions importunent Marie. Elle précise simplement :

— Ce sera pour demain matin, je pense.

Elle se dirige vers le fond du magasin. Je la laisse disparaître entre les travées et ressors sans même avoir acheté ce que j'étais venu chercher. J'ai envie de voir Samia. Une envie irrépressible.

La pluie a cessé. Les eaux de la Romanche ont changé de couleur. Elles roulent, grises et blanches d'écume, dans leur lit de terre noire et de pierres rondes.

Samia m'ouvre la porte, le visage fermé. Je ne trouve pas de mots pour lui dire ce que j'ai sur le cœur.

Elle me fait entrer et referme derrière moi.

— J'ai vu Marie comme je faisais quelques courses et j'ai pensé que…

— Tu veux un café ?

J'accepte. Sa voix est enrouée. Elle file dans la cuisine sans rien ajouter.

Je ne suis pas entré dans ce qui fut la maison de Brahim depuis nos années d'enfance. Peu de choses ont changé. Samia a conservé les meubles de style berbère que son père avait rapportés d'un voyage en Kabylie et la banquette couverte d'un gros tissu bleu et blanc, aux motifs de fleurs, qui occupait tout un angle de la pièce. Suspendu au mur, le cadre clinquant où le nom d'Allah est calligraphié en lettres dorées sur fond noir.

Samia revient avec un plateau sur lequel elle a posé deux tasses et quelques gâteaux secs. Elle s'assoit en face de moi et croise les mains devant elle. Elle n'est pas maquillée et a noué ses cheveux. Le temps a ciselé son beau visage de fines rides. Elle a toujours le menton tendrement volontaire.

— Je ne réalise pas encore, dit-elle. C'est étrange... Il me téléphonait presque tous les jours, parfois plusieurs fois dans la même journée. Un vrai grand frère kabyle. Il me couvait sans cesse.

À cet instant, j'ai l'impression d'être un ange maudit, revenu dans mon village natal pour ne porter que du malheur. La mort a frappé déjà deux fois depuis mon retour.

Samia pousse une tasse devant moi et me demande :

— Tu comptes repartir après la mort de ton père ?

— Je ne sais pas. Je crois que oui. Tout a tellement changé. Je ne retrouve plus rien... Si ce n'est la noirceur des mauvais jours.

— Tu es parti si longtemps. Si longtemps sans donner de nouvelles.

— Si cela a encore un sens, je te demande de m'excuser.

Elle prend sa tasse de café dans le creux de ses mains comme pour les réchauffer.

— Tout a toujours un sens, dit-elle d'une voix mélancolique. Parfois, on ne sait pas le trouver. Je n'ai jamais compris ton départ. Qu'as-tu fait pendant toutes ces années ?

— J'étais... J'étais à la Légion étrangère.

Elle me dévisage. Son regard trahit le profond désarroi que provoque ma réponse. Désarroi et colère.

— Pourquoi étais-tu à la Légion ? Tu as fait une bêtise ?

Je pourrais mentir à tout le monde comme je l'ai souvent fait, y compris à moi-même, mais pas à Samia.

— Oui. J'ai fait une bêtise. La bêtise de croire que je pouvais rebattre les cartes, changer de nom, changer de vie. La Légion, tu sais, c'est comme une grande famille. On y trouve des connards venus de la terre entière mais aussi de vrais frères, des gars qui te couvrent quand tu es en opération, face à l'ennemi. Des types avec qui tu ne parles jamais du passé parce que eux aussi sont là pour tirer un trait sur une existence douteuse. Au moment où j'ai quitté Pierrefeu, je me trouvais sur une pente glissante, un peu comme Brahim. Je me sentais étranger à tout ce qui m'entourait. À vrai dire, je n'avais plus de famille.

Elle regarde un moment ses longs doigts puis ses yeux se posent à nouveau sur moi.

— Pourquoi ne m'avoir rien dit ? Je t'aurais compris.

— J'ai voulu être un homme différent. Un homme courageux mais surtout un homme sans passé. En entrant à la Légion, je suis devenu un autre. En un sens, ce fut une chance.

— C'est vrai, tu n'es plus le même. Je ne ressens plus cette douceur que je voyais autrefois dans ton regard. À vrai dire, tu m'inspires plus de la crainte qu'autre chose.

J'ai longtemps cru que je n'avais pas changé et je le crois toujours mais je dois admettre que les autres ne me regardent plus de la même façon.

— J'ai fui la vie d'ici, mon père, la mort de mon frère, ce village où il n'y avait rien de bon pour moi. Je t'ai fuie car vivre avec toi me faisait plus peur que tout.

— Tu aurais été heureux pourtant. Plus heureux qu'un homme qui court sans cesse après la reconnaissance.

— J'ai pensé que notre vie, entre l'usine et cette maudite vallée, n'aurait sans doute eu aucune saveur.

— Ils ont dû t'apprendre à être courageux là-bas...

— Oui. J'ai passé vingt ans en opérations.

— Je te préférais quand tu avais la trouille au moindre truc. Ça te rendait follement séduisant. J'avais tout le temps envie de te materner, de m'occuper de toi.

Les mots de Samia ont réveillé en moi le désir de parler, lui dire ce que je m'étais refusé à lui avouer, par peur de la choquer, de lui faire peur.

— Un bruit courait dans la famille. Je m'en suis aperçu lors du mariage d'un cousin, quelques mois avant que je parte. En surprenant une conversation. Des cousins lointains parlaient de moi.

— Qu'est-ce qu'ils disaient ?

— Que je n'étais pas le fils de mon père.

— J'espère que tu n'y as pas cru. Ce sont des âneries tout ça !

— Tu as raison. Mais, sur le coup, ça m'a secoué.

— Pourquoi ?

— Je n'ai jamais vu la moindre lueur d'amour dans le regard de mon père. Tout à coup, je tenais une explication. Je comprenais cet étrange sentiment qui m'a envahi quand mon frère a été tué. Ce sentiment dont j'ai honte.

Je n'ai jamais parlé à Samia des circonstances dans lesquelles j'avais assisté à l'assassinat de Rémy. Elle prend ma main et dit :

— Tu ne pleurais pas pour l'enterrement de Rémy. Je me souviens de ton visage dur, fermé. Ton regard impénétrable. À faire peur. Tu pleures pour la mort de Brahim. Comme s'il avait plus compté pour toi que ton propre frère. Ça m'émeut beaucoup et je crois que j'ai compris combien tu souffres.

— Toute mon enfance, j'ai eu des crises. Ça ne s'est pas arrangé avec le temps.

Samia me dévisage, une ride est apparue sur son front.

— Tu ne m'as jamais parlé de crises…

— Je perds la mémoire de certains de mes actes ou de certaines situations que j'ai vécues. C'est très étrange et terrifiant à la fois. Souvent, je me demande si je n'ai pas commis l'irréparable.

— L'irréparable ?

— Comme tuer quelqu'un et ne plus m'en souvenir.

— Non, René. Je te connais trop pour ne pas sentir cette chose horrible. Les femmes sentent cela. Instinctivement. Tu as dû voir des horreurs quand tu étais soldat et je crois que tu as été choqué par ce que tu as enduré. Une nouvelle vie doit commencer à présent.

Une voiture s'arrête dans la rue. Samia se lève et regarde par la fenêtre.

— Marie revient, dit-elle. Je préfère que tu ne restes pas trop.

La porte s'ouvre. Marie entre les bras chargés de deux sacs de provisions.

— Si tu as besoin de moi, dis-je. Je suis là. N'hésite pas.

Les larmes affleurent à ses yeux voilés.

— Brahim sera enterré après-demain. À 11 heures.

32

En sortant de chez Samia, je croise la voiture de la police municipale. Pierre Lestrade est au volant. À ma hauteur, il ralentit, m'observe puis continue sa route. Je voudrais qu'il s'arrête pour en finir une fois pour toutes. Le tuer et m'enfuir à nouveau.

Où va-t-il ? Passé le lotissement où vit Samia, il n'y a pas grand-chose. Le chemin finit en impasse devant une installation hydraulique désaffectée.

Je m'assois au volant de ma voiture et attends que Lestrade exécute son demi-tour, ce qu'il fait au bout de quelques minutes. Quand il repasse à ma hauteur, il ralentit à nouveau et me fixe brièvement. Il me montre clairement qu'il ne va pas me lâcher. Je lance un regard en direction de la maison de Samia. Elle se tient derrière la fenêtre et me regarde. Je lui fais un signe de la main, elle me répond vaguement. Je démarre.

À une trentaine de mètres de chez moi, un homme est assis sur un vieux banc. Je le connais de vue. Quand il aperçoit ma voiture, il se lève et me fait signe de ralentir.

— Bonjour, dit-il en se postant devant ma portière. J'ai quelque chose à vous dire. On peut discuter deux minutes.

Je me gare et descends de la voiture. Il me tend la main, le regard fuyant.

— Je suis Thierry Manotti, dit-il. Vous avez sans doute dû me voir ici ou là. Je travaillais à l'usine.

— Votre visage me dit quelque chose mais j'ai été longtemps absent du village. J'avoue que j'ai oublié certaines choses.

Manotti se gratte le front nerveusement, les yeux fixés sur ses pieds.

— Ce que j'ai à vous dire n'est pas facile, mais je dois le faire. Une question d'honneur, vous comprenez… Je ne peux pas garder ça pour moi.

Je l'invite à monter prendre un verre à la maison, il refuse. Les yeux sans cesse en mouvement, il évite mon regard.

— Voilà, dit-il après une longue hésitation. C'est moi qui suis allé voir les gendarmes et qui ai dit que je vous avais vu.

Cet aveu provoque comme une décharge électrique, je serre les poings dans mes poches pour ne pas cogner.

— Pourquoi avez-vous fait ça ?

— La gendarmerie m'a interrogé. Longuement. J'ai vu effectivement quelqu'un sur le pont. Ils m'ont aidé, en quelque sorte, à le décrire. Sa silhouette correspondait grosso modo à la vôtre, mais c'est là que…

Il avale sa salive, visiblement perturbé par ce qu'il doit révéler.

— L'officier de gendarmerie m'a montré deux photos de vous. Et il m'a un peu dicté les réponses. Il m'a dit que vous étiez suspect.

— Quel genre de photos ?

— On aurait dit… Comment expliquer ?

— Des photos de l'identité judiciaire ?

— C'est cela oui. Vous étiez de face et de profil.

— Et vous m'avez reconnu ?

— À vrai dire non, mais le gendarme m'a dit que d'autres témoignages concordaient et que, de toute façon, la justice ferait son travail.

Me sachant imprévisible, je m'attends à perdre le contrôle de mes nerfs. En un instant, je revois toute la scène de la confrontation avec une juge hautaine et des flics tordus.

— Pourquoi venir me dire tout ça ? Au fond, vous n'avez fait que ce que l'on demande à ceux qui dénoncent.

L'homme me regarde droit dans les yeux pour la première fois.

— Vous vous trompez. Je ne suis pas un salaud. On m'a forcé la main.

— Qui ?

— Il y avait un flic de la police municipale. Un type que j'ai vu plusieurs fois dans la commune.

— Même génération que moi, à peu près la même taille ?

— Oui.

— Que vous a-t-il dit ?

— Il a déclaré qu'il vous avait vu lui aussi. Il a donné des précisions troublantes. Il a expliqué que vous avez eu des ennuis avec la justice et que vous vous êtes caché à la Légion étrangère. Et puis...

Il hésite avant de continuer. La manière qu'il a de se gratter le front me pousse à croire qu'il en a encore sur la conscience.

— Et puis quoi ?

— Quand j'ai appris par le journal que les analyses d'ADN vous avaient innocenté, je me suis senti franchement libéré d'un poids. Mais après, la gendarmerie m'a à nouveau convoqué. On m'a dit qu'un ADN ne prouvait pas tout et qu'il fallait que je confirme mon témoignage. J'ai refusé...

— Vous avez voulu vous racheter ?

— En quelque sorte, oui.

— Avez-vous revu ce flic municipal par la suite ?

— C'est sans doute une impression, mais je l'aperçois partout depuis que j'ai été interrogé.

— Vous a-t-il parlé ?

— Non.

— Faites attention à vous. Il ne va pas vous lâcher.

— Pourquoi dites-vous cela ? Je n'ai rien fait.

— Vous vous trompez. Vous avez porté un faux témoignage et personne n'aime ce genre de pratiques. Ce flic vous méprise et vous considère comme sa chose.

Je tourne les talons et le laisse sur le bord de la route. Un chien aboie chez les voisins. Entre les montagnes, les nuages qui traînent dans le soir ont des reflets rouges. Ma mère disait que c'était un signe de beau temps.

33

Mon père parle faiblement. Le médecin doit se pencher sur lui pour mieux l'entendre. Je marque ma présence en fermant la porte bruyamment. Faure se retourne, me fait signe qu'il en a terminé et sort de la chambre.

— Votre père refuse d'être hospitalisé. Il ne veut pas partir d'ici. C'est ce qu'il vient de me dire.

— Comment le trouvez-vous ?

Faure a un rictus d'inquiétude.

— Il va falloir que j'augmente les doses de morphine et sans doute passer à des sédatifs plus puissants. Il supporte de moins en moins les douleurs dans l'abdomen.

— Il délire parfois la nuit.

— C'est l'une des conséquences de la maladie. Le cerveau doit être atteint lui aussi… Il ne perd pas la raison, il résiste encore. Je n'ai toujours pas administré de sédatif. Nous en avons et nous pouvons à tout moment nous en servir.

Faure me prend le bras et approche son visage du mien.

— Il faut être prêt. Cela peut arriver d'un moment à l'autre à partir de maintenant.

— Le lui avez-vous dit ?

— Ce n'est pas la peine. Il sait.

Mon père a été témoin de la fin de ma mère. Il connaît la maladie qui réduit un corps à néant. Faure s'installe à la table du salon et sort son carnet d'ordonnances.

— Je vais lui prescrire deux ou trois médicaments qu'il faudra aller chercher assez vite.

Il commence à écrire nerveusement sur une feuille blanche. Je demande :

— Avez-vous du neuf à propos de Brahim ?

— Oui, répond-il en continuant d'écrire. Je connais bien le légiste. Brahim a bien été assassiné. Une balle de fusil automatique. Un petit calibre dont j'ai oublié le nom. C'est assez inhabituel.

On a tendu une embuscade à mon ami. Sans être flic, je ne peux que conclure que son téléphone était sur écoute et que quelqu'un avait connaissance de notre rendez-vous. À moins qu'il n'ait prévenu un homme de son entourage avant de me rejoindre. Une trahison. Dans les deux cas, on l'attendait, et celui qui a tiré était habile pour ne pas dire professionnel. Petit calibre signifie qu'on a utilisé une carabine de précision et une balle à grande vélocité. Brahim était attendu.

— Voilà, me dit Faure en me tendant l'ordonnance. Le plus rapidement possible.

Il referme sa serviette et se dirige à grands pas vers la sortie.

— Au moindre problème, vous m'appelez, ajoute-t-il.

Quand je referme la porte derrière lui, un frisson glacial me parcourt. La peur revient à grands pas. Mon père appelle.

— Il faut que tu me rendes un dernier service, me dit-il péniblement.

— Lequel ?

— Je dois régler deux ou trois choses avant de partir. Il faut que tu ailles voir le notaire, à Vizille.

Mon père possède une petite maison et quelques hectares de terre. Le bien, comme il dit, est situé dans les hautes vallées de l'Oisans, dans le village de Besse.

— Ça vient du côté de ma mère. C'était la maison natale de ta grand-mère avant qu'elle ne descende travailler à la mine. Elle doit être en ruine maintenant. Je n'y suis pas allé depuis plus de trente ans. Ma mère ne s'en occupait pas. Elle avait un frère, un vieux célibataire qui est mort il y a une vingtaine d'années. Le notaire t'expliquera tout cela. Tu dois y être demain matin à 10 heures.

— Tu veux dire que tu as pris rendez-vous pour moi, demain matin ?

— Tu as tout compris.

Il reprend son souffle et ferme les yeux pour mieux se concentrer.

— Tout sera accompli avant que je casse ma pipe. Tu n'auras pas à te poser de questions.

Le village de Besse est complètement retiré en altitude au pied d'un plateau battu par les vents. Quand j'étais enfant, mon père assimilait ce bled perdu à ce que la pauvreté avait de plus dur, l'image même de l'injustice faite au peuple des montagnes.

— Laisse-moi un peu dormir, me dit-il. On reparlera de tout cela demain. N'oublie pas ton rendez-vous.

Midi passé. J'ai le temps d'acheter les médicaments que le docteur a prescrits. Une pharmacie est ouverte, un peu plus bas dans la vallée, dans un centre commercial.

Le pharmacien me pose tout un tas de questions au sujet d'un médicament que Faure a noté sur son ordonnance, le plus puissant des sédatifs prescrits aux mourants pour atténuer leurs souffrances et les plonger dans un coma dont ils ne reviennent pas. Je remarque :

— C'est de l'euthanasie sans le dire vraiment.

La mine froide du pharmacien vaut toutes les réponses. J'attendrai le plus longtemps possible avant d'administrer un tel poison à mon paternel. Il reste tellement de choses à régler avec lui.

En sortant de l'officine, je songe brusquement à ce que m'a indiqué Brahim lors de notre ultime rencontre. Le restaurant qui appartenait à celui qu'on surnommait le Séminariste se trouve à quelques kilomètres, en aval de la Romanche.

Je décide de m'accorder une petite heure avant de remonter à Pierrefeu et descends par la route qui suit le cours du torrent.

34

La pluie a cessé. Un plafond de brume froide aplatit la vallée. Par endroits, aux coins les plus encaissés, le brouillard, poussé par le vent, envahit la route, ne laissant voir que les silhouettes faméliques des arbres chargés de lierres fous et de boules de gui qui leur dessinent d'étranges têtes rondes. Je n'ai jamais aimé ce pays ; aujourd'hui, il paraît davantage inhospitalier.

Non loin de l'endroit où a vécu le Séminariste, une station-service désaffectée. Ce doit être celle où a été tué Serge Tournier, son fils aîné. Une chaîne rouillée en interdit l'entrée. Je me souviens de cette station, on venait y prendre de l'essence quand Brahim a eu sa première voiture et qu'il me trimballait partout.

Derrière le bâtiment, des bagnoles croupissent dans une ancienne casse automobile, elle aussi fermée : des R5, des Fuego défoncées, une ou deux Mercedes pas mal dépiautées et des GS ou des CX Citroën le ventre au sol. Un peu plus loin, à l'écart, un terrain d'entraînement et de dressage pour chiens de garde est ouvert d'après ce que dit la pancarte. Un gros 4 × 4 est stationné devant. Dans un grand pré mal fauché se dresse tout un tas d'obstacles pour l'entraînement des futurs cerbères.

Le repaire du Séminariste se trouve juste après. Je me gare à côté de la casse, en retrait de la route et termine les quelques dizaines de mètres qui restent à pied.

À peine arrivé devant la clôture de l'ancien restaurant, un rottweiler déboule et se met à aboyer, une véritable bestiole venue des enfers, les babines retroussées qui laissent voir des canines de belle taille. Je lui lance :

— Tant que tu aboies, tu n'es pas aussi dangereux que ça.

Une silhouette de femme apparaît sur le pas de la porte et se place sous l'enseigne décolorée de ce qui a été le restaurant des Deux Rivages.

— Vous cherchez quelque chose ?

La voix est aigre et haut perchée. La femme doit avoir la soixantaine. Elle porte une robe noire pas très nette et serre ses cheveux gris en un mauvais chignon.

— Je cherche Stéphane Tournier, dois-je crier pour couvrir les aboiements du molosse.

— Que lui voulez-vous ? demande la femme en calmant le chien.

— Je dois lui parler.

Elle fait quelques pas vers moi tout en me détaillant d'un air méfiant. Son regard s'arrête sur mon tatouage et remonte jusqu'à mon visage.

— Stéphane rentrera ce soir, lâche-t-elle. Je peux lui laisser un message ?

— Non, je repasserai. À quelle heure est-il là d'habitude ?

Son regard change. Elle a deviné une partie de mes intentions.

— Il n'a pas d'horaires fixes, dit-elle d'une voix si dure qu'elle fait grogner son chien.

— Très bien. Dites-lui simplement que le sergent-chef Leroy est venu le voir.

Pourvu qu'elle croie que je suis un soldat perdu en quête de boulot ou de mauvais coups. En apparence, le piège fonctionne.

— Il passe en principe vers 18 heures, lance-t-elle. Il reste une heure ou deux puis il sort. Dieu sait où !

Un détail de la conversation que j'ai eue avec Brahim me traverse l'esprit. Je laisse faire mon intuition et dis :

— Je suis passé au garage des Deux Communes mais il n'était pas là.

— En principe, il y est toujours.

Je m'en retourne. Le chien me suit en reniflant bruyamment le long de la clôture, grommèle au moment où le bout de son domaine le contraint à s'arrêter. Je démarre la voiture en songeant à la vengeance. Je n'ai pas de plan précis pour l'instant.

Quand je retrouve la route de Pierrefeu, le ciel est encore plus bas, noyant les cimes des arbres les plus hauts. Il me faut plus d'une demi-heure pour retrouver ma maison.

Mon père dort, le dos relevé, presque assis, le menton sur la poitrine. Il tient le téléphone serré dans sa main droite. Ses doigts sont crispés sur le combiné, pareils à des griffes puissantes.

Je cherche le numéro du garage des Deux Communes, avec une vague idée de ce que je veux faire. Puis quelque chose se précise dans mon esprit. Je compose le numéro et attends. Une voix féminine me répond au bout d'une dizaine de sonneries. Je demande à parler à Stéphane Tournier.

— De la part de qui ?

— Pierre Lestrade, dis-je avec le plus de naturel possible.

Au bout de deux minutes, une voix d'homme forte et grave me dit :

— Pourquoi tu m'appelles ici ? Tu sais bien qu'il ne faut pas.

— Désolé, dis-je mais je n'ai plus mon téléphone. Je l'ai perdu. J'ai dû chercher dans l'annuaire pour te joindre.

Stéphane Tournier souffle.

— Qu'est-ce que tu veux ?

Je réfléchis quelques secondes avant de répondre.

— Les flics ne vont pas tarder à savoir pour Brahim.

Un silence passe. Des portières claquent, un démarreur couine quelque part dans le garage.

— Comment tu peux dire ça ?

— Je le sens, c'est tout… L'impression d'avoir été suivi.

Nouveau silence, interminable, pendant lequel je retiens mon souffle.

— Je ne vois pas de quoi tu veux parler. Je ne connais pas de Brahim.

— Moi je crois que si.

Tournier raccroche immédiatement. Je reste un long moment assis sur mon lit, le regard rivé sur la fenêtre qui découpe un rectangle de brouillard. On devine à peine les barres de rochers comme des ombres massives à travers le rideau épais du mauvais temps.

Mon père appelle. Dans son sommeil, il a fait tomber son tuyau d'oxygène. Je place l'embout sous son nez et m'assois à côté de lui.

— C'est drôle, dit-il, je me sens de mieux en mieux. Je me suis même levé tout à l'heure.

— Je suis heureux pour toi. C'est bon signe si tu peux marcher.

— Bon signe, répond-il avec un sourire amer. C'est le mieux juste avant la fin. À mon avis, je ne passe pas la semaine.

— Ne dis pas de bêtises. Le corps humain est plus fort que ce que l'on croit.

— Qu'est-ce que tu en sais ?

Je pose ma main sur la sienne. Elle est presque chaude.

— L'homme est capable de résister au-delà de ce qu'on peut imaginer.

Il serre fortement ma main et me fixe. Il me dit quelque chose du fond de ses yeux de vitre mais je n'arrive pas à comprendre.

— Pourquoi manque-t-il cinq balles dans le chargeur du pistolet ?

Ses lèvres se mettent à trembler, il veut parler mais n'y parvient pas. Ses yeux se voilent. Je tourne la tête pour ne plus avoir à supporter son regard.

35

En milieu d'après-midi, j'appelle Samia. Elle me répond à la première sonnerie, comme si elle attendait mon coup de fil.

— J'ai besoin de te parler, lui dis-je.

— Tu peux passer si ça te fait plaisir, je ne vais pas bouger.

Je décide d'aller à pied jusque chez elle car j'ai besoin d'air et d'espace. L'ambiance autour de moi est devenue irrespirable, le monde se rétrécit. Au fur et à mesure que les jours passent, mon être tout entier se fissure. Je n'ai plus la certitude de rien, pas même de la mort prochaine de mon père.

Mon corps ne souffre pas car il a été habitué aux meurtrissures par les exercices quotidiens ou la guerre, même si l'absence d'entraînement commence à se faire sentir. Depuis ma sortie de la Légion, je n'ai pas couru le moindre kilomètre et cela me manque aussi sûrement qu'une drogue qui tient son esclave dans ses filets.

Lestrade veut ma peau. Je n'ai pas peur de lui mais redoute l'incertitude des jours qui viennent. Il ne va pas s'arrêter à des dénonciations calomnieuses, d'autres mauvais coups vont tomber. Pour les éviter, il faut attaquer le premier, ne pas attendre l'embuscade.

En sortant de chez moi, je choisis un sentier qui longe la montagne. Nous l'avons souvent pris, enfants, pour ne pas être vus de ceux qu'on appelait la bande du centre et dont le chef n'était autre que Pierre Lestrade.

Le chemin traverse d'immenses casses de pierres descendues des montagnes. Le brouillard adoucit les formes aiguës des roches tombées et transforme les buissons et les bouquets de bruyère en étranges farfadets se mouvant lentement dans le silence. Les landes boueuses ont absorbé l'humidité du jour.

Je marche vite pour me fouetter le sang. Mon cœur se met à battre plus rapidement qu'au temps de ma vie militaire. Malgré la crasse du ciel, on devine la vallée qui gronde de son torrent et de son usine, de ses ruines qui croupissent à l'ombre des pentes raides.

De l'autre côté de l'éboulis, l'usine dégage plus de chaleur et dissipe le brouillard. D'énormes tuyaux bruns sortent des hangars de l'usine et traversent un terrain désert sur plus de cent mètres avant de plonger à nouveau dans un ventre de béton et d'acier. Ces installations sont récentes ; on dirait un immense corps désarticulé jeté en travers de notre vallée.

Samia est à sa fenêtre, au bout de la rue. Elle m'observe un instant puis vient m'ouvrir, maquillée, sobrement, juste deux traits de rimmel sur les paupières et du rouge à lèvres. Plus belle que jamais.

— Je suis heureux de te voir. Merci de me recevoir.

Elle me répond d'un sourire poli et ferme la porte.

— Je n'arrête pas de penser à Brahim, dit-elle. Je n'arrive pas à me faire à l'idée qu'il ne téléphonera plus et qu'il ne sera plus là. Même si on ne se voyait pas souvent, il était pour moi une sacrée présence. Il m'a permis de traverser bien des épreuves.

Elle s'assoit sur la banquette, à la place où sa mère jadis s'asseyait. Je prends une chaise et m'installe face à elle. Une lumière faible et grise, sans relief, éclaire le salon. Je devine à peine les traits du visage de Samia et cela me gêne.

— Pourquoi tout arrive d'un coup ? demande-t-elle d'une voix pâle. Ton retour, la maladie de ton père, la mort de Brahim... Pourquoi ?

— Un jour, un type m'a dit que le hasard n'était en fait qu'une suite de séries. Je crois que ce type avait raison.

Samia se lève avec grâce et traverse la pièce comme une ombre.

— Je vais faire du café. Tu en veux ?

J'accepte et je la rejoins dans la cuisine, heureux, malgré le malheur qui nous touche, de l'observer dans les gestes les plus banals du quotidien, la vie, simple et merveilleuse.

— J'ai pensé à toi tous les jours loin d'ici, je murmure. Mon autre existence...

Elle n'a aucune réaction, réfléchit quelques secondes.

— Ton autre vie, finit-elle par répondre, mais cette autre vie c'est ta vie. Tu n'en as qu'une et elle est ce que tu en as fait.

Elle cherche un paquet de café dans un placard et fait claquer la porte en la refermant. Elle dit :

— J'ai pensé à toi beaucoup plus que tu ne peux l'imaginer. Et j'ai fini par te mettre de côté.

— M'oublier ?

— Comment t'oublier... Après tout ce qu'on a vécu. Je t'ai simplement rangé dans le rayon des souvenirs, tout au fond. Avec tous les objets que j'ai hérités de toi, c'est-à-dire pas grand-chose. Je ne suis pas de celles qui vénèrent des reliques.

Elle se tourne vers moi, froide.

— En un mot, j'ai cessé de t'attendre. C'était une belle journée d'été. Je m'en souviens. Brahim était passé à la maison. À cette époque, il était distant avec moi. Un vrai frangin kabyle, protecteur et sévère à la fois, macho. On a parlé de toi et j'ai senti que lui aussi était déçu par ton départ et ton silence. J'ai compris ce jour-là que tu n'avais peut-être plus de cœur et que je n'avais rien à attendre de toi…

Elle passe la main, comme une caresse, sur la nappe en dentelle blanche qui couvre la table.

— C'est drôle, la manière dont tu es apparu une fois… C'est Maman qui t'a vu la première. Un matin de juillet. Tu ne devines pas ?

Samia me met au supplice, face à ma lâcheté.

— Un 14 juillet, pour être plus précise. Tu sais que Papa ne ratait jamais un défilé à la télévision. Il avait servi dans l'armée française pendant la guerre.

Un défilé sur les Champs-Élysées. Les caméras ont dû me filmer. La Légion est toujours le clou du spectacle, la vieille troupe de brigands, d'hommes perdus qui donnent tout à la France. Je marchais devant ma section, décorations pendantes. Nous sommes passés devant le président de la République et tout le gouvernement, debout. Ce jour-là, en voyant ces personnages politiques, si lointains, perchés sur leur estrade, j'ai eu le sentiment de n'être qu'un minus dans une pièce mal jouée. Je n'imaginais pas que le pion d'un jour de commémoration se retrouverait sur un écran de télévision dans la maison de celle qu'il vénérait tant.

— Quand Maman t'a vu, elle a dit quelque chose en kabyle que je n'ai pas compris. Papa n'a pas bronché. Tu te rappelles comme il était impénétrable.

Au fur et à mesure que Samia parle, mon esprit se recroqueville pour ne plus voir ni entendre.

— Papa a juste dit que tu avais la médaille militaire et que c'était très difficile de l'avoir. Lui aussi l'avait, je l'ai appris le jour de son enterrement. Il l'avait gagnée à la bataille de Montecassino quand il combattait aux côtés des tirailleurs algériens.

Ne plus entendre les mots de batailles, de guerres ou de médailles. Ne pas les écouter dans la bouche pure de Samia. J'ai tourné le dos à tout cela. La médaille militaire, c'est mon tombeau.

— Je ne peux pas t'expliquer mon passé, dis-je. J'aimerais construire quelque chose avec toi. Quelque chose à partir de maintenant.

— Pourquoi tu ne peux pas m'expliquer ton histoire ?

— Parce que je ne sais pas me l'expliquer à moi-même. C'est comme une mécanique sans butoir qui écrase tout.

Elle s'assoit face à moi, ses belles mains immobiles.

— Une mécanique qui a écrasé mon frère, dit-elle.

— Oui, c'est un peu la même... Mais j'ai décidé d'arrêter cette machine avant qu'elle nous emporte tous.

— Qu'est-ce que tu veux dire par là ?

— Je sais qui a assassiné Brahim.

Elle me regarde d'une étrange façon. Une ride est apparue sur son front.

— Comment ça, tu sais qui a tué Brahim ?

Je pose ma main sur la sienne. Elle tremble.

— Oui, je le sais. Et je pense que ce sont les mêmes qui ont tué mon frère.

La poitrine de Samia se soulève comme si l'air lui manque tout à coup.

— Et que comptes-tu faire ? demande-t-elle d'une voix presque éteinte par l'émotion.

— Je ne sais pas. Tout est tellement difficile.

Sa tête s'incline sur le côté comme une pietà.

— Ne va pas faire de bêtise, je t'en supplie. On t'a appris à tuer. Je te demande de penser à nous, à moi. Je n'aurais plus rien si jamais on t'enfermait dans une prison. Si tel était le cas, je n'irais pas te voir au parloir et tu n'entendrais plus parler de moi.

Ces mots me transpercent. Je les attendais, à vrai dire, tellement j'ai besoin qu'on me montre que je peux encore être utile à quelqu'un.

— Je t'aime trop pour faire un truc aussi grave.

Elle a une moue triste. Mes paroles ne semblent pas la toucher. Il demeure entre nous encore trop de colère, trop de noirceur.

— Je dois rejoindre mon père.

Elle prend ma main et la serre contre sa joue un long moment.

— Pars maintenant.

36

Le brouillard se lève. Des lambeaux de brume s'accrochent aux sapins qui ont trouvé leur vie sur les promontoires de roches. La montagne semble plus noire que dans mes plus mauvais jours, plus ennemie que jamais. Intérieurement, je la maudis de nous avoir si longtemps retenus prisonniers. Elle n'est pas montagne de lumière comme en Afghanistan, lointaine, inaccessible, comme un autel posé trop haut pour le profane. Notre montagne à nous est une présence abrupte qui nous rappelle à chaque instant que nous sommes des petits, des bouts de rien de la grande vie des êtres humains. Le torrent qui coule entre les rocailles énormes et les contraintes bétonnées des usines vient de la glace et va se perdre plus bas dans des eaux sans gloire.

J'arrive chez moi avec un nœud sur le cœur. Mon père, debout, traîne vaille que vaille son pied à perfusion d'un bras incertain.

— Tu as l'air d'aller mieux, dis-je en ouvrant la porte.

— D'un certain côté, tu n'as pas tort. Je ne sais pas pourquoi mais une espèce de force me porte encore.

Il cherche quelque chose, ses yeux balaient le salon.

— Demain, tu dois aller chez le notaire. Très important. Il te faut partir vers 9 heures. Disons 8 h 45 pour ne pas risquer d'être en retard. J'ai préparé une enveloppe pour toi.

L'homme de syndicat réapparaît, celui qui n'a jamais rien laissé au hasard, capable de maîtriser tous les rouages d'un appareil. Il tend un pli sous plastique.

— Il y a là-dedans l'acte notarié qui me vient de ma mère. C'est pour la maison de Besse. Tu veux y jeter un œil ?

Le dossier contient tout un tas de papiers marqués d'une écriture en jolis déliés. Un relevé cadastral indique que la maison de l'aïeule se trouve dans l'unique rue principale, juste après une fontaine et ce qui doit être une place, sans doute le centre du village, avec sa chapelle trapue et ses façades de pierres sèches.

— Tu es allé à Besse une ou deux fois, déclare mon père. Avec ta mère et ton frère, nous étions montés jusque dans ce pays de malheur.

— Je m'en souviens à peine.

— De toute façon, il n'y a rien si ce n'est des corbeaux et maintenant des touristes qui s'appesantissent sur la vie de forçat de nos anciens. Le Besse de ma mère, c'était l'antichambre de l'enfer. Elle a quitté ce sale endroit quand elle s'est mariée avec ton grand-père. Elle n'y est plus revenue et n'en parlait pas si ce n'est pour en dire du mal. La maison est restée, hélas. Tu en feras ce que tu veux… Paraît que ça se vend très bien.

Je parcours encore quelques documents avant de refermer le tout bien soigneusement.

— Ton père n'est jamais allé à Besse ?

— Bien sûr que si ! Pendant le maquis, il y avait des parachutages alliés sur le plateau et les Allemands ne risquaient pas de monter jusque là-haut. Je crois qu'il s'était planqué dans la maison de ma mère quelque temps puis il a rejoint les groupes de L'Alpe-d'Huez avant de revenir par ici, vers le lac du Poursollet. Il vadrouillait beaucoup, d'une vallée à l'autre. J'ai su que deux de ses compagnons, les frères Bérard, étaient morts. L'un fusillé, l'autre en déportation. Ils étaient de Besse, eux aussi. Pauvres garçons, ils n'avaient pas la trentaine.

L'évocation de ces anciens faits d'armes revigore mon père et cela me fait du bien.

— Les frères Bérard, comme ton grand-père, ont été dénoncés par des types de par ici.

Il serre les mâchoires. Ses yeux luisent de toute la violence que son enfance a dû connaître. Grandir sans la protection d'un père dans un univers dur où le chef du personnel avait encore la haute main sur tout ce qu'il se passait dans l'usine. Son combat m'a longtemps laissé indifférent car je n'en ai jamais perçu que les colères rentrées qu'il passait sur nous. Il avait sacrifié beaucoup pour la dignité des ouvriers, les « travailleurs » comme il disait alors, ceux qui marnaient devant les fourneaux pour des salaires de trois fois rien. La simple dignité. Je regrettais à présent de n'avoir pas compris cela et de m'en être tenu si éloigné ; sans doute à cause de ma mère qui me mettait à part. Physiquement, je ne ressemble pas à mon père, le contraire de Rémy qui tenait tout de lui.

— Toute cette merde sera finie dans pas longtemps, lance mon père d'une voix hargneuse. On va bien rire, tu vas voir.

— Qu'est-ce que tu veux dire par là ?

Il jette un regard en direction de la Légion d'honneur de son père qui trône sur le bahut. Il a enlevé la photo de mon frère.

— Qu'as-tu fait de la photo de Rémy ?

— Je l'ai mise dans ma chambre, face à moi. À côté de celle de ta mère. Je vais bientôt les rejoindre. Alors je me prépare.

Dans ses longues attentes, pendant mes absences ou dans le silence de ses nuits, il doit penser plus que tout à cet au-delà qui s'ouvre lentement devant lui. Il n'a jamais été croyant et a toujours estimé que l'au-delà n'était qu'une vague fumisterie de curés.

— Tu as peur ?

Il tourne la tête vers moi et son regard me transperce.

— Oui. J'ai peur, comme tout le monde je suppose.

— Je le crois. J'ai eu peur moi aussi. Trop souvent.

Il regarde à nouveau la Légion d'honneur dont le rouge du ruban a passé au long des années.

— C'est moi que l'on a décoré à la place de mon père. J'étais enfant et on m'a épinglé cette putain de décoration sur la poitrine. Tu ne peux pas t'imaginer l'effet que cela fait... Quand tu es enfant et orphelin, tu demandes juste que ton père veuille bien descendre de son ciel de héros et te prenne sur ses genoux. La petite médaille, tu t'en fous.

Il s'approche du bahut et prend la décoration dans sa main droite qui frémit.

— Il paraît que toi aussi, on te l'a donnée. C'est pas fréquent.

— Non, il faut avoir commis des actes de bravoure.

— Comme quoi par exemple ?

— J'ai été grièvement blessé et j'ai sauvé la vie de mon officier. C'est lui qui m'a proposé pour la Légion d'honneur.

— Tu es fier de la porter ?

— À vrai dire, je m'en moque. Je ne l'ai agrafée que les rares fois où l'étiquette l'exigeait.

— Je pense que mon père aurait dit la même chose si on la lui avait donnée de son vivant... La gloire, il n'en avait rien à faire. Il voulait juste que la France soit libre et digne. Reprendre son travail à l'usine, une fois la guerre finie... Je crois que c'est tout ce qu'il souhaitait.

Il repose la décoration sur son présentoir et se plante devant moi, se soutenant au pied à perfusion.

— Tu as déjà tué des gens ?

On ne m'a jamais posé cette question aussi directement. Le fait que mon père me demande cette vérité me bouleverse et me renvoie l'image de ces deux hommes, au nord du Mali. Je raconte car j'en ai besoin tout à coup :

— Un rebelle est allongé entre deux rochers. Le caporal Di Maggio, avec son gros accent italien qui roule les « r » et transforme les « u » en « ou », me lance qu'il y a un barbu dans la caillasse et un autre, juste au-dessus, affaissé sur son fusil d'assaut, un AK-47 bricolé je ne sais où. Je transmets par radio : deux personnels détruits.

« Le premier, c'est Di Maggio qui l'a tiré, d'une rafale de trois, avec son FAMAS. Il est imbattable au tir. Le second, c'est moi. Comme à l'exercice, une balle en plein front. Je l'ai visé à la lunette.

« C'est un bel homme d'une vingtaine d'années, bronzé, les traits fins comme ceux d'une gravure, presque un enfant. Il sourit au ciel et laisse voir de belles dents blanches entre ses lèvres bien dessinées. Ses yeux luisent encore. La vie se retient quelques instants dans ce corps qui ne demandait qu'à jouir des plaisirs simples du désert. J'ai de la peine.

« Di Maggio s'est accroupi à côté de lui. Je sais que le caporal est un dur et qu'il ne dira rien. Je vois seulement dans son regard l'étrange lueur de l'amertume.

« — Mon adjudant, faut y aller. La section est trop loin de nous. Y a peut-être encore des barbus dans les parages.

« Nous enterrons les deux hommes sommairement. Quelques pierres, des branchages. Di Maggio prend un repère avec son GPS et le balance au poste de commandement, à des dizaines de kilomètres de là. L'armée malienne viendra peut-être un jour visiter ces deux cadavres, elle a désormais l'abscisse et l'ordonnée de leur fin misérable.

« Di Maggio s'est redressé sans un mot. L'oreille aux aguets, ne sachant pas que sa vie va s'arrêter dans quelques heures... Il est tombé dans les Ifoghas, un défilé entre des rochers tout noirs pas plus large qu'un chemin de nos montagnes. Je n'ai rien pu faire pour lui. Juste une prière pour son âme avant d'appeler l'hélicoptère.

« Voilà, tu vois. J'ai tué des hommes. Si c'est cela qui t'intéresse.

— C'était des terroristes !

— Non, tout simplement des hommes, tous des victimes. Je pourrais te raconter d'autres anecdotes.

Mon père lève la main en signe de refus.

— Oublie ces mauvais souvenirs. Je crois qu'on a été dans l'erreur toute une fichue partie de notre vie. Moi, on m'a obligé à faire la guerre, mais j'aurais pu éviter d'être un salaud. On a beau se donner des excuses, elles ne tiennent pas la route. C'est comme une espèce de flou qui ne se dissipe jamais vraiment, moi avec la guerre d'Algérie et toi avec ta Légion étrangère. C'est pour ça que j'ai cru dans le communisme. Il était la force des damnés de la terre. J'y crois encore, en un sens.

Je me souviens qu'il était capable de défendre la mémoire de Lénine et de Staline au moment où le parti entendait rompre avec son passé douteux. C'est sans doute cette attitude qui m'a éloigné à jamais de la politique. Je ne suis pas très instruit mais je connais les crimes de Staline et tout ce qu'on impute au communisme. On nous l'a appris à l'école ; on ne cesse de le rabâcher. Mon père a été l'exemple vivant de ce que le socialisme avait de bon. Tous ceux qu'il a défendus pourraient en témoigner. Je dis :

— Au moins ça avait du sens de croire en des lendemains qui chantent.

Il baisse la tête comme un pénitent, fait une grimace et se courbe sous la douleur qui doit venir de son ventre.

— En quelque sorte, j'ai tué ton frère. J'aurais pu lui enseigner autre chose que la révolution et toutes les conneries qui vont avec. Il serait encore en vie aujourd'hui. Ta mère aussi serait là et peut-être qu'on serait heureux parce qu'on aurait fini par tout digérer.

— Nous n'avons jamais été heureux et c'est comme ça.

— À cause de moi. À cause de cette foutu Légion d'honneur. Pourquoi est-ce qu'on m'a pris mon Papa ? Tu peux répondre à cette question ? J'avais le droit moi aussi d'être un petit garçon comme les autres.

À cet instant, je revois le corps de Di Maggio dans le linceul qui masquait l'horreur. Une mine a tranché en deux le caporal italien. Je n'ai rien vu venir, juste entendu la déflagration qui m'a rendu sourd pendant quelques secondes. Il n'a pas souffert. Il a un drôle de sourire comme si la mort l'avait surpris et qu'il se marrait encore de cette funeste facétie.

La citation disait « Français par le sang versé ».

Alberto Di Maggio aurait été fier de ça. Parce qu'une légende court à la Légion disant que le soldat inconnu, celui qui dort sous l'arche immense, est peut-être un fils de France, non par le sang reçu mais par le sang versé.

Moi, j'ai cessé de croire à ce genre de vérité ce jour-là, dans les passages rocheux des Ifoghas.

37

L'étude du notaire se trouve dans le centre de Vizille, à quelques pas du château, dans une rue étroite où quelques commerces vivotent. J'ai passé une veste de costume qui appartenait à mon père et je me sens un peu à l'étroit dans cet accoutrement d'une autre époque. Avant que je quitte la maison, il a inspecté ma tenue et a insisté pour que je passe cette veste. Les manches sont trop courtes et je ne peux pas la fermer.

— C'est celle de mon mariage, a-t-il dit en essayant de sourire.

Puis il a ajouté, avec son air fier :

— Je viens de chez les péquenots, vois-tu. On a coutume de bien s'habiller pour ce genre de circonstances.

Au fil des jours, on s'est bricolé quelques instants d'intimité et de complicité. Mon départ chez le notaire s'est fait dans la bonne humeur. Mon père n'a pas réussi à se lever pour autant.

Je me suis garé en face du château de Vizille, cette immense bâtisse qu'on avait visitée avec la classe de CM2. Brahim et moi ne cessions pas de rire tout le long du circuit commenté parce que la guide était la réplique d'un personnage de Lucky Luke avec son chignon sur le haut du crâne, sa robe longue plissée et ses lunettes rondes posées sur un nez d'aigle. Nous avons tellement ri qu'on a fini par récolter une punition de la part de notre institutrice qui n'éprouvait aucune tendresse pour les élèves médiocres que nous étions. Cent lignes chacun : « Je ne dois pas rire avec mon petit camarade pendant la visite du château ».

Brahim m'a enseigné la technique des deux stylos reliés par un ruban adhésif pour écrire plus vite, deux lignes à la fois. Le seul problème demeure la symétrie parfaite des mots tracés. La maîtresse n'a pas relevé la supercherie. Elle a déchiré la punition d'un geste le plus large possible pour nous signifier son plus parfait dédain pour les enfants qui se moquaient de la grande histoire de France.

La secrétaire du notaire, une rondelette charmante, annonce que Me Rabichot est en retard et m'indique la salle d'attente.

Pour la première fois, depuis mon arrivée à Pierrefeu, je suis contraint à des tracasseries administratives. Je suis là pour liquider tout un héritage dont je ne sais pas grand-chose, pour ne pas dire rien. Un passé que mon père et sa mère ont méprisé au point de nous le cacher, sans doute parce qu'il n'existe aucune gloriole à avoir vécu dans la chaleur des bestiaux et la froideur du manteau de l'hiver. Sans doute aussi parce que mon père n'aimait que le monde ouvrier et qu'il s'est toujours méfié de cette paysannerie âpre au gain et sans cesse avec des rêves de riches.

La porte s'ouvre, Me Rabichot apparaît avec un sourire de sacristain et salue d'un vaste bonjour. Il commence par expliquer tout un tas de clauses auxquelles je ne comprends pas grand-chose. Cela prend cinq minutes.

— Monsieur Vasseur, votre père a voulu que tout se fasse en règle. La maison de Pierrefeu vous revient et la maison de Besse-en-Oisans. Il vous en fait donation de son vivant, ce qui va réduire grandement les droits de succession.

La seule question qui me vient est une interrogation de paysan justement :

— Il y aura quand même des droits à verser ?

— Non, votre père a tout prévu. Normalement vous auriez dû payer mais il s'est occupé de ça. Vous héritez pleinement sans avoir rien à acquitter.

S'ensuit la lecture des actes.

J'hérite de terres, au total huit hectares sur le plateau d'En-Paris. Le notaire me demande si je connais. Je lui réponds que non et il se lance dans une description précise des lieux qui semblent, vus de son étude, parfaitement lumineux et fantastiques. Sans oublier d'ajouter à la fin :

— Si vous souhaitez vendre, je connais des gens qui seront certainement intéressés. Et je peux vous dire que les prix sont très hauts.

— Merci, pas pour le moment.

La séance dure plus d'une heure. Je comprends à la fin que la maison de Besse vaut bien plus que celle de Pierrefeu pour laquelle il ne me propose aucun acheteur. Étrange retournement du destin, le malheur d'hier, qui a poussé des gens sans rien jusque dans les vallées sombres et riches, est devenu le bonheur d'aujourd'hui.

Je sors abasourdi. J'ai trop fait d'armée pour me sentir responsable et clairvoyant face aux choses simples de la vie. J'ai trop reçu d'ordres et j'ai été en un sens trop isolé du monde civil pour ne pas avoir peur d'hommes tels que le notaire. Ils sont le monde civil avec tout ce qu'il a de sournois et de dissimulé. La guerre est plus simple. J'aimerais que Samia soit là.

Le temps se met au beau. Une des volontés de mon père est que je monte immédiatement jusqu'à Besse pour voir le bien dont je viens d'hériter. J'ai trouvé cette idée saugrenue mais j'obtempère et cela me plaît bien à présent.

Vers midi, je roule dans Pierrefeu sans m'arrêter. Je pense à mon père puis à Samia en me sentant distant tout à coup, happé par une nouvelle vie qui se dessine malgré moi.

Un peu plus haut, je longe l'endroit où Brahim a trouvé la mort, à même pas cinq cents mètres du monument aux morts des maquis de l'Oisans. Une immense détresse m'envahit. Mon ventre me fait mal. J'accélère.

La route file en de longues lignes droites vers le cœur de l'Oisans, sans horizon, le coin le plus pauvre des Alpes comme dit souvent mon père. Dans le ciel dégagé, les montagnes paraissent plus hautes que d'ordinaire, toutes crénelées de neige et de vertige. J'ai du mal à réaliser que je viens de ces hautes terres, ces coins sans pain que mes aïeux ont désertés.

Après Bourg-d'Oisans, un patelin à peu près aussi triste que Pierrefeu mais avec un zeste de tourisme en plus, la route monte péniblement en un lacet taillé dans le rocher et des tunnels humides vers le col du Lautaret. Passé le barrage de la Romanche, il faut prendre sur la gauche et pénétrer dans un petit univers raviné.

Besse se trouve au bout d'une interminable succession de virages qui taillent tantôt des pans de montagne abrupts et menaçants, tantôt de maigres forêts de mélèzes. Puis le chemin débouche sur les marches du plateau d'En-Paris. Le village domine le flanc gauche d'une combe froide et encore blanche de neige en son cœur. Au-dessus, l'immensité des alpages roussie par les rigueurs de l'hiver.

Ce bled ressemble à ceux d'Afghanistan, tout de maisons basses, uniquement construites pour le labeur d'un peuple, sans fioritures et sans joie. Les maisons s'aplatissent sur le dos de la montagne comme pour se faire plus discrètes aux yeux du vent et de la neige.

L'unique rue est vide. Pas une maison n'a ouvert ses volets. Seul le filet d'eau de la fontaine sifflote dans l'air frais. La baraque de ma grand-mère se trouve à même pas une centaine de mètres.

J'avance lentement, comme je l'aurais fait en opération dans un village de la plaine d'Uzbeen, avec l'impression que mille yeux m'épient. Des yeux pleins de reproches et de défiance.

Les maisons ont toutes été retapées par de nouveaux propriétaires. Elles en sont devenues presque charmantes, moins rugueuses et tellement loin à présent de la peine des familles qui les ont habitées durant des siècles.

Je trouve la mienne sans me tromper. Elle se dresse, biscornue, un peu plus fière que les autres. Je recule de quelques pas, ému, pour considérer mon « bien ».

Les murs sont de pierres grises et de mortier au sable de torrent. Au-dessus de la porte d'entrée, trapue, des bois bistre s'élèvent comme un échafaudage vers le toit et ce qui fut, apparemment, la grange. Des fenêtres aussi grosses que des lucarnes percent la façade. La plupart des carreaux sont fendus.

J'essaie d'imaginer les cris des enfants, les bruits rêches des bêtes, les paroles des vieux. Cette maison me parle dans une langue que je ne comprends pas.

Je présente l'unique clé que Me Rabichot m'a donnée. La serrure met quelque temps avant de se rendre. Le fer de la porte, perclus de rhumatisme, gémit sur ses gonds. L'intérieur de la maison, sombre, exhale la poussière du temps. Tout est parfaitement rangé : la table de bois encore couverte d'une toile cirée racornie, les chaises de paille éventrées par les souris. Dans le vaisselier, les assiettes blanches sont empilées à côté des verres épais.

Il n'y a rien de superflu, aucun luxe. Cette simplicité me touche. Je retrouve le quotidien de mon enfance et de mon adolescence, jamais rien de superflu.

Une porte au fond de la pièce principale donne sur les écuries. Dans la pénombre se dessinent les barreaux usés des mangeoires. Un bloc de sel pend à de la grosse ficelle. Ça sent la paille moisie et le bois mangé par l'humidité.

Je referme et jette un coup d'œil à l'escalier qui monte à l'étage. Les marches tiennent bon et je m'aventure vers le haut.

Il n'y a qu'une seule et unique chambre, assez vaste, meublée de quatre lits, dont un à deux places. Les lames du plancher sont nettement disjointes pour laisser passer l'air qui monte de l'écurie. Mon père disait souvent que, dans ces pays d'altitude, on se chauffait à la chaleur du bétail. Sur une table de nuit, un chandelier de laiton posé, sur un napperon identique à ceux de la maison de Pierrefeu.

Cette découverte m'angoisse terriblement, l'effet d'être au bord d'un immense inconnu. Je n'ai jamais regardé en arrière et ne me suis pas intéressé à mon passé. L'héritage m'y contraint. Mon imagination galope trop vite. Des voix surgissent du tréfonds de cet inconnu. Suis-je en train de perdre la tête pour de bon ?

En retrouvant la rue, l'air frais me fait du bien. Je referme la porte de la maison et m'aventure jusqu'au bout du village. L'alpage s'étend presque à l'infini, de vagues en vagues, rousses et constellées de crocus blancs et violets, jusqu'à ce que le relief ne se perde à nouveau.

Porté par une rafale de vent, un bruit de ferraille monte d'un lieu invisible. Je dis à voix haute :

— Il doit bien y avoir une ou deux personnes qui passent l'hiver ici.

Sur la route, avant l'entrée du village, une pancarte indique la présence d'un boulanger et d'une ferme qui vend des produits locaux.

Je remonte dans la voiture sans en demander plus. La descente vers la vallée de la Romanche est longue. Il est presque 16 heures. Le temps a passé à une vitesse vertigineuse. Mon père doit s'impatienter. Arrivé à Pierrefeu, je vais directement à sa chambre.

— Tu viens de rater le Dr Faure, me dit-il. Cet imbécile m'a dit qu'il ne fallait pas que je me lève.

— Les médecins sont étranges parfois.

— Tu as raison. Qui est-ce qui est en train de mourir, lui ou moi ?

La question ne m'inspire pas vraiment la moindre réponse. Je pose mes quelques affaires sur la table et reviens à son chevet.

— Tu as été à Besse ?

— Oui.

— Et alors ?

— Je ne peux pas en parler. Ça m'a foutu un peu la trouille cette maison qui n'a pas été ouverte depuis des lustres. J'ai l'impression d'avoir libéré des fantômes.

— C'est un peu pour ça que j'ai voulu que tu y ailles. Va falloir tirer un trait là-dessus.

— Je ne sais pas.

— Bazarde tout. Nous ne sommes plus de ce monde-là. C'est de l'histoire ancienne. C'est comme ça. On ne peut pas revenir dans ce passé-là.

Je m'assieds au bord du lit. Mon père a une mine plus défaite que lorsque je l'ai quitté le matin même. Il paraît à bout de force.

— Tu t'es levé aujourd'hui ?

— Oui, souffle-t-il. Il le fallait. Mais maintenant je crois que je ne me lèverai plus jamais.

— Il ne faut pas dire ça.

Il passe sa main sur mon front.

— Si, mon fils. Tout est fini à présent. Il faut que tu me laisses m'en aller.

Il place le tube à oxygène sous son nez et ferme les yeux comme pour jouir de cette drogue invisible.

— J'ai réfléchi à notre vengeance, dit-il. Ne prends aucun risque. Simplement, dresse-les les uns contre les autres.

— Qu'est-ce que tu veux dire ?

— C'est bien demain qu'on enterre Brahim ?

— Oui.

— C'est le moment. Ses amis seront là. Réfléchis et tu trouveras. Ils savent moucher les langues de pute et les salauds, leurs semblables.

Je sors de la chambre, ne sachant que répondre.

Les ombres me cernent de toutes parts.

38

Le cercueil de Brahim arrive à Pierrefeu un peu avant 10 heures Il fait beau. Un étrange silence s'est emparé de la vallée. Seuls les claquements de métal et les échappements des vapeurs de l'usine rythment ce vide de vent et d'altitude.

Samia a voulu que son frère s'arrête devant sa maison natale, dans la rue où il a grandi, espiègle et plein de vie.

Jean-Claude est à mes côtés. La mine défaite. Il est arrivé l'un des premiers.

— Je n'arrive pas à imaginer, dit-il, la voix enrouée. Depuis trois jours, ça tourne sans arrêt dans ma tête. Je ne cesse de nous revoir dans la cour de récréation. On allait toujours sous le grand tilleul, le plus loin possible du bureau du dirlo.

— Tu étais meilleur que lui aux billes.

— Il trichait tout le temps, tu t'en souviens ?

— Bien sûr.

— Je ne pouvais rien dire parce qu'il ne plaisantait pas dans ces cas-là. Sacré Brahim. Pourquoi c'est lui qui s'en va, si jeune ?

— Essayons de garder les meilleurs souvenirs.

— Une fois, peut-être un an après ton départ, il est venu me voir. Il voulait savoir où tu étais. Il semblait très triste de ne plus te voir, de ne plus avoir aucune nouvelle.

Il savait qu'on avait fait des conneries tous les deux. Il m'a reproché de t'avoir entraîné. On s'est un peu disputés puis on s'est réconciliés. Il t'aimait comme un frère, tu sais.

— Moi aussi je l'aimais. Il va me manquer.

Le corbillard apparaît au bout de la rue. Nous nous mettons à l'écart. Samia me voit et me fait signe de la rejoindre. Sa fille sort de la maison, habillée de noir, ses mains serrent un mouchoir. Samia porte un voile sur ses cheveux.

Je suis ébranlé, les mains moites. La mort de Brahim n'est plus quelque chose d'abstrait. Son corps se trouve à présent dans une boîte, à quelques mètres de moi. Je ne le verrai plus jamais. Aussi simple, aussi cruel, aussi insupportable que ça.

Quand la porte du corbillard s'ouvre, Samia tressaille. Je pose mon bras sur son épaule et la serre contre moi, ne sachant pas trouver des mots qui pourraient la soutenir. Marie pleure. Elle n'a pas connu son père ou si mal. À ce que j'ai compris, Brahim avait été le seul homme de la famille, la seule béquille sur laquelle s'appuyer durant les heures difficiles.

Au bout de la rue, une voiture de police banalisée se fait discrète. Les flics doivent prendre quelques photos des éventuels amis de Brahim. Une enquête est en cours. Elle n'ira probablement pas très loin si je ne vais pas témoigner de ce que j'ai entendu au téléphone.

Un croque-mort s'approche de nous, le visage fermé. Pas de fleurs, pas de couronnes, aucune plaque.

— Souhaitez-vous que nous sortions le cercueil et le placions sur des tréteaux, le temps de vous recueillir devant sa maison ?

Samia éclate en sanglots. Je fais signe aux deux employés des pompes funèbres d'attendre quelques minutes.

Au loin montent les bruits sourds d'une machine monstrueuse qui doit plier de l'acier, quelque part, dans le ventre d'un hangar. L'usine n'a pas de répit. Sa mécanique de fusion, de rouages énormes et de vapeur en surchauffe ignore la petite vie des gens de Pierrefeu, leur fin et leur deuil.

— Allons-y, me dit Samia d'une voix à peine audible.

L'un des deux employés s'avance vers nous et demande si nous comptons nous rendre au cimetière à pied. Je lui signifie que oui. Ce n'est pas si loin.

Les portes du corbillard se referment et nous nous mettons en marche lentement, sans dire un mot, l'esprit brouillé par les souvenirs qui s'entrechoquent. Des voisins se joignent à nous discrètement. Le cortège ne doit compter qu'une vingtaine de personnes. J'ai du mal à me concentrer sur une seule image, une que je pourrais garder tout contre mon âme.

En approchant du cimetière, j'aperçois deux voitures, un BMW coupé et un 4 × 4 Mercedes, garées le long du mur d'enceinte. Les hommes qui patientent devant sont des amis de Brahim. Dans leurs costumes sombres, ils ont l'allure virile et tendue de ceux qui ont tiré des bords du mauvais côté de la vie. Ils s'approchent de nous et nous emboîtent le pas. Le plus petit soulève ses lunettes noires et adresse quelques mots d'amitié à Samia. Je reconnais le visage d'un des hommes que j'ai croisés dans le bar de Brahim.

La tombe de la famille Lakhdar se trouve à un angle du cimetière, à côté du caveau de la famille Slimani. Deux pierres tombales, modestes, sans aucune décoration superflue, tournées vers La Mecque. Sur une plaque, les prénoms du père et de la mère de Brahim et Samia. Des dates, des traits d'union. Un bouquet de fleurs de plastique. Des vies simples qui ont commencé dans un bled montagnard de Kabylie pour s'achever dans une vallée moribonde des Alpes.

Personne n'a rien prévu pour honorer Brahim. Pas de plaques, pas de fleurs. Samia m'a fait savoir qu'elle ne souhaitait pas ce genre de fioritures mortuaires.

Les employés des pompes funèbres déposent le cercueil sur un catafalque. Marie s'approche de la bière et pose sa main sur le bois luisant. Les employés des pompes funèbres installent un haut-parleur à l'arrière du corbillard. Ils tendent un micro à Marie. Elle prend sa respiration, s'essuie les yeux et lit :

« Brahim, tu étais mon oncle. Tu étais aussi le père que je n'ai jamais eu. La vie aurait pu te mener sur des chemins qui vont droit. Tu as choisi ceux que l'on dit de travers, les sentiers sinueux. Tu l'as payé de ta vie. Ta vie si jeune.

« Tu vas nous manquer plus que tout. Tu as souvent été notre repère dans la noirceur des jours. Tu souriais tout le temps. Tu riais de tout. Même des dangers de ta vie.

« Aujourd'hui tu reposes à côté de papi et de mamie. Je sais qu'ils veilleront sur toi.

« Au revoir, mon Brahim. »

Samia ne veut pas parler. Elle n'en a pas la force. Je n'ai jamais pris la parole en public et cherche mes mots avant de m'avancer vers le micro qu'on me tend.

— Brahim, dis-je en gonflant ma poitrine. Tu étais mon ami et mon frère. Tu m'as montré le courage et la force. Tu m'as permis de vivre autrement. Tu m'as défendu si souvent.

« Malgré tout ce que l'on a dit sur toi, que tous sachent ici que tu étais un homme bien, un homme d'une valeur inestimable. Une âme bonne et un frère sans faille.

« Bonne route, mon frère.

Je rends le micro au croque-mort. Nous marquons une minute de silence. Puis vient une prière que Samia a choisie sur un site consacré à l'islam :

Seigneur, Brahim, fils de Salim et Leïla,
Est auprès de Toi et en Ta protection.
Préserve-le des tourments de la tombe
Et du supplice de l'Enfer.
Tu es digne de Toute Promesse
Et de Toute Équité.
Seigneur, pardonne-lui
Et accorde-lui Ta Miséricorde.
Tu es digne de Pardon et de Miséricorde.

Du bout des lèvres, Marie récite la Fatiha en arabe en lisant un texte phonétique qu'elle tient entre ses doigts délicats ornés d'une seule bague d'argent, celle que son oncle lui a offerte. Samia s'approche d'elle et pose ses deux mains sur ses épaules. Elle n'ose pas toucher le cercueil, prostrée. L'employé des pompes funèbres dit quelques paroles toutes prêtes sur le défunt et attend qu'on lui fasse signe pour descendre le cercueil dans le caveau.

— C'est fini, murmure Samia. Il est en paix maintenant.

Les voisins et les amis de la famille que je connais vaguement viennent présenter leurs condoléances. Les plus anciens ont passé leurs vieux costumes sombres qu'ils réservent aux événements de leur vie. Ils ont des paroles discrètes et gênées. Les yeux des anciens ouvriers qui ont connu le père de Brahim sont humides, les mines des quelques femmes présentes laissent deviner des pensées de miséricorde. Jean-Claude est resté devant le caveau, immobile. Sa silhouette massive s'est voûtée. Il a croisé les mains et dit une prière.

Les deux voyous s'avancent maladroitement. Ils embrassent Samia et sa fille en disant quelques mots de réconfort. Je leur serre la main. Puis nous nous retirons. Samia et sa fille se recueillent quelques minutes.

— Vous êtes René, me demande l'un des deux hommes.

— Oui, dis-je.

— Brahim m'a parlé de vous. Il m'a dit que vous étiez son meilleur ami et qu'il était heureux que vous soyez de retour au pays.

Je souris.

— Je crois qu'il savait qu'un jour il finirait de cette manière, dis-je. C'est terrible.

Le voyou qui se trouve le plus près de moi hoche la tête et jette un œil vers l'entrée du cimetière. Deux types que je ne connais pas sont apparus. L'un d'eux marche dans ma direction.

— Il ne vous a rien dit avant de partir ? demande l'ancien lieutenant de Brahim.

À ce moment, j'entrevois l'instrument de ma vengeance. Mon père a raison, je n'ai qu'un pion à avancer.

— Il m'a juste dit deux ou trois choses à propos de l'assassinat de mon frère. Et puis un nom, Stéphane Tournier, le fils de celui qu'on appelle le Séminariste.

L'homme ne fait aucune remarque, allume une cigarette et tire dessus nerveusement. J'ajoute :

— Il est impliqué dans la mort de Brahim.

L'homme ne semble pas touché par la révélation.

— Comment le savez-vous ? demande-t-il sur un ton égal.

— Je lui ai téléphoné en me faisant passer pour un autre.

— De qui parlez-vous ?

— Je me suis fait passer pour le fils de Lestrade. Pierre Lestrade.

L'homme écrase sa cigarette du bout du pied et s'approche de moi sans quitter des yeux l'entrée du cimetière.

— Brahim m'a déjà parlé du fils Lestrade. Je crois qu'ils étaient un peu en embrouille tous les deux.

— Oui, dis-je. Des vieilles querelles qui datent de l'enfance... Lestrade m'a suivi jusqu'à votre bar, par deux fois. Il était le seul à pouvoir localiser Brahim le jour où il a été tué. C'est lui qui a tiré. C'est un excellent chasseur.

L'homme me tend la main puis m'embrasse en me glissant :

— Prenez soin de la famille de Brahim. Veillez sur eux. Lestrade n'est plus un problème à partir de maintenant.

39

La voiture du Dr Faure est garée devant chez nous, à côté de celle de l'infirmière, une portière ouverte. Je m'arrête un instant et observe les fenêtres. L'angoisse m'étreint. Je monte les escaliers lentement, me disant qu'il n'y a aucune raison que je me précipite.

— Votre père est au plus mal, me dit le médecin. Sa respiration est très courte. Vous connaissez le symptôme ?

— Est-il encore conscient ?

— Plus ou moins, répond Faure. Si vous voulez lui parler, je crois qu'il ne faut pas trop tarder.

— Comment se fait-il que les choses s'accélèrent aussi vite ?

— C'est normal en un sens. Il a visiblement fait un effort ce matin qui l'a précipité vers la mort.

— Un effort ?

— Je pense qu'il s'est levé et qu'il a marché, aussi étrange que cela puisse paraître. Comme s'il avait voulu accélérer les choses. Je l'ai retrouvé habillé. Il m'a même dit qu'il était allé faire un dernier tour.

— Un dernier tour !

— Je crois qu'il délirait. Mais il s'est habillé.

J'entre dans la chambre, l'infirmière se retire. Mon père a les yeux fermés, le teint de cire, les lèvres disparues. Il porte le costume noir qu'il m'a prêté pour aller chez le notaire. Il a noué une cravate, la seule que je lui ai vue durant des années.

Je touche son front. Il est tout chaud de vie. Sa main est froide, déjà.

— Nous vous laissons, me dit le Dr Faure.

Ils sortent silencieusement.

— Est-ce que tu souffres ?

Mon père répond non de la tête. Je ne sais ni quoi dire ni quoi faire. J'avais pourtant projeté de vider mon sac à cet instant précis et qu'on se quitte réconciliés. Sa respiration s'accélère soudain, à un rythme qui m'inspire une crainte sourde.

— Tu veux que je te porte un peu d'eau ? Ça te fera du bien.

Il agite imperceptiblement la main pour me répondre par la négative. Je suis désemparé, cherchant les mots qui seraient justes pour lui dire adieu dignement.

— Est-ce que c'est toi, mon vrai père ?

Je crois un instant qu'il va ouvrir les yeux. Il doit en faire l'effort mais n'y parvient pas. Sa tête semble dire oui, plusieurs fois, puis sa respiration se calme.

— Je ne t'oublierai jamais, Papa. Tu peux partir en paix.

Il n'a plus de réaction. Son visage se durcit.

— Je ne t'en veux pas pour tout ce qu'il s'est passé ici. J'ai compris maintenant. Je ne te juge plus. Après la mort de Maman, je suis parti, loin, à la guerre, parce que je pensais que tu ne m'aimais pas et que, de toute façon, nous n'avions rien à nous dire. Je regrette toutes ces années. J'ai voulu être un autre, un homme courageux qui sait effacer son passé.

Ses doigts tremblent. Je lui prends la main et la serre délicatement.

— Ça sert à quoi le courage ? J'ai cessé d'aimer et je suis devenu courageux. Beaucoup disent de moi que je suis un héros. Pour la France, j'en suis un… J'aurais aimé en être un pour toi. J'aurais aimé être comme Rémy. Pardonne-moi.

Il incline avec peine la tête, plusieurs fois, pour me dire qu'il m'a entendu et compris. Je me lève et vais dans le salon. Pleurer pour tout sortir, la rancœur, les frustrations. Évacuer les gravats d'une vie de silences et d'incompréhensions. Aucune larme.

Les ombres s'allongent au fur et à mesure que le soleil franchit la vallée. Au loin, après le village, l'usine crache des panaches de fumée. Elle ne s'assoupit jamais, malaxe les alliages en fusion et renâcle des journées durant à vivre dans ce détroit de falaises. Les visages de ses serviteurs ont peuplé mon enfance. Mon père représentait quelque chose pour ces malchanceux : un rempart contre la férocité des industriels, un refuge dans cette panse pleine de métal bouillonnant. En un sens, il peut être fier de son ouvrage.

Il est parti quelques minutes plus tard. Un râle, long, est venu du fond de lui, quand le soleil a disparu derrière les hautes arêtes. J'étais à ses côtés, lui tenant la main pour le réconforter. Nos pensées se sont unies. Sa respiration s'est accélérée à tout rompre. Ses jambes se sont agitées. Et sa bouche s'est ouverte une dernière fois, béante et laide, pour laisser la vie s'en aller.

40

La nouvelle n'a pas tardé à secouer le petit monde de Pierrefeu : le fils Lestrade a disparu depuis maintenant un jour. C'est le Dr Faure qui m'apprend ça, tandis qu'il rédige l'acte de décès de mon père.

— On est sans nouvelles de lui depuis hier. Il a passé la nuit dehors et toute la journée.

Cette disparition ne me fait aucun effet. Mes sentiments sont comme anesthésiés. En d'autres circonstances, j'aurais pu rire de cet étrange coup du sort.

La matinée est occupée à régler les formalités pour l'enterrement. Les pompes funèbres se trouvent à Vizille. On me demande de choisir entre des cercueils à tous les prix, j'opte pour ce qu'il y a de moins cher, fidèle aux volontés de mon père. Je dois en outre refuser des capitons et des couleurs de vernis, me battre pour faire comprendre qu'une croix n'est pas nécessaire. De son long passé communiste, il est resté à mon père son anticléricalisme viscéral. Il est mort croyant mais il n'a pas voulu être enterré à l'église. Samia passe en début d'après-midi. Elle ne l'a pas revu depuis presque vingt ans.

— Je voudrais lui dire adieu, dit-elle, avant qu'on ne referme la bière.

Elle entre dans la chambre, les mains jointes, le regard étrangement fixé sur le visage dont les traits altérés ont gardé la marque intense de son dernier instant de douleur.

Le cercueil est posé sur un drap noir à bordures d'argent, le couvercle dressé à un angle de la chambre, dans la pénombre.

Je pose ma main sur l'épaule de Samia et la serre contre moi.

— Il n'y a plus que nous, dit-elle. Toi, ma fille et moi.

Elle s'approche du cercueil, se penche presque. Je dis à voix basse :

— Parmi toutes les personnes qui sont venues dans cette maison, je crois que tu es la seule qu'il a vraiment aimée. Il t'estimait beaucoup.

— Quand je suis entrée à l'usine, il est venu me voir pour me parler des droits des travailleurs et me faire prendre ma carte du syndicat. Il était très respecté et je sais que la direction le craignait. Moi aussi, je l'aimais beaucoup.

Le prestige de mon père a été grand, notamment durant les grandes grèves des années 1970. Il avait maille à partir avec la direction mais aussi avec des gauchistes qui débarquaient pour jouer les trublions dans son pré carré. Mon père les qualifiait de « pitres » ou de « chevelus »... Il ne comprenait pas l'esprit de Mai 68. Il n'y a eu dans sa vie qu'un seul horizon, celui que lui a dessiné le parti communiste, et quiconque se mettait en travers de son idéal se voyait traiter comme le dernier des nuls. À la chute de l'Union soviétique, il ne nous a presque pas parlé pendant une semaine. Un monde s'écroulait, la direction de l'usine a dû lui rire au nez, le traitant de stalinien ou de dinosaure. Je comprends mieux aujourd'hui son désarroi d'alors. Son père est mort pour la Résistance, lui-même s'est battu toute sa vie pour cet idéal, plus rien n'a eu de sens.

Je dis :

— Malgré son foutu caractère et ses contradictions, il voulait un monde meilleur. Et c'est respectable.

— Quand seront les obsèques ? demande Samia.

— Demain matin, à 10 heures.

— J'ai fait savoir à l'usine… Beaucoup de gens vont venir.

Samia reste encore quelques minutes puis elle rejoint sa fille, chez elle, dans son deuil.

Les premiers visiteurs arrivent en milieu d'après-midi. Jean-Claude est le premier, il est venu avec son vieux père, contremaître à la fonderie.

— Roger était un ami, dit-il. On a bataillé ensemble. Il était toujours là. Il a été gentil avec mon fils, sans lui, il ne rentrait pas à l'usine. Ça ne peut pas s'oublier tout ça.

Jean-Claude acquiesce. Des anciens de l'usine que j'ai connus autrefois arrivent. Certains m'embrassent, d'autres me serrent la main. Les accolades sont furtives, parfois hésitantes. J'ai mal de voir surgir soudain tout ce passé comme à un défilé de masques funestes. Je n'ai jamais ressenti à ce point le souffle dégueulasse de la mort.

Un visiteur, plus que les autres, me touche par sa présence. Je ne me souviens que de son prénom, Louis. Mon père l'a tiré d'affaire plusieurs fois. Il se débrouillait pour que le syndicat, par je ne sais quelle caisse noire, lui donne un peu d'argent pour qu'il surmonte les fins de mois difficiles. Louis a passé sa vie à lutter contre l'alcool. Il en a bu des payes. Mon père ne l'a jamais lâché celui-là. Il pleure en m'embrassant.

— Eh oui, tu vois, c'est le Roger qui part le premier. Il était comme un père pour moi.

— Vous le voyiez encore souvent ?

— Il venait deux ou trois fois par mois à la cellule. On tapait un peu le carton, on buvait un canon de blanc.

Louis est sans doute resté communiste parce que sa vie sans le parti n'a pas vraiment de sens non plus. Il se découvre en entrant dans la chambre mortuaire, et je l'entends pleurer, des larmes discrètes qu'il essuie d'un revers de sa manche de veston.

Quelques voisins passent en fin de journée. On parle du temps révolu. Pierrefeu revit à travers les mots des uns et des autres, dans les regards usés. Une mémoire de trois fois rien, des souvenirs de gens modestes qui n'ont jamais vraiment franchi les murailles de leur vallée sauf pour les vacances du comité d'entreprise, quelques jours à la plage, en été.

On évoque des arbres de Noël, des cadeaux de l'usine, ceux du parti. Au fur et à mesure que le passé ressurgit, je sens l'étreinte du temps de plus en plus forte, presque étouffante. Un ancien de la Fédération des anciens combattants d'Algérie vient m'embrasser. Il fera déposer une gerbe sur sa tombe. Je voudrais refuser mais à quoi bon.

Puis la discussion dérive sur Lestrade. Il n'a toujours pas été retrouvé. On dit que son père est désespéré et qu'une battue a lieu autour d'un coin où le flic avait l'habitude d'aller à la pêche. Ceux qui en parlent sont des copains de mon père qui savent sa rivalité avec l'ancien gendarme. Personne n'aime la famille Lestrade, la disparition du fils ne provoque pas beaucoup de compassion mais il demeurait un enfant du pays, quelqu'un de la famille qu'on a voulu renier mais qu'il faut bien accepter.

Tout le monde parti, je me retrouve face à mon père, dans le grand silence de cette maison qu'il a achetée avec ma mère avant que nous naissions. Cette bâtisse un peu austère vue de l'extérieur, qui n'a jamais vraiment représenté quelque chose pour moi et qui m'appartient à présent.

L'armée m'a appris à esquiver ce genre de responsabilité. J'étais complètement pris en main, au point que la panique pointe, à présent, devant les choses simples de la vie ordinaire. Ne rien posséder pendant vingt ans et se retrouver avec deux maisons donne le vertige. La vie semble la même qu'autrefois : même décor, mêmes objets, mêmes bruits discrets dans la nuit de printemps. Pourtant, elle a changé.

Je pense au petit Romain, à sa jeune vie qui s'est arrêtée tout près d'ici, dans des souffrances indignes de l'humanité. Il passait sur le même pont que moi quand il se rendait à l'école, au-dessus de la Romanche. Je crois qu'il devait s'arrêter parfois pour observer les remous inquiétants du torrent et lever les yeux vers les hauteurs pour sentir la force de la montagne. Comme je le faisais quand j'étais seul et en paix.

Ma mère m'a dit un jour, alors qu'on se promenait sur les bords de la Romanche : « Le torrent coule tous les jours et toutes les nuits sans arrêt, et pourtant ce n'est jamais la même eau. Notre vie est pareille. »

41

Beaucoup plus de monde est présent à l'enterrement de mon père. Des anciens ouvriers de l'usine qui l'ont connu, des gens du village dont j'ai oublié les noms. Un responsable de la CGT a fait le chemin depuis Grenoble et a prononcé un discours sur l'engagement d'un homme au service d'un idéal. Je n'ai rien préparé et ne peux prendre la parole. L'émotion m'étreint et je ne trouve pas le courage d'évoquer sa mémoire. Je suis seul au monde à présent.

Samia m'a beaucoup aidé lors des funérailles. Elle est venue de bonne heure, au moment où les employés des pompes funèbres refermaient le cercueil. Nous avons regardé le corps disparaître sous le couvercle puis nous nous sommes recueillis une dernière fois. Elle a ensuite nettoyé la chambre de fond en comble. Nous n'avons échangé que très peu de mots. Elle est restée distante, un peu froide.

Je mets cette froideur sur le compte du deuil et de la pudeur. Au cours de nos rencontres, le déclic des sentiments tant espéré ne se produit pas. Nous n'avons pas eu de chance, notre amour n'a pas été facile, toujours encombré par mes doutes et mon désir d'exister.

— Je vais nettoyer la maison, dit-elle.

— Non, je refuse que tu fasses cela.

— Laisse-moi t'aider.

— Pas comme cela. Ta présence auprès de moi me suffit. Parle-moi plutôt.

— Ça ne se fait pas sur commande. J'ai du mal à être à tes côtés. J'ai tellement rêvé de vieillir, lentement, avec nos enfants. Ce rêve, tu l'as brisé en mille morceaux. Même si je comprends ta souffrance, ma vie ressemble à une mosaïque brisée qui n'a plus de sens, parce que personne ne sait comment la reconstituer. Heureusement qu'il y a Marie. Que serais-je sans elle ?

— Je t'aime toujours, Samia. Je sais que ça ne sert à rien de te dire ça, mais c'est la vérité. Je ferai tout pour te rendre heureuse.

— Je ne suis pas sûre que tu en sois capable. Après tout ce que tu m'as avoué, j'ai des doutes. Pardonne-moi de te dire ça. J'ai toujours été franche, tu le sais.

Le corps de mon père est descendu dans le caveau des Vasseur à côté de sa femme et de mon frère. Je m'en veux, à ce moment-là, de penser au vieux Lestrade et à l'amour qui l'a uni à ma mère, peut-être toute sa vie. Rien n'arrête le flot des pensées et cela me blesse. Ma mère a aimé l'ennemi de mon père et aujourd'hui la mort les réunit.

De retour à la maison, la solitude soudaine me fait du bien, le besoin d'entrer en moi, de ne plus voir personne, pas même Samia. Elle a dit, en quittant le cimetière :

— Tu sais que je suis là. Passe à la maison ce soir. Ne reste pas seul.

Il s'est mis à pleuvoir. Les gouttes fines emplissent le vide de la vallée et roulent sur les vitres des fenêtres du salon. La lumière a baissé. Les deux phares jaunes de l'autocar qui monte de Grenoble dessinent des yeux luisants dans l'ondée. Il ne marque pas l'arrêt de Pierrefeu et continue sa route vers les villages d'altitude où il ne doit plus y avoir grand monde à transporter.

Les montagnes s'effacent rapidement dans la grisaille. Les bruits quotidiens de la maison deviennent plus forts : le sifflement de la chaudière, le passage de l'eau dans les chenaux. Pour la première fois, je ressens l'absence qui va désormais peser sur chacun de mes moments.

Mon téléphone sonne. Samia m'invite à dîner. J'accepte sans grande conviction. Elle m'accueille d'un sourire pâle quand je sonne chez elle.

— J'ai préparé un couscous comme ma mère le faisait, tu te souviens ?

— Oui, dis-je. Mais il ne fallait pas…

— Si Brahim nous regarde de là-haut, il doit être heureux de nous voir. La vie continue, René.

— Si elle doit continuer sans toi, elle n'a plus grande valeur.

— Je veux que tu comprennes que, tout à l'heure, je t'ai dit la vérité, celle que je porte au fond de mon cœur. Je le regrette mais tu dois regarder la vie en face, ce que tu n'as jamais fait.

— Je n'ai pas vu le temps passer, je crois. Chaque minute durait une éternité, chaque année a passé comme une seconde. Je n'ai jamais cessé de penser à toi.

— En vingt ans, tu n'as même pas trouvé le temps d'écrire une seule lettre. C'est dur de te croire.

— Je sais. Je vais m'effacer. Je crois que c'est tout ce qu'il me reste à faire.

Samia file dans la cuisine et me laisse avec Marie dans le salon. Je n'ose pas la regarder. Elle possède le même regard insistant que sa mère, ce regard qui m'intimidait. Je ne sais presque rien d'elle, pas même ce qu'elle fait de son quotidien.

— Vous comptez rester à Pierrefeu ? me demande-t-elle.

— Je ne pense pas. À vrai dire, je ne sais pas trop où aller. Je n'ai plus grand-chose à faire ici.

Elle pose le livre qu'elle était en train de lire à mon entrée dans la maison : *L'Étranger* de Camus. Je l'ai lu en classe de première, l'année où Brahim a quitté l'école parce qu'il ne supportait plus l'internat et qu'il voulait bosser à l'usine. Ce roman m'a impressionné, moi qui n'ai quasiment pas de culture.

— C'est un beau livre, même si je ne me souviens plus exactement de l'histoire.

— Oui, dit Marie. Je découvre un peu l'Algérie de mes grands-parents.

— Vous aimeriez y aller ?

— Je ne sais pas, dit-elle en fronçant les sourcils. J'ai peur de ne pas y trouver ce que j'y cherche. Parfois, on est déçu.

Samia apparaît dans l'embrasure de la porte, une pile d'assiettes entre les mains. Sa fille se lève gracieusement et l'aide à mettre la table.

— Je ne suis jamais allée en Algérie, dit Samia. Papa s'assombrissait à chaque fois qu'il en parlait un peu trop. Il regrettait le ciel de Kabylie mais ce qui le faisait le plus souffrir c'était la guerre qu'il y a eu là-bas. Dans les années 1980 et 1990. Nous avons perdu des cousins, tu sais. Assassinés par des fous…

— Je ne savais pas.

Cette discussion risque de m'emmener vers des souvenirs que je ne veux pas aborder ce soir. J'ai envie de partir.

— Maman m'a dit que vous avez fait la guerre en Yougoslavie, au Mali et en Afghanistan, dit Marie.

Je la regarde dans les yeux, elle comprend que je ne veux pas parler de cette vie de soldat. Parce que j'en ai honte à présent. Elle se lève et va dans la cuisine en silence. Je l'observe. Samia est gênée.

— Il va falloir qu'on t'apprivoise, dit-elle. Parfois, je crois que tu lui fais peur. En tout cas, tu l'impressionnes. Elle n'a pas l'habitude des hommes tels que toi. Tu étais le meilleur ami de son oncle, l'homme qu'elle respectait et aimait plus que tout. Pour elle, tu fais partie de la famille. Mais tu es un revenant.

— Une ombre du passé.

— C'est un peu ça oui.

La rue est plongée dans une lumière dorée qui part en miettes ; tout au bout, la montagne, puissante et redoutable. La pluie tombe encore plus fortement et brille de mille petits feux en s'affalant sur les réverbères à chaque bouffée de vent.

— J'ai hérité d'une maison là-haut, dis-je en désignant la masse noire des murailles. Une vieille baraque qui n'a pas été ouverte depuis des lustres. À Besse. Tu connais ?

— Oui, de nom. On dit que c'est très beau. Je n'y suis jamais allée.

— J'aimerais que vous veniez avec moi, un de ces jours. Pour me dire ce que vous en pensez. Autrefois, j'aurais trouvé ce coin sans aucun charme mais aujourd'hui je me dis que je pourrais y passer quelque temps.

Marie, en train de poser les couverts sur la table, s'arrête net.

— Je suis allée à Besse lors des sorties scolaires. C'est magnifique. Au-dessus, il y a un immense plateau d'où l'on aperçoit de superbes montagnes. J'ai oublié leurs noms mais elles sont bien plus belles que les nôtres. Il faut à tout prix qu'on aille faire un tour par là-haut.

Je me tourne vers Samia.

— Qu'est-ce que tu en penses ?

Elle se frotte les bras comme si elle avait froid.

— Qui sait ? C'est peut-être une bonne idée.

42

La mort court après nous, parfois elle va vite. Pierre Lestrade aurait dû se dépêcher de vivre. Il a été découvert par un promeneur, au volant de sa voiture, garée tout près du chemin qui conduit à l'ancien repaire du Séminariste, une balle en pleine tempe. À même pas cent mètres de l'endroit où est mort Serge Tournier. J'apprends la nouvelle en écoutant la radio tandis que nous roulons, Marie, Samia et moi sur la longue ligne droite qui file vers Bourg-d'Oisans.

Une enquête est en cours. Un instant, je songe que l'on peut m'accuser. À cause de ma visite chez les Lestrade. À cause de mon passé.

— Mon père détestait cette famille, dis-je en coupant le poste. C'était un salaud.

— Son père avait mauvaise réputation dans la vallée, ajoute Samia à l'adresse de sa fille. Mon père non plus ne l'aimait pas. On raconte qu'il a fait tout un tas de saloperies.

— Lesquelles ? demande Marie.

— On dit qu'il percevait de l'argent sur les passes que faisaient les filles sur la route, après Vizille. En quelque sorte, il faisait le proxénète.

Je demande :

— Tu es sûre de ça ?

— Brahim me l'a dit et j'ai su qu'il avait été inquiété par la police. Tout le monde s'intéressait, pendant un moment, à l'argent qu'il a trouvé on ne sait pas trop comment.

Brahim a dû lui parler des activités douteuses de Lestrade. Les caïds du milieu grenoblois savent tout un tas de tuyaux sur ce genre d'individus à cheval sur deux mondes.

— Ce sont de vieilles histoires, dis-je pour changer de sujet. Maintenant, tout ça est fini ! Il vient de perdre son fils. La vie lui a fait payer.

— Sur son fils aussi, des rumeurs ont couru. On disait qu'il n'était pas très net.

Je n'ai plus envie de m'intéresser à Lestrade. Sa mort vient de vider la haine qui m'habitait. Il a perdu, la vie a mis un point final à sa vie de fiel. Je solderai les comptes avec son père plus tard.

Le ciel est d'un bleu limpide. La bise s'est levée pendant la nuit et a chassé les nuages. Au fur et à mesure que l'on prend de l'altitude, la vallée se rétrécit, forçant la départementale à percer le ventre rocailleux de la montagne en de longs tunnels de trains fantômes.

— Je suis souvent venue ici, dit Marie. Avec l'école on montait faire du ski à Auris. Ce n'est pas très loin de Besse.

— Tu aimes cette région ?

— Oui, dit-elle. C'est mon pays, tu sais. Jamais, je ne quitterai ces montagnes. Pour rien au monde…

— Pourtant, la vie n'y est pas drôle.

Elle hausse les épaules et lève les yeux vers les sommets.

— La vie n'est pas mieux ailleurs, ajoute Samia.

Besse apparaît une demi-heure plus tard, au bout de la côte, davantage tapi sous sa carapace de toitures de lauzes que je ne l'ai découvert quelques jours plus tôt.

Au-delà s'élèvent les formes dodues et pelées des alpages, un monde ceint de mystères et d'une grandiose austérité.

La première fois, je n'ai pas remarqué que la rue principale était goudronnée, les traverses adjacentes grossièrement pavées de pierres rondes et usées où l'on devine encore la marque des roues ferrées des charrettes.

Je gare la voiture près de la fontaine, presque heureux de faire découvrir à Samia et à sa fille ces maisons mortes pour certaines ou endormies dans le printemps. Elles marchent devant moi en échangeant des commentaires à propos de détails qui attirent leurs regards sur les façades rustiques.

— La vie a dû être difficile ici, lance Samia en se retournant vers moi. On se demande de quoi ils vivaient.

— De pas grand-chose. Je sais que ma grand-mère économisait tout. Elle avait grandi par ici.

Ma grand-mère avait des doigts maigres et noueux, des cheveux toujours tirés par un chignon minuscule, un visage fier et parcheminé dans lequel brillaient ses yeux noirs. Elle avait été dure et courageuse au moment de la mort de son mari et cette dureté avait sans doute rejailli sur le caractère de mon père. Elle l'avait élevé seule sans jamais quitter son travail aux chaînes de vérification à l'usine. À ma connaissance, elle n'était guère revenue dans ce village qu'elle avait fui pour trouver un semblant de richesse dans la vallée. Quand mon père avait été en âge de travailler, vers la fin des années 1950, elle l'avait fait entrer à l'usine comme ouvrier de maintenance, sans aucun diplôme. Il avait grimpé les échelons de la vie en se tirant à la force du caractère comme tous ceux de son sang.

— Voilà la maison des Vasseur, dis-je en rejoignant Samia et Marie.

— Je l'imaginais en ruine, dit Samia. Elle est jolie ! On dirait une maison de dessin animé.

Elle passe sa main sur les pierres plates et longues du mur puis elle considère le toit qui s'avance au-dessus de nous.

— Que comptes-tu en faire ?

— Je ne sais pas vraiment. En fait, je crois que j'aimerais la garder.

Je vois dans le regard de Marie que ma réponse lui fait plaisir.

— Tu as du temps pour la retaper, me lance Samia. Maintenant que tu es à la retraite.

— Le problème c'est que je ne sais rien faire…

Un type, le premier habitant que l'on croise depuis notre arrivée, surgit au coin de la rue et nous salue discrètement. Il doit habiter une maison plus haut et disparaît aussi vite qu'il est apparu.

J'ouvre la porte de la maison et fais jaillir un peu de lumière en ouvrant les volets. Marie entre la première, sa mère reste un long moment sur le pas de la porte. De temps à autre, son regard se pose sur moi, d'un œil qui me soupèse.

— C'est drôle, dit Marie, j'ai l'impression que je suis déjà venue ici. Tout me semble familier. Et pourtant, j'ai vécu à des années-lumière d'une ferme comme celle-là.

Samia reste froide, ne laissant rien paraître de ses impressions. Je ne l'ai jamais connue sous cet aspect rentré.

— Ça te plaît ?

Elle fait une moue qui ne signifie rien, à vrai dire. Marie est montée à l'étage. Nous sommes seuls au milieu de la pièce, chacun d'un côté de la grande table.

— Je pensais que ça te séduirait.

Samia me fixe quelques secondes puis elle dit :

— Les choses vont bien trop vite pour moi. C'est difficile d'avoir des sentiments à nouveau. Il va falloir que tu sois patient. Je ne suis plus la même que celle que tu as laissée, il y a une éternité.

Elle baisse les yeux vers la table et passe sa main sur le bois poussiéreux.

— Marie t'aime beaucoup, dit-elle. Elle a l'impression d'avoir trouvé un père. J'aimerais tellement que cela soit vrai.

— Je la considère déjà comme ma fille et cela me fait plaisir de la sentir heureuse ici.

Samia relève les yeux vers moi.

— Tu ne veux pas savoir qui est son père ?

— Non, dis-je, pas maintenant. Que cela reste encore secret pendant quelque temps et même à tout jamais.

Elle ne m'écoute pas et fait quelques pas dans la pièce, dans la direction de la fenêtre. Sa silhouette se découpe dans la lumière crue.

— Après ton départ, j'ai eu quelques aventures. Des types de Pierrefeu et puis un cadre de l'usine. Un gars que ton père aurait détesté. J'ai couché avec lui, sans prendre de précautions. En pensant à toi. J'avais l'impression que c'était toi qui étais en moi. Dans ma chair. Marie est venue neuf mois après. Le cadre a été muté entre-temps. Il m'a plaquée et, au fond, je ne l'ai pas pleuré.

« Brahim a eu du mal à accepter que je sois enceinte. Papa et maman aussi… Mais ils m'ont entourée de leur amour et ne m'ont jamais laissée tomber.

Elle se retourne vers moi et me dévisage.

— Voilà, maintenant tu sais ma vérité. Je ne pouvais continuer sans que tu saches. Marie est née. Elle n'a jamais trop cherché à voir son père. Pourtant, je lui en ai parlé. Elle connaît son nom. Elle a découvert son adresse et l'a rencontré une ou deux fois mais il ne représente rien pour elle.

— Il t'a abandonnée… Un peu comme moi.

— Oui, comme toi. À une différence près, je n'étais pas enceinte de toi. Tu n'as pas assumé ton amour et tu as brisé quelque chose en moi. À présent, tu voudrais que je recolle les morceaux et que je regarde l'avenir avec toi. J'y ai cru moi aussi… Je me rends compte que c'est plus compliqué. Le cœur s'assèche. Plus que je ne le croyais.

Les mots de Samia me font l'effet de coups de poing en pleine figure.

— Je t'attendrai, dis-je au bout d'un silence.

43

Tard dans la soirée, je dépose Marie et Samia et file à la maison. Samia travaille le lendemain, Marie reste encore quelques jours avant de reprendre ses cours à la faculté de droit de Grenoble.

Lorsque je referme la porte de chez moi, je suis pris d'un étrange pressentiment. Quelque chose d'irrationnel occupe mon esprit. J'entre dans la chambre de mon père. Le lit médicalisé a été enlevé, le vide est glacial. Au sol, sur le linoléum d'un bleu passablement délavé, les instruments des soins palliatifs ont laissé des marques.

J'approche du tiroir dans lequel mon père avait rangé l'arme de son propre père. Elle n'y est plus. Immédiatement, je m'en veux d'avoir oublié ce détail et réalise que n'importe qui a pu la subtiliser. Le deuil et la tristesse m'ont tenu loin des gestes que la raison commande.

Je descends à la cave pour vérifier si je n'ai pas rangé le colt sans m'en souvenir. Je trouve la planque : vide. La maison est grande. Mon père, dans un dernier sursaut, l'a peut-être caché autre part. Pour s'habiller, il est allé dans l'armoire. Je remonte à l'étage et fouille. Derrière la pile de draps. La boîte se trouve là où il la cachait durant notre enfance. L'arme est à l'intérieur, une balle montée dans la chambre, prête à tirer. Je fais glisser le chargeur du 11.43 dans la paume de ma main et replace la munition à l'intérieur.

Je m'assois, hébété et confus comme après une décharge d'une rare intensité.

Mon père s'était préparé pour en finir. Il n'a pas pu, pour une raison ou une autre, puis il a dissimulé son arme. Pourquoi a-t-il fait cela ? J'ai un doute. Pour se suicider, il ne s'agit pas seulement d'être courageux, il faut avoir une sacrée dose de violence en soi, ce qu'il n'a jamais eu. Il manigançait autre chose.

Je consulte le journal de ses appels sur l'écran du téléphone. Un numéro revient trois fois. Comment savoir ? Appeler ? Mon instinct me dit que je suis en danger. Je regarde sur la table de chevet. Son agenda est ouvert. Le numéro est celui de Maurice Lestrade.

Les choses vont très vite dans mon esprit. Je démonte l'automatique et étale les pièces sur l'établi de mon père. Je trouve une lime en forme de queue de rat et la passe plusieurs fois à l'intérieur du canon pour endommager les rayures. Puis j'entame le percuteur et la culasse qui sont autant de signatures d'une arme. Les flics pourront toujours faire des rapports balistiques, ils ne trouveront rien.

Une demi-heure plus tard, je sors de chez moi par la porte qui donne sur le jardin, à l'arrière. J'ai pris soin de laisser la lumière du salon allumée. Lestrade habite à trois kilomètres environ. En marchant au rythme des commandos, j'y serai en moins de trente minutes.

Un sentier longe la montagne et aboutit juste avant la montée qui conduit chez l'ancien gendarme. La lune éclaire faiblement la vallée, je n'ai pas besoin de lampe électrique. Personne ne peut me voir. Par précaution, j'ai enfilé des gants et je vais fourrer mes chaussures dans des sacs-poubelle aux abords de la maison du flic, pour que personne ne puisse relever d'empreintes. Les réflexes du combattant reviennent. Je ressens une sorte d'excitation malsaine et ne pense qu'à une seule chose : ma vengeance. Ne pas faiblir quand je serai devant l'homme que je hais le plus au monde. Quand le repaire de Lestrade est en vue, je pousse un chargeur plein dans la crosse du colt .45 et ôte la sécurité.

La nuit est humide malgré les étoiles épinglées au ciel d'encre. La Voie lactée se dessine nettement depuis le nord jusqu'au-dessus des montagnes qui verrouillent la vallée. Quand j'arrive dans le jardin, Lestrade est debout sur sa terrasse couverte, son chien, à ses pieds, aboie. Il le calme d'un ordre sec.

— C'est étrange comme les chemins finissent toujours par se croiser, me lance-t-il d'une voix caverneuse. Tu viens du pays des souvenirs. Tu arrives comme l'ange de la mort.

Son regard étincelle dans la nuit. Il paraît plus grand, plus massif. La lumière faible d'une lampe à abat-jour éclaire le salon. Il est seul.

Je dis :

— Parlons de ma mère. Cet amour était réciproque, n'est-ce pas ?

Lestrade prend son temps pour répondre. Sa respiration, irrégulière et lourde, trahit son émotion. Je songe, pendant ce long silence, que mon père n'a pas eu le temps d'accomplir ce qu'il souhaitait : attirer son ennemi dans un guet-apens et le tuer.

— J'ai aimé ta mère, finit pas dire Lestrade. Elle a été le seul amour de ma vie. Désolé fiston de t'avouer ça.

Puis il ajoute, avec une voix terrible :

— Je crois que tu commences à comprendre pourquoi ton père ne pouvait pas te blairer. Tu étais notre secret.

Je ferme les yeux pour reprendre mes esprits. En un éclair l'idée me traverse d'en finir immédiatement avec ce débris d'une histoire qui ne doit plus refaire surface.

— Votre fils ne reviendra jamais. Il a rejoint le caniveau qu'il n'aurait jamais dû quitter.

— Je le sais, répond l'ancien gendarme. Je le sais… Je l'avais prévenu. Tu t'es bien vengé, fiston. Bien joué. Tu sais maintenant que mon fils était ton frère, pas une moitié comme l'autre. De toute façon, son temps était compté. J'ai passé ma vie à vouloir en faire un type à peu près droit. Là aussi, j'ai perdu.

— Et ce n'est pas fini.

— Tu ne peux plus rien contre moi.

— Vous vous souvenez de la gifle que vous m'avez donnée parce que j'avais pêché deux truites dans la Romanche ?

Il ricane et se frotte le menton.

— Tu t'étais pissé dessus. Et ton copain le melon n'était pas là pour te défendre.

— Brahim était un homme bien. Pas un connard de votre espèce.

Il a un sourire narquois en dodelinant de la tête.

— Si tu ne t'en vas pas, je vais lâcher ce chien sur toi. Juste pour voir comment tu te débrouilles avec lui. Il va te découper en lambeaux. Alors, casse-toi, morveux. Tu ne vaux pas plus que moi qui suis ton père.

Je tire la culasse du pistolet en arrière. Le chien comprend sur-le-champ et se prépare à me bondir dessus, attendant l'ordre de son maître. Deux coups partent. Toute la vallée se déchire, des sommets les plus hauts jusqu'aux abîmes. Puis le silence, après l'écho fracassant. Un cri aigu. Sous l'impact des balles, le berger allemand a reculé de deux mètres avant de s'affaler, désarticulé. Des mouvements désordonnés de ses pattes arrière l'agitent encore, son sang coule de son thorax.

J'ai tiré, sans la moindre émotion.

Lestrade est penché en avant, les mains jointes, comme un condamné qui demande pardon.

— Voilà pour votre fauve.

Il se redresse, tremblant, ses yeux devenus vitreux reflètent la lueur froide de la lune. L'odeur de la cordite, cette haleine acide que j'ai connue de si longues années, ravive l'instinct de mort.

— Vous n'êtes pas mon père. Vous n'êtes plus rien.

La silhouette cassée de Lestrade se découpe dans l'embrasure de la porte, immobile, les bras le long du corps. J'aimerais tant qu'il dise quelque chose. Rien. Il attend le sacrifice, le coup de grâce, résigné.

— Ma mère a eu la faiblesse de vous aimer. Une faiblesse comme en ont des millions d'êtres. Qu'importe. Je n'ai eu qu'un père. Je l'ai conduit au cimetière après m'être réconcilié avec lui. Il m'a appris beaucoup durant ses derniers instants de vie. Je le respecte aujourd'hui parce qu'il a été un homme droit toute sa vie. J'ai mis longtemps à le comprendre mais je suis sûr de cela aujourd'hui. Un père, on se l'invente. Si on a le choix, on se le fabrique le moins mauvais possible. Je viens de vos couilles, rien de plus. Je préfère de loin celui qui m'a dressé. Sa vie, au moins, elle ressemblait à quelque chose. Vous, vous avez noirci dans votre coin. Pauvre merde. Je vous renvoie au purin. À la fumure.

Je lève le pistolet jusqu'à la hauteur du crâne. La mire sur son front luisant. Lestrade ferme les yeux. Il dégage une odeur d'intestin. Une plainte grave s'échappe de sa bouche.

44

Une heure plus tard, je suis dans la cave de ma maison à observer chaque objet, les meubles inutiles mis au rebut, les outils sans plus aucune main pour les faire vivre, les vieux jouets chargés de poussière et de l'odeur pénétrante du passé. Chacune de ces étranges sentinelles figées renvoie le souvenir de mes parents et de mon frère.

Je ne suis pas triste et me sens profondément libéré. Je sais à présent qui je suis et peu m'importe de connaître ma génétique dans les profondeurs les moins avouables. Celui que j'ai accompagné jusqu'au cimetière était bien le père que je me choisis à présent. Un père autrefois haï, qui est parti en paix avec son fils. Parce qu'il a mérité mon respect. Il est aussi le fils d'un résistant des maquis de l'Oisans, la flamme de toute ma jeunesse. Ma seule balise dans une vie de chaos.

J'ai fini par admettre que Samia ne sera jamais plus vraiment à moi, en tout cas pas de la façon que j'ai espérée. Une ombre s'est glissée entre nous et nous sommes maintenant loin l'un de l'autre, si loin que je n'ai même pas osé m'approcher d'elle. Peut-être souhaite-t-elle que l'on devienne amis et qu'on en reste là mais je ne le veux pas. L'amitié n'a pas de place entre nous.

Quand, au petit matin, une lumière laiteuse filtre à travers les rideaux de ma chambre, j'ouvre la fenêtre. Le temps sera splendide. Les arêtes se découpent dans un ciel limpide. Du côté du Taillefer, encore emmitouflée des neiges de printemps, une aube dorée se lève, faisant bourdonner le ciel zébré des traces des avions de ligne.

Le téléphone de la maison sonne. La police est au bout du fil, un officier de la brigade criminelle de Grenoble.

L'officier, un type à la voix sinueuse, me demande des nouvelles de mon père.

— Il est décédé.

— Je suis sincèrement désolé pour ce qui vous est arrivé.

— Je vous comprends mal.

— On vous a accusé de la mort d'un enfant. À tort.

— Ça m'a profondément touché. Je ne ferais jamais de mal à un enfant.

Le policier marque un temps d'arrêt. Puis il ajoute :

— L'ADN a fini par parler. On a comparé avec le fichier national. Un suspect a été interpellé. Je ne voulais pas que vous l'appreniez par la presse. Ce sera demain dans les journaux et à la télé.

— J'imagine que je dois vous remercier.

— Non. Nous n'avons aucune excuse. Bonne chance.

Après avoir raccroché, je fourre dans mon sac quelques affaires propres et ferme lentement la maison, ne sachant pas vraiment quand j'y reviendrai. Puis je descends au garage et mets mon barda dans le coffre de la vieille voiture de mon père. En tournant la clé, son visage m'apparaît. Il m'observe et n'a pas cette fermeté dans le regard que je lui ai toujours connue. Longtemps j'ai douté de sa paternité sans jamais me l'avouer. Peu m'importe aujourd'hui. J'ai recollé tous les morceaux et mon frère est vengé.

Je réalise tout à coup que j'ai conservé l'arme qui a tué Lestrade et que les flics peuvent mettre la main dessus.

En passant devant l'usine, je reconnais quelques copains d'enfance qui sortent par la grande porte. Ils ont dû faire la nuit comme on dit. Leurs visages fatigués par une longue insomnie me font l'effet de masques tragiques qui s'avancent dans le désordre de la rue. J'accélère et fixe la route qui monte vers les hautes terres.

45

Le pistolet est caché derrière de grosses pierres, dans le mur épais de la grange. J'ai posé par-dessus de vieilles bottes de foin et des outils agricoles. Il aurait fallu s'en débarrasser, d'une manière ou d'une autre mais cela fut impossible.

À la fin de l'été, Laurent, mon voisin, vient me voir sur le coup de midi. J'ai fait sa connaissance en m'installant à Besse. Un dimanche matin, il est passé pour savoir qui était celui que les quelques habitants du bled surnomment le nouvel arrivant. Sa maison se trouve un peu plus haut que la mienne, vers l'extrémité du village. Il l'a achetée dans les années 1970, l'a retapée à merveille et compte bien s'y retirer quand son existence le lui permettra. Une fois, une seule, il m'a parlé de sa vie de haut fonctionnaire, à Paris.

— Comment vas-tu ? me demande-t-il de sa voix qui chante toujours un peu.

— Pas mal. J'ai à peu près terminé mes travaux et je peux attendre l'hiver avec sérénité.

Laurent jette un regard circulaire sur la salle à manger que j'ai entièrement rénovée en prenant soin de ne pas lui enlever son âme.

— C'est beau ce que tu as fait, dit-il. J'espère te retrouver aux prochaines vacances.

— Pas de soucis, de toute façon, je ne sais pas où aller… À moins que je meure d'ici là.

— Dis pas de bêtises ! Ici, tu es bien.

Ni Laurent ni sa femme ne m'ont jamais demandé quelle a été ma vie avant de débarquer à Besse. J'apprécie cette discrétion. Aux anciens du village, à vrai dire deux femmes et un vieux monsieur qui a été pisteur à la station d'Huez, j'ai expliqué que je suis un fils Vasseur, le dernier descendant de la lignée. L'une des deux femmes, Brigitte, m'a affirmé que nous sommes de lointains cousins. Cette nouvelle m'a davantage soudé à ce village si austère.

— Qu'est-ce que tu vas faire tout cet hiver ? me demande Laurent tandis que je lui sers un verre de blanc.

— Je ne sais pas. Je vais essayer de ne pas mourir sous la neige. Et puis j'ai encore du travail à faire dans la maison. Quand tu reviendras, tout sera fini.

On trinque. Le lendemain, il vient avec sa femme me dire au revoir puis c'est au tour des jeunes qui vivent près de la fontaine. Le village se vide lentement de cette étrange population qui a, petit à petit, remplacé les gens du grand exode, les miens, et redonne vie à de vieilles pierres.

L'automne me surprend comme je monte du bois dans la grange par une échelle bancale qui doit avoir des siècles. Une bourrasque de vent froid descendue du plateau d'En-Paris. Le temps change subitement en montagne. Le passage des saisons se fait sur un signal.

Je descends et mets une veste chaude. Des promeneurs passent au moment où je remets le nez dehors. Ils viennent du plateau, le visage rougi par le froid, et me saluent en passant.

Tout l'été, il y a eu du passage, du matin au soir. En un sens, j'aurais été plus tranquille dans la maison de Pierrefeu. Je n'y suis retourné que deux fois pour chercher le courrier et prendre quelques outils. Je songe de plus en plus à la vendre, même pour une misère.

Je n'ai plus eu de nouvelles de Samia et, aussi dur que cela soit, ne cherche pas à en avoir. J'ai fini par admettre que je ne pouvais pas la forcer à m'aimer de nouveau. Je préfère ne plus la voir, ne plus lui parler. Elle m'a téléphoné quelques fois après mon départ, puis ses appels se sont espacés et ont définitivement cessé vers le milieu de l'été. Je ne lui ai pas répondu une seule fois. Elle a dû croire que j'avais quitté notre village pour toujours et a dû tirer un trait sur notre avenir. Tout cela n'a plus guère de sens. C'est ce que je me répète sans cesse.

Le travail absorbe toutes mes journées. Pour ne pas penser, je ne m'accorde jamais de moments de repos, si ce n'est pour aller courir sur le plateau d'En-Paris, face au sommet de la Meije et aux glaciers qui forment le plus beau des panoramas. J'ai apprivoisé la montagne sortie après sortie. Elle a cessé d'être cet univers hostile et oppressant pour devenir un espace de liberté. La parcourir m'éloigne des mauvaises images qui reviennent parfois.

Un matin, à la fin de septembre, il se met à neiger, toute une nuit et une bonne partie de la journée. En fin d'après-midi, je vais voir Michel, le dernier paysan du village. Il me vend quelques fromages et du pain qu'il a remontés de Bourg-d'Oisans.

— La neige ne restera pas, me dit Michel. Il va y avoir du redoux puis ce sera l'autre neige, celle de l'hiver, le vrai, jusqu'à la fin mars.

Sur un journal qui traîne sur la table, je vois que des règlements de comptes ont eu lieu du côté de Vizille. Deux hommes ont été tués par balles, non loin d'une discothèque. La lecture du nom me fait frémir : il s'agit de Tournier, le fils du Séminariste, et d'un autre nervi, garagiste à Grenoble. Rémy et Brahim sont donc complètement vengés. Cette pensée me révolte car il n'y a là aucune justice si ce n'est celle que j'ai trop vécue : la guerre. J'hésite à prendre mon téléphone pour prévenir Samia puis je me résous à ne rien lui dire car tout cela est devenu inutile à présent.

Dans le grenier de la maison, j'ai découvert un fusil de chasse à chien, une antiquité qui a dû appartenir à mon arrière-grand-père. Il y a quelques cartouches et tout un tas d'étuis vides, de bourres et de boîtes de plombs ainsi qu'une machine à sertir les cartouches. Je me dis qu'un jour, peut-être, j'irai à la chasse si la nécessité se fait sentir. Il y a des chamois sur le plateau. Certains sont presque apprivoisés tellement ils voient de touristes passer sous leurs yeux.

Le village est comme désert, à part Michel et moi, il ne reste qu'un type un peu grincheux qui ne parle jamais à personne sauf pour dire le strict nécessaire.

Ma lointaine cousine est redescendue dans la vallée. L'autre vieille a rejoint ses enfants. L'ancien, lui, ne reste jamais à Besse durant l'hiver. Il a trop travaillé dans la neige pour l'apprécier encore.

J'ai retrouvé ma forme des années militaires. Le seul héritage de cette époque que je peux revendiquer. Quand je rentre chez moi, le soir, après avoir marché sur les chemins qui sillonnent le plateau, je me sens vidé et je m'endors tôt. Ma vie se règle lentement sur un autre rythme.

Je me suis mis à lire et me constitue petit à petit une bibliothèque, accumulant toute la culture qui m'a cruellement manqué pendant la première époque de ma vie. J'ai commencé par les romans de Camus, *La Peste*, *L'Étranger*, puis j'ai lu Blaise Cendrars. *La Main coupée* et *L'Homme foudroyé* m'ont bouleversé. Cendrars était légionnaire, comme moi. Il a perdu sa main amie sur le front de Champagne, à la ferme de Navarin, en 1915. En le lisant, j'ai parfois l'impression de me retrouver derrière chaque mot. Puis j'ai lu le *Voyage au bout de la nuit* de Céline sur les conseils de mon voisin et je me jure de commencer Balzac et d'en connaître l'essentiel avant que l'été ne revienne.

Plus j'avance dans ma quête de savoir, plus je regarde avec distance le passé qui me rattache à la société de Pierrefeu et à l'usine qui nous a tous mis dans le broyeur à destins.

Parfois, je revois la cohorte d'ouvriers qui s'en venaient des aciéries, la gueule un peu grise. Les femmes, moins nombreuses, partaient de leur côté. La plupart des hommes finissaient au bar des Cimes ou au café de la Poste, le temps d'un ou deux blancs limés, leur journée qui n'avait guère vu le jour. Les plus poivrots d'entre eux s'attardaient un peu plus tard. Le patron remettait parfois la sienne pour faire bonne figure.

Mon père faisait souvent le tour des deux bistrots pour mieux souder ses troupes. Dans la grosse 504 break qu'il a possédée pendant une dizaine d'années, il a raccompagné certains de ses syndiqués chez eux pour qu'ils ne laissent pas leurs familles sans le sou.

Les enfants ou les petits-enfants de ces prolos, je les ai croisés lors de mon bref retour à Pierrefeu. Au café ou à la supérette, toujours avec leur téléphone mobile à la main. « La plupart sont au chômage », m'a dit une fois mon père, plus amer que jamais. Quelques jours avant de mourir, il refusait encore de voir que son combat n'avait pas servi à grand-chose. Il s'était battu pour que vive une vallée, il n'en reste aujourd'hui que des ombres. La raison était de son côté comme elle était du bord des hommes tels que mon grand-père, ceux de la Résistance.

Je n'ai pas la télévision à Besse, ni un ordinateur qui puisse me donner accès à Internet, « au monde » comme dit Laurent. Je vis comme un moine sans religion, sans attaches réelles. Sans pouvoir dire que je suis heureux, je me considère comme un homme désormais en paix.

Parfois Samia me manque. Je trouve à présent la force de ne pas y penser. Je m'impose le silence et le plaisir des grandes lectures.

46

Fin novembre, il commence à neiger vraiment. Le plateau est recouvert d'une couche de poudreuse qui part en nuages brillants lorsque le vent la soulève pour former des congères sinueuses.

Un dimanche, en redescendant d'une longue marche à raquettes, je vois une voiture garée devant la maison. Je n'ai pas de mal à reconnaître la Renault de Samia. Je la cherche du regard et ne la vois pas. Elle a dû faire le tour du village pour me trouver. Mon cœur se met à battre comme quand nous étions de jeunes amoureux. Je me presse de rentrer.

Tandis que je passe la clé dans la serrure, une voix m'appelle. Ce n'est pas Samia, mais sa fille. Le son de sa voix me fait tressaillir en même temps qu'elle me déçoit.

— Marie, dis-je en dissimulant ma surprise de la voir. Comment vas-tu ?

— Très bien, me dit-elle, sans oser approcher. Et toi ?

Pour la première fois, elle me tutoie.

— Tu vois… Je suis devenu un bâtisseur. Je retape et je bricole un passé dont je ne connaissais que des bribes.

Elle me regarde avec des yeux assombris.

— Moi aussi, je bricole mon passé. Mais rien n'est facile. Mon passé, ce n'est qu'une génération. C'est peu.

— Ta mère est là ?

— Non.

Elle se frotte les mains pour les réchauffer.

— Tu me fais visiter ?

J'ouvre la porte et l'invite à entrer. Elle possède cet air noble qui sublimait sa mère, quelque chose d'altier et de discret tout à la fois dans le port et dans la démarche souple. Elle embrasse du regard la carène sombre de la salle commune.

— Voilà mon empire.

La porte du fond l'intrigue.

— Ce sont les écuries. Je les ai nettoyées en attendant les animaux.

Elle fait des yeux ronds.

— Les animaux ?

— L'an prochain, je vais peut-être prendre un cheval. Il y a de la place pour lui et il me sera bien utile.

Elle fait une moue satisfaite. Ma réponse doit l'enchanter.

— Tu pourras venir aux beaux jours, dis-je. Une balade à cheval sur le plateau, ce doit être somptueux.

— Oui, mais toute seule, c'est moins entraînant… Il te faudra deux chevaux.

Elle me jette une œillade complice puis elle ajoute :

— Tu aimerais que je vienne avec ma mère… ?

Elle ouvre les cicatrices. Je me suis interdit d'envisager quoi que ce soit avec Samia, un pari inconscient qui résiste mal à la moindre allusion. Je dis :

— La vie fera de nous ce qu'elle veut.

Je fixe Marie un long moment. Elle ne décille pas, un peu au défi.

— Pourquoi es-tu venue ?

Je ne voulais pas poser cette question mais elle s'échappe de mes lèvres et je la regrette aussitôt.

— Tu m'as dit un jour que tu me considères comme ta fille. Et c'est donc normal qu'une fille aille voir son père… Sais-tu quel âge j'ai ?

La repartie me frappe en plein cœur. Samia m'a dit l'âge de Marie. Oublié. Je suis pris d'un sentiment de honte terrible.

Marie murmure :

— J'ai vingt et un ans. C'est mon anniversaire aujourd'hui.

Elle me lance un regard pudique, furtif, plein de timidité. Puis elle s'approche de moi, tête baissée et je la prends dans mes bras.

— On a beaucoup de choses à construire, me dit-elle en appuyant sa joue sur mon épaule.

— Je ne mérite pas l'honneur que tu me fais, dis-je en cherchant son regard.

Elle lève les yeux vers moi. Je vois alors qu'ils ne sont pas noirs comme ceux de sa mère mais d'un beau vert sombre, pareils à ceux de Brahim.

— Tu es digne de mes rêves, dit-elle en se détachant de moi. Et de mes cauchemars aussi, je dois le dire. Je t'ai imaginé pendant des années, nuit après nuit. Solitude après solitude. Maman m'a souvent parlé de mon vrai père. Je l'ai rencontré deux ou trois fois mais cela ne m'a rien fait. Pour moi, j'étais la fille d'un gros lourdaud qu'elle avait connu après ton départ. Et quand elle parlait de toi, avec Brahim, j'imaginais que j'étais ta fille. De beaux rêves.

— Garde les rêves près de toi, les cauchemars je vais essayer de te les faire oublier.

— Tu crois que tu vas y parvenir ?

— Je vais essayer. Je fais un drôle de père tout de même.

Elle hausse les épaules et frôle d'une main la table de mes ancêtres.

— Maman m'a dit que tu étais très courageux. Que tu avais fait toutes les guerres ou presque.

— J'ai été mercenaire, rien de plus. Rien de moins. Le courage, c'est de ne pas fuir son destin. Je réalise aujourd'hui que mon père a été courageux. Il a défendu des pauvres bougres que tout menaçait. Des gens comme ton grand-père, des gens que l'usine rongeait lentement.

Elle m'observe, d'un regard pénétrant.

— Le père de mon père a été courageux. Il a donné sa vie pour que le fascisme ne triomphe pas et ne vienne pas nous bouffer la tête. Mais moi...

Elle me prend la main et pose sa joue dessus.

— Ne te méprise pas, dit-elle. Tu n'en as pas le droit.

— C'est toute la société que je méprise aujourd'hui. J'ai voulu être digne de l'image qu'elle me renvoyait. Cette image, c'est mon père qui me la foutait devant les yeux, jour après jour. Chacun de ses gestes et chacune de ses paroles me rabaissaient. Il fallait être fort devant lui, mais personne ne pouvait être aussi carré que lui. Personne ne pouvait avoir vécu ce qu'il avait vécu. Alors j'ai décidé de chercher une autre identité. C'est difficile de n'avoir aucune conviction et de douter de son propre sang.

Tout à coup, j'éprouve le besoin de lui montrer mes mains. Ces mains que je ne regarde jamais car je les trouve trop épaisses.

— Ces mains ont tué, Marie. Elles ont tué des hommes qui ne m'avaient rien fait et d'autres qui voulaient m'anéantir. Maintenant, je veux vivre de ce que je n'ai pas su aimer. Et, puisque je n'ai pas eu l'élégance de mourir au combat, je veux passer en ayant aimé. Je suis revenu à la source de nos malheurs. À cette misère qui a jeté les miens hors de ce village pour rejoindre l'usine.

Marie sourit.

— Tu parles bien pour un ancien de la Légion !

— J'essaie de me cultiver et de me dépasser. À la guerre comme à la guerre.

Nous partons d'un fou rire qui dure plusieurs minutes. En la regardant, j'ai l'impression de voir ma mère qui n'a pas souvent ri aux éclats mais qui s'est, en des occasions lumineuses, bidonnée au point d'en avoir mal au ventre. Mon père, lui, n'a jamais su ne serait-ce que pouffer. Trop sérieux, énormément anxieux.

— Ta mère doit me détester, dis-je quand le calme est revenu.

— Ma mère ne te déteste pas. Elle viendra un jour. Il faut lui laisser le temps. Disons que je suis venue en éclaireuse.

Marie repart, tard le soir, après qu'on a discuté à bâtons rompus de tout et de rien. Elle ne m'a plus interrogé sur mon passé. Mes mystères l'intriguent, tôt ou tard, elle me demandera de me dévoiler. Un jour, je raconterai tout.

Toute la soirée, j'ai guetté dans le moindre de ses regards, le moindre de ses gestes, l'empreinte de sa mère. Elle a les yeux si remarquables de son oncle, d'un vert très sombre, un regard profond, un peu détaché et brillant qui a toujours impressionné ceux qui l'ont connu.

Il recommence à neiger quand nous nous embrassons pour nous dire au revoir. Elle démarre énergiquement et file droit jusqu'à la sortie du village. Je fais alors quelques pas sur le sentier qui conduit au plateau.

De l'endroit où je me trouve, je peux deviner la route tortueuse qui file vers la vallée. Les phares de la voiture de Marie éclairent chaque courbe de pinceaux de lumière fugitifs avant de disparaître puis de réapparaître au détour d'une épaule de roche. Tandis qu'elle s'évanouit dans la nuit, je m'attarde à regarder la neige qui tombe en de longues obliques scintillantes, sous la lumière discrète des réverbères.

Me voilà seul à nouveau. Le vent siffle doucement en caressant les congères. La nuit dernière, j'ai fait un rêve.

Dans la nuit, un visage m'est apparu, comme sorti de la roche. Une face blanche et jeune, des yeux hagards, la lèvre souillée de trouille.

J'ai coincé Serge Tournier à une centaine de mètres de la station-service. Je tremblais de tout mon être. Ma tête allait exploser. Il fallait que je le fasse. Je l'avais promis à Maman. Tournier n'a pas bronché quand il a vu l'arme de mon grand-père. Il a reculé jusque derrière une vieille citerne. Tout proche du torrent. Il a voulu parler, pour gagner du temps, sauver sa peau de chien. J'ai juste dit :

— Je suis le frère de Rémy.

Je ne sais pas s'il a compris. Il a froncé les sourcils, il a supplié, montrant les dents, il a levé une main pour se protéger. Moi, je n'ai plus tremblé. Je n'ai plus rien ressenti. J'étais un autre. Le froid, dans l'âme, dans les jambes, dans le ventre. Rien que du froid. L'arme de mon grand-père est devenue trop lourde, pareille à une gueuse.

Les voitures passaient sur la nationale. Leur bruit de roulement semblait immense dans ma tête, des milliers d'échos tapaient comme le marteau sur l'enclume. Insupportable. La première balle a percé la main. La deuxième est entrée par un œil. Je me suis mis à rire. Et j'ai appuyé sur la détente, trois fois encore. Parce que le corps était parcouru de soubresauts et que je voulais que ça s'arrête.

Ça ressemble à ce tableau, la mort. Cette saloperie.

Tout en bas, dans la vallée, les phares de la voiture de Marie jettent un dernier éclat sur les bras décharnés d'un grand mélèze. La neige tombe, plus lente et plus lourde. La lande herbue s'épaissit mollement. Quelque part sous les glaciers, la Romanche, la colère de mon enfance, prend sa source dans le grand silence, aussi fine qu'un ruisseau.

Un frisson me parcourt.

J'ai peur. J'ai toujours eu peur.

Remerciements

Mes plus vifs remerciements vont à Céline, Pauline et Karine… qui ont veillé sur ce livre.

Éditions Belfond :
12, avenue d'Italie
75013 Paris.

Canada :
Interforum Canada, Inc.,
1055, bd René-Lévesque-Est,
Bureau 1100,
Montréal, Québec, H2L 4S5.

ISBN : 978-2-7144-7115-4

Composition et mise en pages
Nord Compo à Villeneuve-d'Ascq

FSC
www.fsc.org
MIXTE
Papier issu de
sources responsables
FSC® C003309

Achevé d'imprimer en Allemagne
par GGP Media GmbH, Pößneck
en octobre 2016

Dépôt légal : novembre 2016